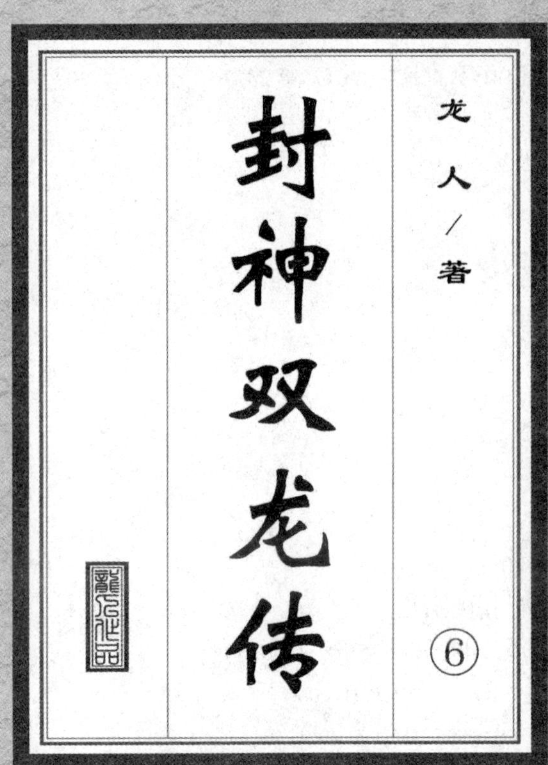

二十一世纪出版社集团
21st Century Publishing Group
全国百佳出版社

图书在版编目（CIP）数据

封神双龙传 : 全 10 册 / 龙人著 . -- 南昌 : 二十一世纪出版社集团 , 2017.10

ISBN 978-7-5568-3102-9

Ⅰ . ①封… Ⅱ . ①龙… Ⅲ . ①侠义小说－中国－当代 Ⅳ . ① I247.5

中国版本图书馆 CIP 数据核字 (2017) 第 243767 号

封神双龙传 龙 人 著

责任编辑 敖登格日乐
出版发行 二十一世纪出版社集团
(江西省南昌市子安路75号 330025)
www.21cccc.com cc21@163.net
出 版 人 张秋林
经　　销 新华书店
印　　刷 北京龙跃印务有限公司
版　　次 2018年1月第1版 2018年1月第1次印刷
开　　本 710mm × 1000mm 1/16
印　　张 160
字　　数 1728千
书　　号 ISBN 978-7-5568-3102-9
定　　价 498.00元（全10册）

赣版权登字—04—2017—744

目　录

第八十二章　恶战龙潭

“什么!”在场众人大骇，虽然一众蜀山弟子都见过倚弦在轮回集驯服“朱雀异兽”的不凡之举，但那毕竟有际遇巧合的地方，然而谁也无法想到凭倚弦一个如此小辈的能力，竟能将魔族五大宗主之一的祝蚺力毙当场，这绝对是轰动天地三界的大事!

幽云也是怔了一下，不解地问道：“祝蚺死了，怎么可能？以他的修为来说，即使是被击中要害，也断不可能这么容易死啊。”

倚弦苦笑道：“本来是这样没错，但是刚才事出突然，我凝聚全身元能原本想骇退祝蚺，谁知土行孙最后关头有意无意间喷向刃身的魔血，竟激起玄兵神器敕封千年的煞气，发挥出前所未有的威力，劈中被土行孙舍命抱紧，而且是已经在‘伏羲武库’中受伤的祝蚺……我在收刃的时候，已经感应到祝蚺体脉之间的生机已绝。”

幽云骇然道：“龙刃诛神竟能将祝蚺一举击毙?”

倚弦沉声道：“他受了这一击，虽不可能灵元俱灭，却已是回天乏术。”

“祝蚺死了？苍天开眼！圣使救我全族性命，替我有炎氏报了深仇大恨，多谢圣使大恩大德，有炎氏感激不尽!”土附等一众有炎氏族人听了却惊喜异常，数百人除了虚弱不能动的都当场向倚弦跪了下去，感激涕零。

倚弦忙上前扶起为首的土附，道：“各位万万不可如此，这是易某应该做的，何况土行孙是我的兄弟，当年更蒙贵族长老土鏨指点之恩，所以易某为有炎氏做这点事也算是尽了使者的本分。”

倚弦说罢将土附扶起身来，在他的劝说下，有炎氏其他人跟着站起身。倚弦劝导他们先各自休息片刻，自己却还是心结难开。

幽云开解道：“易大哥，你不必为此牵挂在心，要知道祝蚺此人本非什么正人君子，魔族手段更是卑鄙无耻，你可知道伏羲武库附近到处充斥常人无法承受的八卦符气，祝蚺竟以有炎氏老弱病残的生命胁迫青壮年族民挖掘甬道，待到这些族民被符气折磨得七窍流血、不成人形，便令新一批族民将他们就地掩埋……所以祝蚺实在是该死！”

倚弦这才想起自己在进入甬道时候曾有的怀疑，深心中登时涌起强烈的憎恶与痛恨，心中终于好过了一些，叹道：“祝蚺虽然十恶不赦，但杀他非我所愿，更何况是趁他受伤之际，从背后出手……”

幽云柔声道：“你看到方才有炎氏族人的反应，可见他们对祝蚺有多仇恨，你的所为不正是替他们报了仇？而且那时土行孙十分危险，你自然得出手！所以无论从哪一方面看来，你都没有做错，又何必介意如何出手呢。”

倚弦微叹，神色还是有些黯然，但经过幽云的劝说，倚弦勉强挤出笑容，道：“幽云，此事已了，你们不若先行回蜀山吧，以免贵宗担心，此次劳烦剑宗之处，还请代我向老祖道谢。”

幽云见倚弦首次背后杀人的心结不是一时半会儿能完全解开的，只有点头道：“好吧，你也别把这事往心里去……还有，师尊曾言，有炎氏为神玄两宗受苦许久，如今有炎氏刚脱困暂无居所，不如去我剑宗暂做安顿，以补偿我神玄二宗这么多年的亏欠……”

倚弦此时身处南域，一时也没有能力安排这么多有炎氏族民的住处，更担心的是祝融氏报复，闻听蜀山剑宗愿意收留，自然是欢喜之至，想来这也是一个解决办法，相信以蜀山剑宗的能力，自然不惧祝融氏的寻衅。

倚弦微思片刻，面带喜色地应道：“这就多谢贵宗了……”

谁知，这时土附站起身来，断然拒绝道：“不用了，我们有炎氏不想接受你们神玄二宗假仁假义的施舍。”

倚弦和幽云方才交谈并没有刻意压低声音，离他们不远的土附自然听得到。当年神玄两宗不顾有炎氏，致使有炎氏整族受蚩尤魔能断却千年本命元根，所以他们向来对神玄二宗恨意难消。

况且此次地宫救人之事，若非身为圣使的倚弦安排并且与土行孙共同行动，恐怕顽固的他们宁死也不会要蜀山剑宗帮忙。现在既然已经脱身，他们更是不屑蜀山剑宗的相助。

土附一出声，其他的有炎氏族人立即纷纷表示不允，众人虽然都或多或少有伤在身，但此时齐声呼喊却甚为有力，丝毫没有虚弱之感，显然全部一条心不想受神玄二宗的恩惠。

所有蜀山弟子包括幽云在内都不免有些尴尬。

倚弦对有炎氏的族史略有了解，自然能理解他们的想法，不过此事关系到有炎氏全族的安危，他当然不希望他们再坚持下去，出言规劝道：“既然事已相隔千年，各位又何必再加追究呢?”

土附首先对着倚弦行了一礼，然后面向一众蜀山弟子，冷冷道：“千多年来，我有炎氏从曾经的族民过万到如今这等状况，受的苦何止今日这区区伤痛？既然这么久以来，神玄两宗都不屑相顾，这个时候我们也高攀不上。”他的话一说完，有炎氏一众族人无不响应。

倚弦大感头痛，呐呐道：“这……何不给神玄二宗一个申明立场的机会呢?”

土附眼神颇为不屑地瞥了幽云等蜀山弟子一眼，微带恨意道：“给他们机会？那谁给所有逝去的有炎氏族民机会?”

倚弦摇头叹道：“可是，此事关系到有炎氏的全族兴衰大计，唯有先让全族人都脱离危险，才能避过祝融氏族人有可能对有炎氏的报复。”

土附坚决道：“我有炎氏什么都不怕，如果祝融氏再敢来犯，我整族人就与他们拼个你死我活，那又如何？有炎氏的族人岂是贪生怕死之辈？圣使莫要再劝了。”

倚弦终于见识到有炎氏的顽固，由此可见有炎氏全族人对神玄两宗的怨愤深积千年，决不是一时半刻所能解开的。最后，倚弦在实在没有办法的情况下，猛地大喝道："既然各位称易某为圣使，易某之言各位怎能不听。况且此次蜀山剑宗应我之邀前来帮助大家，乃是易某的朋友，所以各位暂时居在蜀山，也不算受了什么恩惠，为何老是不肯开化？"

倚弦言语一顿，回望有炎氏众人都没有吭声，继续说道："土鳖老爷子和素柔姑娘为了有炎氏而死，土行孙现在也为了有炎氏重伤昏迷，各位一定不希望他们的心血都白费吧？再则说来，易某虽然可以倾尽全力保各位周全，但是毕竟身单力薄，难免有双拳难敌四手的时候！"

"这……"土附先见倚弦发怒，又看土行孙的确在旁昏迷不醒，也没话说了，回首往往一众有炎氏，喟然一声长叹，道："既然是圣使之命，我等自然愿意遵从！不过要申明的是，此事乃我有炎氏再领圣使之恩，与玄宗毫无瓜葛。"

倚弦无奈地看了看幽云，见幽云毫不介怀地点点头，才道："随便你们吧！"语罢转头对幽云道，"不好意思，可能又要麻烦你们一阵子了。"

幽云丝毫没为有炎氏对蜀山剑宗的敌意而着恼，微微一笑，低语道："这只是举手之劳，算不上什么麻烦，我玄宗本来就亏欠有炎氏甚多，做这些也只是为了弥补一二。倒是易大哥，你要小心点。"

"谢谢，我省得！"倚弦有些不舍地望向幽云如秋水荡漾般的眼神，两人再次相视一笑，一切尽在不言中了。

土行孙身受重伤自然是去蜀山剑宗医治为佳，有炎氏一群人就这么整理了一下，纷纷拜别倚弦，在蜀山弟子的保护下依次向蜀山遁去。

临行前，幽云再次跟倚弦告别，两人默默对视，幽云秋波含情，轻声道："魔门素来护短，你一个人……小心他们来报复！"

倚弦笑道："我岂会怕这等跳梁小丑？"言罢，倚弦从怀中拿出帛布，将一半"菱湟玉"交给幽云，并将"二相丹"的制法一一详解清楚。然后，二人互道了一声珍重，匆匆几句告别话语中，短暂的时间稍纵即逝，两人再次如同回到了当日在轮回集含笑分别的一幕。

看着蜀山众弟子偕同有炎族人遁走，倚弦心中浮出淡淡的伤感，却骤然思感一动，突觉有人靠近，回头望去，却是紫菱怀抱着已经沉睡的小龙兽，有意无意地往倚弦身上靠，还充满酸意地盯着远去的幽云。

倚弦本就沉重的心情此时更是哭笑不得，啼笑皆非。

倒是那只小异兽被紫菱粗鲁的抚摸弄醒了，懒洋洋地伸了个懒腰，还没等它嗷嗷叫唤两句，便被紫菱兜头打了好几下，登时吓得不敢乱动，缩在紫菱怀中，瞪大了一双无辜的眼睛，可怜巴巴地望着倚弦。

倚弦见它这副可爱模样，想起小家伙在武库地底的遭遇，不由心中怜惜之心大起，从紫菱手中一把抱了过来，从怀中取出备好的“菱湟玉”，在小家伙的面前晃了几眼，立时将它吸引过来，嗷嗷叫着探爪想去抓住，哪知倚弦存心逗它玩，不停抽手挪开，让它想吃偏偏吃不到，更是逗得小异兽焦急嗷叫。

紫菱反而看不下去了，一把夺过倚弦手中的“菱湟玉”，更把小异兽抱了过去，心疼地将“菱湟玉”喂给它吃，小家伙当即兴奋得又蹦又跳，在紫菱怀抱中专心开始进食。

紫菱不停爱抚小家伙，娇嗔地白了倚弦一眼，道：“你现在趁别人年纪小，欺负人家，等它长大了，哪怕比现在再长大一点点，你就知道像是刚才那么逗它是根本没用的！”

倚弦兴趣大生，问道：“为什么？”

紫菱得意地望着倚弦，神秘的一笑，不答反问道：“我还没有问你，这只小‘紫龙神兽’是从哪里弄来的？”

“紫龙神兽？”倚弦初听到这个名字，心中愣了一下，印象中模糊记得曾经在“琅寰洞天”看到过类似的记载。

“对啊，这小家伙就是传说中的‘紫龙神兽’！”紫菱嗔怪的一笑道，“我们够时间回驿馆了，边走边说吧！”

倚弦点点头，伸手抚摸着小“紫龙神兽”的脑壳，看着它憨憨的受用表情，与紫菱祭起风遁缓缓往荆湘城而去。

紫菱正是借此机会亲密地靠在倚弦身旁，外表虽然满不在乎的在逗弄小神兽玩耍，其实一颗芳心早已犹如小鹿乱撞。

倚弦却没有把握到这一刻的旖旎时光，因为他回想起当时在“琅寰洞天”所看到的记载，踌躇半晌才记了起来，背诵道：“紫龙神兽，洪荒异兽之一，生性温和可驯，无青龙、白虎、朱雀、玄武四大异兽之劣性，却有得天独厚之灵气，擅长觅寻各类灵物奇珍，对修真行道有莫大裨益……”

“不错，说的就是这个小家伙！”紫菱对着小家伙笑着点头道，“想不到易大哥居然还学通三界奇珍异兽的典籍！”

倚弦看着身旁的紫菱与小神兽玩耍，道：“我只是隐约记得有关于‘紫龙神兽’的记载，别的就不太清楚了。对了，既然它被称之为龙兽，难道跟你们龙族有什么关系吗？”

紫菱点头道：“易大哥说对了，这小家伙的体内的确有我们龙族的血统，只是因为数量极其稀少，而且生活习性尤其刁钻，是龙族万千族类中唯一不喜水界的灵兽，所以早在五千年前就已绝种，却想不到今日竟被易大哥找到一只了！”

“或许这就是缘分！”倚弦笑着逗了逗龙兽，回头俯视之际，二人一兽已然到了荆湘城上空。

“崇黑虎？”金吒等偏将都惊疑地回首四望，不久也隐隐感觉到远处似乎有某些动静，看来是有什么物事察觉到这里的声响。但是，崇侯虎的兵马不可能这么快便赶到，所以最有可能出现的便是一直没有出现的崇黑虎了。

耀阳和金吒赫然色变，此时西岐兵马刚绕着“独龙潭”瀑布湖前进，踏入径途太窄的山路，正是半途之中，此时若被实力尚在他们之上的崇黑虎追击，形势绝对不容乐观。由此可见，崇黑虎这招果然狠毒，找准他们进退维谷的空当下手，即便是运用少西岐半数之兵也定可让西岐军陷入险境。

金吒大急，立即请命道：“将军，金吒愿率两千兵士阻挡敌军前进，将军则先带军押运所需物事上伏龙山吧。”

“不行!”耀阳断然否决道，“上伏龙山的捷径只有你清楚，所以非要你带大军前去不可，这里有我就足够了!”

金吒急道：“不可以这样，耀将军乃是我军主将，岂能轻易犯险，若将军有何不测，我军将何以……”

耀阳挥手打断金吒的话，毅然道：“我意已决，不必多说!”这不是解释的时候，耀阳决然道，“金吒将军领命，火速率军前往伏龙山策应大将军，此处由我断后！你千万小心，今次恐怕有中计的嫌疑，崇黑虎有意等到此时出击，绝非偶然，所以你要提防前方伏兵!”

“是！耀将军……”几名偏将原本准备与金吒同时劝阻耀阳，无奈军令如山，金吒虽有意见也不能顽抗，看着耀阳毅然不动的神情，只有同意。

耀阳让金吒带走三千人马押运所需物品，自留了两千兵士备用。

金吒带领三千将士刚启动脚步，不过继续前进了十数丈的距离。后面已有人影出现，而且似乎满山遍野都是敌人的身影，利箭如梭般飞射而至。好在山林之中毕竟不是平原空地，稍远距离的箭矢并无多少杀伤力。

不过即使这样也给西岐军添了不少乱子，先是引起一阵慌乱，耀阳却镇定自若，大喝道：“弓箭手全部靠山而立，其他人可隐入水瀑之后，做好准备!”

冷静镇定的主将给了西岐军信心，本来就是精英力量的西岐军士，立即按照耀阳吩咐各自镇定了下来，弓箭手靠在山壁边缘迅速还击，箭矢如流星射出。崇黑虎军中不少人被箭支射中，纷纷惨叫倒下，其他兵士见遇到顽强抵抗，立即退回原地不动。

西岐将士见这么快就将对方击退，都大为高兴，但耀阳反而担心，崇黑虎绝非这么容易败退之人，以刚才的情况看，他们其实根本不必后退，黑夜中箭支的准星有误，加上西岐军所处位置不宜近战，一旦被大批兵马冲散，又不能回到宽阔的坡地，全军覆没也未可知。

所以，耀阳认为崇黑虎在如此情形下撤退，必定还有更为厉害的后招。

耀阳当即令全军严阵以待，自己则紧紧盯着前方，放开自身所有感观来探察前方的情况，突感前方魔能波动异常，定睛望去，一名阴森狰狞的黑衣老者出现在前方山林之中。

西岐军不等耀阳发命，已经射出一轮利箭，箭矢激射而出，在夜空中划出无数迅疾的轨迹直射黑衣老者所立之处。

黑衣老者口中发出一阵“桀桀”怪笑，一手持着一个暗红色葫芦，口中念叨着魔道异咒，一手挥出魔能散发，筑起一道屏障结界，将所有近身箭支尽数挡飞。耀阳看得出这老者就是崇黑虎了，但却猜不透他为何会一人现身出来，难道他想凭一人之力单挑两千西岐将士？

耀阳正思索时，蓦地听到前方响起急促的“嗦嗦”声，似乎正在逐渐逼近。大惊之下才发现竟有无数的毒虫蛇蚁向这边窜来，密密麻麻的一片，让人看了不由自主感到毛骨悚然。

耀阳想到姜子牙所说崇黑虎在魔门所学的便是驱使毒物之术，不由暗骂自己大意。回头看时，西岐军兵士发觉毒物欺近，无不骇然失色。一边后退，一边使用手中的武器扑杀身前的毒物，但那遍地都是成千上万的毒物，却是再杀也杀不完的。

黑衣老者崇黑虎阴笑阵阵，趁此西岐军军心动摇之下，挥手叱喝道：“杀！”

他身后的千余名黑袍兵士这才群起而上，纷纷射出手中的利箭，射杀躲避不及的西岐兵士，缓缓向前靠拢。

耀阳眼看形势不对，马上暴喝出声，跃身而起，长戟挥出暗含天火炎诀的五行玄能，蓬然爆发的炎火扑在满是毒物的山地上，顿时烧起一片绿炎焰能，将满地毒物顿时烧成焦炭，但仍有更多的毒虫绕开焰火继续前行。

耀阳知道即使自己再强，能把这些毒虫尽数灭光，但到那时崇黑虎早就冲开现在两千西岐军的阻碍，将金吒的部队拖住了，说不定加上前方的埋伏，崇侯虎的兵马也差不多可以到了。

此时，耀阳首先望定前方的崇黑虎，大喝一声，飞身冲向崇黑虎，身如旋风，五行玄能滚着天火异劲猛然爆发，灼热的气流狂猛激荡，将所有企图阻挡他的黑衣兵士尽数冲开。

崇黑虎冷笑着看着耀阳道："毛头小子也敢逞强?"他丝毫没有退避，主将一退对全军士气的打击，他是最清楚不过的。何况正在控制毒物前行的他更是不能轻易退却，否则催化的毒物必然会反噬自己的兵士。

"崇黑虎，吃我一戟!"耀阳转眼冲至崇黑虎眼前，大喝一声，长戟当场砸下。势若奔雷，强悍无匹。

崇黑虎想不到耀阳年纪轻轻竟有如此修为，心中暗惊，错步闪开，以手中葫芦为兵器照准耀阳小腹砸去。耀阳长戟回扫，正中葫芦，惊起金戈之声，耀阳感觉葫芦本身就有一种反弹力震出，混合崇黑虎的魔能硬是将他震了回去，看来是个不错的法宝。

崇黑虎却也被耀阳强悍的五行玄能震退几步，不由骇然，对耀阳的法能修为再也不敢小看。

耀阳欲再抢上出戟，却见崇黑虎左右有两人扑出，诡秘各异的魔能袭身而来，看来也是魔门的弟子。耀阳丝毫不惧，长戟左劈右挂，暗拈"天火诀"，炽热的五行玄能迫出，顿时将那两人避开，而此时还有一人从他后面偷袭而至。

耀阳低哼一声，旋身飞起一脚向后踢出，正踢在那家伙的刀上，强大的五行玄能竟将那刀身半截震断，反震力道还将对方震飞开去。

围着耀阳偷袭的三个魔门高手身手不差，却在一瞬间被耀阳击破。崇黑虎对耀阳更是忌惮，即使仗有人多之力，手下也丝毫不敢放松，暗红色葫芦化出层层血影直击刚挡住三人偷袭尚不及防御的耀阳。

崇黑虎的身手自不能小觑，耀阳强自扭身，匆忙一戟挑中葫芦，任葫芦的反震力将他弹开，顺势将后面偷袭的那个魔门好手再一脚踢开。此时，还有两个魔门好手也已欺近，刀剑齐出，一上一下携着诡异魔能强攻，耀阳前后受敌之下，无暇分身应付，唯有布下玄能结界防御，并借势窜起，急急闪开。

崇黑虎早已跟上，冷笑中暗红色葫芦再成实影如涛，魔能全方位涌出强袭耀阳，魔能四散，封住耀阳所有退路。耀阳叱喝一声，长戟疯狂激出戟刃寒锋，如飓风狂飚，顿时掀起草木断折横飞，如暴风肆虐。

崇黑虎的葫芦砸在有如实质的戟风上，便立即被炽热的五行玄能震开。其他三人也根本靠近不了耀阳，只能见隙而击。

但耀阳不可能这样跟他们长时间耗下去，乘机变招，长戟斜手一甩一条巨大的紫红色火龙呼啸而出，直向身后那个家伙扑去。“乾天炎龙诀”强悍如刑天抗、黄天化等辈也不敢硬挡，后面一人如何能应付，身形急动，勉强擦着炎龙匆匆闪开，衣衫还被焰火烧了不少，样子甚是狼狈。若非是耀阳同时还得应付崇黑虎等三人分散法能，恐怕就这招已能击毙对方。

耀阳一手持戟连出三戟将左右两个家伙逼退，一手化掌顺手凌空拍在暗红色葫芦上，将葫芦卸开一边同时跃身借劲后击刚避开炎龙的那家伙。“砰!”只是戟气就将那家伙震得气血沸腾，双手发麻。在归元异能的基础上而成的五行玄能岂是等闲可挡的。

耀阳自不会再理会他，回身激出戟影如涛，向崇黑虎淹没而去。崇黑虎骇然后退，挥起葫芦连连抵挡，堪堪挡住。耀阳乘机戟势大开，左右横扫，炽热的五行玄能蓬然而发，几乎将空气也烧红了。左右两人只能堪堪纵跃闪开，完全不敢硬接。

耀阳经过几次硬战，已积累了足够的作战经验，此时面对四人围攻毫不紧张，应付自如。但崇黑虎等人却也不是无能之辈，一直将耀阳纠缠住，虽然刚才的交战只是转眼间的事情，但已可见耀阳想短时间内击杀崇黑虎基本上是不可能的。如果等崇黑虎部队冲散奉命阻挡的两千西岐军，并将金吒带的人马拖到崇侯虎大军出现，那时就是真的将崇黑虎等人全杀了也没用了。

此时，“独龙潭”附近的西岐兵士在毒物逼迫下早已节节后退，再面对崇黑虎麾下的千余名黑袍兵的步步进逼，显然非常吃力，死伤已近大半，多数迫于无奈都跳落水中，游至飞瀑之下，宁愿忍受飞瀑激流，也不愿受毒物侵袭。

耀阳心中暗急，但手下丝毫不慢，长戟挥舞成影，五行玄能化成锋刃，强悍无比将四人连连迫退。心中想着法子如何才能迅速击杀崇黑虎或迫崇黑虎收回控制毒物的魔能，否则不只他们会全军覆没，金吒所率兵马也危在旦夕，对于救援南宫适大军之策更是致命打击。

虽然耀阳通过方才的激斗，发现崇黑虎的魔能修为着实不是自己的对手，但是苦于有三人阻碍，他想杀崇黑虎根本不易，他思忖着不若先击杀那几个魔门高手，但对手也非无能之辈，必要出其不意才能迅速得手。

思绪只在电闪之间，四人的攻击又已临身，耀阳回手一戟，五行玄能霍然蓬发，将那人迫得急急后退。耀阳此次改变战术，面对前方和左右攻来的三人，遽然全速后退，转身一戟扫出。

正常的单人被围攻情况下，后退转身绝对是个不智的举动，对任何一个人来说，若非逼不得已或是对手太弱都不会出此下策。崇黑虎等人也决没想到耀阳敢如此，手中兵器刚刚擦着耀阳衣服而过，却为耀阳的行为惊了一下，竟没反应过来，白白放过了这千载难逢的机会。

后面那家伙根本未曾料想耀阳会突然后退转身，惊醒时已见到耀阳将充满五行玄能的长戟朝他当头砸去，不由大惊，不顾一切地急窜闪开。但耀阳早已成心要杀他，长戟随即跟他而击，丝毫不给他以任何喘息的机会。

这一戟耀阳已使出全力，戟影满天而起，锁住对方的所有方位，如泰山压顶砸下。那家伙根本躲无可躲，顿时吓得魂飞魄散，只能集起全身魔能来挡。但这一戟已是耀阳融归元异能与五行玄能于一体的全力一击，即便是刑天抗这样的身手也未必招挡得住，何况只是这个名不见经传的家伙。

“砰!”长戟扎实地击在那家伙的拳头之上，没有劈裂那家伙的臂膀，但五行玄能却疯狂涌入那家伙的本体经脉之内。

“啊……”那家伙发出痛苦的惨叫声，身体不由自主地向后飞去，随着他身行飞过的轨迹，一团鲜血自半空洒下。

耀阳知道此人心脉已断，决无幸理，便不再理会，全力躲闪此时已近身的攻击。长戟后甩，身子骤然风遁前冲，但仍是慢了一步，长戟挡开葫芦之前，背上吃了一刀，虽然强大的五行玄能将对方的长刀震碎，但他着实受了这一击却也受了伤，背上一阵裂痛，耀阳强自将欲冲口而出的腥血压下。

在如此压力下，“无间遁法”不能用，耀阳只是祭起“风遁”的速度也是奇快，迅捷地脱出三人包围，虽然崇黑虎三人急急追他，但仍被耀阳抛离一段路，有了足够的时间，耀阳在他们赶到前及时转身一戟砸出。

“你竟敢将我师弟杀了！我竖立一定要杀了你!”使剑的魔门好手怒喝着，长剑连连怒刺，但眼中却难以遮掩畏惧的神色。正挡开崇黑虎和另一人攻击的耀阳见他如此神情，心中一动，暗想：“此人这么胆小，或可以利用这一点……”

其实，耀阳对上崇黑虎只是一会儿不多的时间，而此时西岐军已被毒虫不断逼退，形势极是危险，但耀阳知道自己不能着急，镇定心神，手中长戟横扫挡开崇黑虎，蓦地身形突快，竟硬是借了竖立一剑，骤然向一边偏去。

另一人虽已非常戒备耀阳，但哪想得到他会如此做，大惊之下急急闪开，已是慢了一步，被耀阳一脚踢出，那人不敢硬接但又难以逃脱，只能将全身魔能集于拳上，正砸在耀阳来脚上，那人竟是借力后退，只是耀阳之力太强，剽悍的五行玄能还是迫使他满口鲜血喷出。

耀阳对妖魔两宗的人从没什么好印象，此时关键时候更要拼命一搏，任由竖立的长剑一击戮在背上，长戟再挑中崇黑虎的暗红色葫芦，借势斜冲，追上另一人全力一记脚刀踹出。

试想这一招曾让“邪神”幽玄都意想不到，何况今次对方只是这个小角色。那家伙本来已及时退开一步，却不料强悍凌厉的刀气蓦地从耀阳脚底窜出，正中措手不及的他，顿时血光飞溅，惨死当场。

杀了那个家伙，耀阳也不好受，本来就受伤的他，又被竖立连刺两剑，伤势更转严重。不过竖立见同伴如此惨象，早已吓得魂魄俱丧，竟不跟崇黑虎打声招呼，转身就自行逃遁而去。

强忍伤势的耀阳顿感压力大减，乘机缓过劲来，融合五行玄能的归元异能在身体内迅速循环，独特的养伤秘法缓缓运转开来，将伤势缓解并暂时压下去了。

“小子该死！”崇黑虎见三个帮手两死一逃，不由气急败坏地大喝一声，突然退后一步，无故喷出一口黑血来，黑血出口即成一团暗红色血雾。

“破体魔变？”耀阳见过《幻殇法录》上记载过这样一招自损的法术，以数年功力的代价追求一时魔能的增强，威力很强，代价也不小。他没想到崇黑虎竟连这招也用上了，足见他对耀阳已经产生惧怕。

倚弦和紫菱收了风遁，自是回了荆湘城驿馆。

刚到驿馆，就见刘览正在他们的房里急得直跳脚，似乎急着找寻二人，回头见到倚弦和紫菱的身影，立即松了口气，上前道：“易公子，你总算回来了，可急死下官了。”

倚弦讶道：“刘大人，有什么急事不成？”

刘览苦笑道：“昨日，南侯便急召公子进宫，无奈刘览四处寻找，根本不知公子去处，只能借说公子宿夜酒醉难醒来推脱，但今天南侯已经来请三次，势必不能再加以拒绝……幸好公子回来了，否则刘览真不知该怎么办才好。快，我们赶紧进宫吧。”

"鄂崇禹找他能有什么事情呢?"倚弦大为诧异，暗忖会否是祝融氏想报复他而使的诡计?他虽然本体受伤不轻，但断定祝蚺不在自然不惧，但刘览不会法术，到时候必定不好照应。

沉思了片刻，倚弦道："此次入宫，易某一人独去即可，公主有事嘱咐，所以还请刘大人留下!"言罢，他向紫菱使了个眼色，紫菱自是会意，道："不错，刘大人，本公主有事吩咐，你就不必跟去了。"

刘览心中一直担忧被南侯责骂，闻言心中大慰，哪里还会拒绝，连忙行礼道："刘览遵命!"

倚弦施展遁法来到宫殿外，守卫兵士知道他的身份，没有阻拦。

倚弦行进宫内，一路上都小心戒备，直到进了内宫，倚弦也没有发现任何祝融族人的踪迹，甚至体内归元异能没有感应到丝毫魔能的波动，不由心中更是惊奇，忖道："如果不是祝融氏的阴谋，鄂崇禹又为何会召见他呢?"

迈步进了议事大殿，倚弦见到鄂崇禹正在殿内来回不停踱步，看起来很是焦虑的模样，心知必定有事发生。

鄂崇禹见到倚弦，喜道："龙使节，你终于来了，让本侯等你好久。"

倚弦抱拳行礼道："昨日龙某身体多有不适，未能及时前来参见侯爷，还望南侯恕罪!"

"没事，没事!"鄂崇禹大手一挥，关切的问道，"使节身体可否好点?"

倚弦道："只是一时酒醉，并无什么毛病，让南侯见笑了!"

鄂崇禹大笑道："男人岂有不醉酒的时候，龙使节可谓真汉子，有机会本侯定与你喝个痛快!"他虽然看似豪迈，但神色间焦急之色却始终瞒不了倚弦，鄂崇禹有话要说。

倚弦闻言干咳二声，道："龙某醉酒之事，不提也罢，南侯哪日有空，我定当奉陪!但不知侯爷此次急召龙某进宫，究竟所为何事呢?"

鄂崇禹叹了一声，口气顿变，像是失了主心骨一样，道："本侯此次正要奉命出兵西岐，不管胜败得失原本也没有什么，怎料本侯的左膀右臂祝先生突然因病暂退，事出突然，但是出兵在即，我南域大军却临阵少了一个顶梁柱，所以本侯实在不知该如何是好。”

倚弦知道祝蚋受他全力一击，连性命都保不住了，怎么还能出面相助鄂崇禹，不过，他的表面功夫还是要做，当下装作很是关心的模样，安抚鄂崇禹道：“侯爷何须担心，以南域之力联合北侯之兵，西岐必不是敌手，即使没有祝……祝先生也定可凯旋！而且……祝先生只是一时身体不适，想必不久便可再次出面帮侯爷以定大局。”这后一句自然是在安慰鄂崇禹。

鄂崇禹神色稍松，点头道：“龙使节说得是，祝先生应该没事。只是西岐在姬昌整治下，实力强盛，非同小可，本侯恐怕以南域之兵参与战事当中，还不足以与之对抗。”

倚弦心中一动，对鄂崇禹召他的目的隐有所知，但口头上道：“侯爷此言差矣，南域在侯爷的治理下，实力不下于西岐，兼有朝中旨意，大义明理俱在侯爷这一边，何惧不能拿下西岐？”

鄂崇禹摇头道：“龙使节此言虽有道理，但我南域始终是长途跋涉进军西岐，而西岐素来便是强兵之地，胜负尚未可知，如若能胜自是莫大功劳，若是败了，我南域子弟必将尽数丧命异乡，于我南域的实力损伤实在过大，故而此战只许胜不可败。”

倚弦沉吟道：“南域实力本与西岐不相上下，如今尚有崇侯虎主力攻打西岐，此次之战必胜的把握居多，南侯何必多虑？”

鄂崇禹苦笑道：“龙使节不要安慰本侯了，若姬昌拼死一战，虽西岐可能会灭，但我南域也决不好受。”

倚弦讶道：“西岐真有如此实力？”

鄂崇禹叹道：“这是当然，若非西岐势大，纣王又岂会如此忌惮姬昌？”

“这倒也是！”倚弦对此深信不疑，记得幼时便常听花子爷爷诉说西岐的好处，身边的下奴们也将西岐视作向往的福地，由此可见一斑，当即点头表示同意，反问道：“南侯既认为西岐难攻，为何还要遵从纣王之命发兵呢？”

鄂崇禹眼中精光一闪而逝，旋而又装作无奈的样子道：“王命难为，本侯岂敢抗旨。再则说来，本侯联盟诸国不利，又何来能力反抗纣王的旨意呢？”

倚弦自然不会被他表面的样子所蒙骗，不过也不好直接将他揭穿，只是隐讳地说道：“难道南侯没想过两虎相争，得利的永远不会是相斗之虎。”

鄂崇禹蓦地双眼厉芒闪现，紧盯倚弦，低沉地道：“龙使节这话是什么意思？”

倚弦眼神平和，却没有丝毫的退避，淡然道：“侯爷乃聪明之人，哪会不明白，相信用不着龙某明说吧？”

鄂崇禹冷眼盯了倚弦许久，突然哈哈大笑道：“龙使节快人快语，说得痛快。不过，你可曾想过，本侯此时无论有何想法也不可能付诸现实。”

倚弦明白鄂崇禹是那种没有绝对把握便不会轻易出手的人，点点头恭敬地立在一旁，不再言语。

鄂崇禹微笑道：“本侯此次请龙使节过来，为的便是希望你能够帮忙。”

倚弦心中惊讶，道：“龙某才疏学浅，身份低微，哪能帮得了侯爷什么？”

鄂崇禹道：“龙使节千万莫要谦虚，仅是以你使者的身份便代表了贵国，焉能说身份低微？”

倚弦闻听此言，立即猜到鄂崇禹是想通过自己借调濮国的兵马，当下不动声色地说道：“龙某虽是我濮国之使，但凡事亦做不得主，尤其是在军政国务等很多方面，不知侯爷需要龙某为您做些什么？”

鄂崇禹颜面肃然，出口果然是倚弦猜到的答案，道：“一万兵马！本侯需要濮国与南域协同作战，派出一万将士共征西岐，不知龙使节以为如何？”

倚弦暗骂一声老狐狸，然后故作为难地说道：“侯爷也应该知道我濮国本是小国，这一万兵力恐怕甚是困难……”他虽是表面做做样子，但想想也的确是有些为难，毕竟他并不是真的濮国使者，就算是刘览亲至，恐怕也不敢擅作主张。

鄂崇禹大笑道：“龙使节这话就说差了，贵国举全国之力屯兵五万，外张不足，但自保有余，而且此时周方无有能致贵国于险境的强国，所以即使抽出一万兵力也不至于有多大影响。”

倚弦没想到鄂崇禹对濮国这么了解，此时说出这些话来，可见鄂崇禹对要求濮国派兵之事实在是志在必得。

鄂崇禹继续道：“贵国与我南域世代交好，想来也不至于连这点小小要求也拒绝吧？”

倚弦口头上本欲拒绝，但念及此时远在西岐的耀阳，便借机问道：“抛开其他的不说，侯爷欲派兵西岐，可知西岐现时战况究竟如何？”

鄂崇禹自然不会猜到倚弦的想法，还以为他是想听完西岐的形势之后再做考虑，便道：“据探子回报，西岐金鸡岭早被崇侯虎用计拿下，而西岐大将军南宫适未知消息，仍然带领将近十万兵马前往金鸡岭，哪知中途被伏击，兵败退至‘伏龙山’，然后被崇侯虎大军重重围困，而崇侯虎乘机另派先锋‘飞虎军’前往围攻通往西岐的咽喉要塞——‘望天关’。”

听到西岐势危的消息，倚弦心中大为担心此时身处西岐宫廷的耀阳，沉声问道：“这么说来，西岐已难挡崇侯虎之军，此时又何必劳动南域之力？”

鄂崇禹鼻息冷哼一声，表示出对崇侯虎的不屑一顾，道：“凭崇侯虎岂有如此能耐，只是他不知得了哪来的将才相助，这才出其不意迫西岐陷于如此困境，此战一过，西岐必定对之相当重视，姬昌之能绝非区区崇侯虎可比，即使‘望天关’被破，西岐也还有一拼之力。而我军正值此时介入其中，必会受西岐倾国之力反扑，胜负实难预料，贵国若是于此时在我南域危急之时助上一臂之力，本侯自是感激不尽。”

听鄂崇禹语中之意，虽是西岐强悍，但在如此形势下却必是覆败之局，更何况南域还将派兵前去。倚弦不由更加担忧耀阳的处境，心中开始想方设法如何去帮助耀阳。

鄂崇禹见倚弦深思不语，还以为他在考虑濮国参战的利益得失问题，便趁热打铁道："这样吧，贵国今次一战的一切费用皆有南域承担，本侯许诺战后互换帛书国印，世代交好，并赠以黄金千两、绸缎万匹，做贵国此次援助之酬劳，不知使节以为如何?"

倚弦久久不答，鄂崇禹也不再多说。

沉思许久后，倚弦犹豫再三，终于缓缓吐出一口气，心中有了决定，说道："龙某不敢肯定我国君上会否答应此事，但是可以首先开出一个条件，如果南侯应允的话，我也好在君上面前帮忙说服。"

鄂崇禹大喜问道："什么条件?"

倚弦硬着头皮说道："为了不使我濮国将士受到不必要的损失，龙某必须随南域大军先行前往西岐，待到确定战况之后，才能规劝敝国君上出兵。"他其实只是为了借机去西岐找耀阳而已，他想到只要到了西岐，一切事情待兄弟俩会面，什么都能应付过来。

鄂崇禹大喜道："如此甚好，那就这么说定了。龙使节果然是睿智之人，而且以使节一身法道本领，对我南域大军此次西征也是大有裨益。"

倚弦忙自谦一番道："濮国与南域世代交好，不管从哪一方面来说，自然都应该大力支持侯爷的，所以龙某也是为了两国能有更大发展才做出这个决定!"言语间，倚弦故意将"两国"的语气加重了说出来。

鄂崇禹满意地开怀大笑道："龙使节年少有为，将来定是贵国顶梁之柱。若此番能凯旋，本侯定封先生为'南域上宾'，赐以爵位厚禄。"

倚弦哪里会稀罕这些，不过还是装作很高兴的表情，道："多谢南侯，龙某定当全力而为。"这番话说得稍显勉强，毕竟倚弦的性子跟耀阳不同，不惯撒谎的他神色不免有些不自然，只是正在高兴中的鄂崇禹也没有发觉。

倚弦又问道："既然如此，不知南侯准备何时发兵，也好让龙某做好准备。”

鄂崇禹微一沉思道：“兵贵神速，就明日吧。”

倚弦怔了一下，道：“南侯，这是不是太快了些?”他知道这是纣王诏命所限，不过仍是装作很是吃惊的模样。

鄂崇禹摇头道：“局势不容有失，所以明日希望先生随我南域兵马先行前去西岐，贵国兵马在调度妥当后，也应该在最迟三日后开赴西岐。龙使节认为怎么样?”

倚弦何尝不是心急去西岐找耀阳，当下作势思考后点头道：“没问题!明日龙某就动身，其他一切我自会修书向我王请命。不知明日南域大军领兵之将是何人呢?”

鄂崇禹答道：“此次出征西岐事关重大，所以本侯特意派遣南域第一猛将——威南大将军虎遴汉将军领军！而龙使节如此少年英雄，不妨就先屈就在我大军中做监军，如何?”

倚弦想起那晚宴会上所见的虎遴汉将军，微微一笑，再听到鄂崇禹封他做了个监军，更是哑然失笑，连声道谢，说道：“我知道了，明日早上我就去校场直接面见虎遴汉大将军吧!”

说罢，倚弦就此起身告辞，鄂崇禹心情极佳，热情的将他送出殿去。

第八十三章　天火焚虎

耀阳清楚崇黑虎最擅长的莫过于用毒驱虫，这时使出“破体魔变”而且血雾不散，猜到恐怕与此有关。

崇黑虎骤然魔能大增，他却并未及时出击，而是手持暗红色葫芦，默念法咒，蓦地魔能波动，从暗红色葫芦身上扩散开来，竟让耀阳隐隐感到奇特的危机感。耀阳警觉归来，正欲退后，奈何崇黑虎却已看出他的意图，伸手兜去，瞬时间暗红色血雾弥漫开来，血雾所到之处，草木无不枯死。

血雾在转眼间遍布身前十几丈的方圆，还在不断地蔓延，凡靠近血雾的那些兵士无不中毒立毙，甚至满地毒物也触之即死，吓得所有兵士都远远绕开。

耀阳不想再退，五行玄能默运《幻殇法录》中的“魔气如覆”，以玄能之气包围全身，形成一道异能结界，堪堪将血雾尽数挡在身外。

“小子，去死吧！”崇黑虎蓦地大喝一声，左手持暗红色葫芦，口子对准耀阳，右指划半圆，叱喝道：“慑！”暗红色葫芦突然发出强烈刺眼的红光，猛地葫芦口幻出七道暗金色光芒以北斗七星的方位将耀阳团团围住。

耀阳顿感七道金芒给予的强大压力，同时七股强大的魔能向他迫来，不得不分散玄能抵抗毒雾的他只能勉力舞起长戟如涛，狂浪般涌向四周，力敌此这七道金芒的强大攻击。

崇黑虎冷笑一声，呼道：“疾！”

七道金芒倏地向耀阳集中而来，魔能因此更甚，强猛无匹地将耀阳全身罩住。耀阳低呼一声，长戟连击，五行玄能疯狂催出，以《幻殇法录》中的“门禁森严”之法运行，随着长戟舞动形成牢不可摧的屏障，将魔能尽数抵回。不过耀阳对这招并未怎么熟悉，无法完全发挥出威力，更何况此时的伤势因此进一步加重，隐有爆发之势。

“镇!”随着崇黑虎的声音，七道金芒蓦地窜起连成一片，竟有十来丈方圆之大，魔能激荡锁住耀阳的所有方位，转瞬又从耀阳头下压下。

耀阳大惊，欲运全力抵抗，突然转眼瞥见那奔流直下，落入湖中化为湖水一体的瀑布，他脑海中灵光一闪，当下一招使出“乾天炎龙诀”，炽白色的炎龙狂舞上旋，硬是撞在金芒之上。

隐蕴归元异能的“乾天炎龙诀”威力非凡，金芒竟被击碎，重分七道金芒击在耀阳身上，耀阳却是不挡不闪，任由金芒侵体，融合归元异能的五行玄能宛若大海般沉厚，将金芒尽数吸收。

纳入体内的金芒魔能被五行玄能分解重分属性，再融五行为一体，竟反而被耀阳体内浩瀚如海的归元异能和五行玄能消融吸收。但那金芒侵体也非等闲可比，耀阳如被崇黑虎亲手击中，直感气血沸腾，压制不住伤势，猛地一口鲜血喷出。

耀阳此举甚是冒险，若非这暗红色葫芦只是高级法宝而非神器，兼之崇黑虎法能不足，此次他恐怕不死也得重伤。不过现在他也是伤势不轻，只是耀阳五行塑身，韧性岂是常人所及，他再次强行压下伤势，集起五行玄能向崇黑虎击去。

崇黑虎哪想得到耀阳被七道金芒击中还没什么事，不由大惊失色，再喝道：“复!”空中重新出现七道金芒，却是弱了许多，但耀阳此时已经受伤不轻，法能也是大为减弱。

“震!”崇黑虎再喝，七道金芒重叠起来，层层激震，魔能疯狂攀升，直至达到最佳境界，七层叠加威力更甚刚才。

原本如此强悍的魔能本不是受伤的耀阳所能攻破，但此时在耀阳脑海中，从湖水融合奔流到瀑布的惊天气势又转到《轩辕图录》，九幅容含天地至理的图案一幅幅地飞旋着，九幅图似乎连了起来，又晃若变成了飞流直下而无可匹挡的激流水瀑。

耀阳在这时豁然开朗，那瀑布给他的启示终于明了，就在这一瞬间起，他对《轩辕图录》的理解已经进了一大步，正式跨入了玄学至境的门槛。

睥睨一切，决然无回……

耀阳的嘴角自然浮起一丝微笑，恍然大悟的他清啸彻天，浑身君临天下、睥睨三界的龙脉气势勃然爆发，没有任何的顾及，“乾天炎龙诀”发挥出自他练成以来最强的威力，整把长戟竟被天火烧熔，戟身化成赤红的铜龙，戟尖成了尖利无比的巨嘴龙牙，浑身冒着那能将人烧成焦炭的炽白烈火，烈火焚烧的铜龙转眼间就暴涨十数倍，霍然巨嘴狂张，以气吞山河之势一口吞下七道金芒，竟不被阻碍一点，直扑其后的崇黑虎，迅猛有如奔雷，丝毫没有给崇黑虎片刻退避的时间。

崇黑虎骇然失色，唯有集起全身魔能，暗红色葫芦爆出烈光，迎上那一条铜铸炎龙……“轰!”一声巨响，震得整个山林为之颤抖，两军将士无不吃惊，面对这等奇景，都停下手来，静静观望。

炎龙将崇黑虎整个人吞噬，烈火几欲将崇黑虎焚化。“呀!”烈光暴射，崇黑虎终于竭尽全力震散炎龙，但已是身受重伤，暗红色葫芦开始龟裂。而这时，耀阳早已赶到，双手合掌一刀斩下，五行玄能聚起烈火金光闪耀，划过一条无比规则的弧线，以雷霆万钧之势向崇黑虎砸下。

崇黑虎已是来不及抵挡或是躲闪，彻底绝望下嘶吼着击出同归于尽的一拳。

“砰!”耀阳没有躲避，咬牙顶上，合掌正击中崇黑虎的额头，烈火金光没入崇黑虎体内，而崇黑虎的一拳也正好击在他的小腹之上。

“啊……”两人同时弹开，崇黑虎发出撕心裂肺的惨叫声，满身鲜血激飞，整个身体着起火来，但他只是挣扎一下就不动了，任由身子被火烧着坠落，再也没有任何动静，那强悍的天火炎诀转眼间就将崇黑虎的身子焚烧成焦灰。

殷红四飞，耀阳再次喷出满口腥血，即使他用“牵机引玄法诀”将崇黑虎的魔能卸去，但崇黑虎临死反噬的一拳岂是等闲，魔能在他体内肆虐，勉强完全驱尽，耀阳已是伤上加伤，只是靠着神奥莫测的归元异能迅速将伤势缓解，但若想马上痊愈那是绝不可能的事情。

耀阳强提一口气，顺手接住那只暗红色葫芦，仔细想了想，将其覆于背上，然后风遁空中俯视“独龙潭”前的整片山林，发现崇黑虎的兵马在崇黑虎死后已经溃不成军，其实当崇黑虎受到炎龙攻击之时就无法再控制那些毒物，毒物反噬近身的崇黑虎军兵士。

尤其耀阳此时遁升空中，威风凛凛直如天神一般，崇军兵士顿时士气全无，纷纷溃逃而散。

耀阳见此心神一松，不由咳出一口血来，忙打起精神风遁而回，很快回到自己兵士阵容之中，耀阳勉强落至高处，卓立扫视全军，西岐军将士立即全军喝彩，士气高昂，耀阳再一次力挽狂澜。

清点人马，全军竟阵亡了大半人马，多数都是为毒物所杀。耀阳抹去额间冷汗，这些毒物的威力的确可怕，若是再拖上一些时间，那后果就真的不堪设想了。

崇黑虎的人马溃逃已不足为患，但崇侯虎的大军定然正是在赶来的途中，这才是对他们的很大威胁。

“全速前进，上伏龙山！”耀阳立即发出命令，却忍不住伤势再发，耀阳几欲呕血，但是为了稳定军心还是强行忍住，大笑道，“待我军与大将军会合，崇侯虎等辈又算得什么。”

全军顿时发出震天喝声呼应，他们无一不是亲身见证耀阳诛杀崇黑虎的经过，怎会看不出主将为了大家早已深受重伤，他们饱含着热泪震声回答主将的呼应，心中的感动与崇敬已到了无以复加的地步。

在这些西岐兵士心中，耀阳的威望已经完全稳固，再无人能轻易撼动他在西岐三军中的不世声望。

耀阳策马一边前行，一边自行默运疗伤秘法治疗内伤，归元异能不愧为三界第一异能，加上五行玄能的超卓，默运九重周天之后，如此重的伤势逐渐开始减缓，而五行玄能则对耀阳体内受损的部位不断催生。

没有辎重牵绊，兵马行动迅速，行过一段路后，在依稀的夜色中，可以看到一个较高的山路斜坡，众人已远远看到前方金吒带领的部队正往一个较为狭窄的山隙之中赶去，全军大喜，正准备快马赶上。

突然，众人耳际都听到一阵蹄声轰鸣，耀阳斜眼睨见后方远远的尘土飞扬，他知道，崇侯虎大军终于赶来了！

耀阳策马回身，拨转马身，单臂一伸，毅然喝令道："这里有我挡住便是，全军听我号令，进山！"

此时，众兵士再也抑止不住心中的感动，齐齐跪伏于地，人人饱含热泪呼喊：

"耀将军……"

"你已经身受重伤，就跟我们一起上山吧……"

"否则我们愿死守此地，挡住敌军……"

"……"

耀阳知道大家在体恤自己，他生平第一次感受到这浓浓的生死情谊，心中感动得差些热泪盈眶。

耀阳久久才平复心绪，洒然一笑，扬声道："大家的心意我非常明白，但是我耀阳从不做没有把握的事，也从不允许在我倒下去之前，让跟着我的人受到丝毫伤害，所以，请大家相信我一次！"

此言一出，所有兵士更是心中难舍，呼喊更甚。

耀阳轻叹摇了摇头，蓦然聚齐元能，震声喝道："全军听令，留神戒备，逐步后退，入山之后等候命令！"

耀阳气势凛凛的威信，全军上下无不听命，人人眼中流露出万般不舍的神情，只能有条不紊地开始整齐后退，此时的他们竟丝毫没因眼前即将到来的强大敌人而有所畏惧。

看着全军不断后退，速度不免拖慢，在离兵马逝去的山隙还有百丈处，崇侯虎万余兵马已至眼前，为首一人骑马傲立，金甲银装甚是威风。耀阳看去，此人正要当日助苏护旄山会猎时曾见过一面的北伯侯崇侯虎。

崇侯虎在几个将领护卫的守护下，策马前进几步，喝道："尔等是何方小辈，竟敢独身在此挡我北域大军，还不快束手就缚，尚可免你一死！”

耀阳缓缓吁出一口气，五行玄能“合五化一”将伤势再次强行压制住，大声朗笑道：“侯爷，很久不见，风采依旧啊。”

倚弦的心中此时充满了对耀阳的担忧，一边思考一边走回驿馆。

甫一迈进驿馆的院门，正跟小龙兽玩耍的紫菱便看到倚弦，忙迎了上去，道：“易大哥，鄂崇禹找你有什么事吗？不是要为难你吧？”

这时小龙兽也屁颠屁颠地跑了过去，嗷嗷叫着在倚弦的脚背上踩了几下。

倚弦勉强扯起笑容，俯身抱起小龙兽逗了逗，心情登时好了许多，道：“哪里，没什么事情。”

紫菱从倚弦这么明显的神情怎么会看不出情况，噘起小嘴道：“易大哥，你又在骗我了，究竟有什么事，说出来啊，我或许可以帮你一把啊。”

倚弦犹豫再三，知道向濮国调兵并非易事，不管紫菱是否能帮上忙都应该告诉她一声的，当下不再隐瞒，苦笑道：“鄂崇禹要求濮国派兵一万助他西征西岐，我答应了……”当下将他跟鄂崇禹的谈话说给紫菱听。

紫菱闻言冷哼一声，道：“那个老东西这么狡猾，自己想保留实力，却让濮国的人替他出生入死。不过，易大哥你放心吧，这点小事，对我而言不成问题。”

倚弦大为诧异，一万兵马岂是小事？尤其是对于像濮国这样的小国，更是有莫大影响，他不明白紫菱为何会有如此把握。

倚弦虽然不敢相信濮国会调兵，但是他对紫菱的手段倒是有些半信半疑，毕竟他这个濮国使者的身份也是紫菱帮忙搞到的，倚弦不无怀疑地问道：“一万兵马可不是小数目，你能去哪里调派？”

紫菱极其神秘地妩媚一笑，道：“本公主自有妙计，易大哥先不要问，明天便跟鄂崇禹的大军先行就是了。三日后，我自会随同濮国兵马一同赶往西岐，同你会合，到时候你就知道了。”

倚弦看她一副胸有成竹的样子，迟疑了一下，但也没办法，只有选择相信紫菱，他纵算手中的“龙刃诛神”有通天彻地之能，也不可能凭空化生出一万兵士出来，而且紫菱虽然脾气有时候很小器，但很少信口开河，既然说得这么有把握，或许真的可行也未可知。

“看你神神秘秘的，有什么见不得人的吗？”倚弦心中有些纳闷，又不放心地嘱咐道，“……我不在，你自己可要小心啊。”

紫菱见倚弦关心自己，登时绽开笑颜，道：“放心啦，我又不是小孩子，知道怎么照顾自己的。”

倚弦看着她，无奈地摇头道：“知道自己不是小孩子，就不要再那么任性，真是不放心你。那个强悍莫名的黑衣老者也不知会不会来找你麻烦，要是‘龙神’前辈在此就好了，有你外公保护你，我多少可以放心一些。”

说到这里，倚弦想到这时还在贴身放好的“乾元绫”，又不免担心起应龙的安危，叹道：“可恨那黑衣老者拿你来威胁应老前辈，不知现在他可否安好？”

紫菱对外公也是有些担心，但她还是似模似样地开解倚弦道：“没事！外公虽然被困无量山，但如今三界之内没几人可以伤得了他，应该没有什么危险的。而且那个该死的黑衣老头还需要外公替他办事，所以也不会对外公不利。”

倚弦想想也是，却忽然勾起心中一直感到奇怪的事情，不由忍不住问道：“‘龙神’应龙前辈是你外公，也就是龙王的岳父，那你的母亲是谁呢？”

“我母亲……”紫菱闻言眼圈突然红了起来，呐呐的半晌说不出话来，吓得倚弦忙问道：“你怎么了？”

紫菱此时听到倚弦柔声宽慰，登时伤感倍至，转身扑倒在倚弦怀中开始哭泣起来，倚弦忙扶住她，问道：“紫菱，你没事吧？到底是怎么回事？”

紫菱只顾泪水流个不止，将倚弦的衣襟尽数沾湿，却并没有解释是什么原因。倚弦哪里遇到过这样的情况，一时间不知所措，手忙脚乱地开始安慰紫菱，哪里还顾得上再问什么。

紫菱的抽泣让小龙兽也感应到主人的不开心，从倚弦怀中挤了出来，爬到紫菱的肩头上，两只笨笨的爪子也搭在紫菱的发际，温顺地靠在二人的身侧，一副乖乖的模样，尤其是看到紫菱愈来愈伤心，它竟也跟着嗷嗷低嘶着流出泪水来，丝毫不似假装的悲凄样子令身旁二人都不由为之一愣。

紫菱一把抱起小家伙，带着哭腔的质问道："你个小东西，没事跟着瞎凑什么热闹嘛?"

小龙兽仿佛被紫菱看似叫劲的模样吓住了，愣愣地忽闪着大眼睛，不敢再吭一声了，唯独流露出满腹委屈的神情让紫菱和倚弦不由相视一怔。

"想不到这小家伙竟然还会觉得委屈!"倚弦探手抓挠了小龙兽一把，看着小东西来不及躲闪的拙样，他跟紫菱同声大笑起来。

倚弦拍了拍小龙兽的大头，探手将怀中的"菱湟玉"统统拿出来，道："紫菱，你一定要带好这个小家伙，凡事小心保重!"

紫菱知道倚弦是在临行嘱咐，不由再度悲从心来，抱着小龙兽扑入倚弦怀里，感伤地大声哭将起来。

倚弦轻轻搂住紫菱软玉温香的娇躯，拨了拨小龙兽的大鼻子，竟跟小家伙同时无奈地摇了摇头。

第二日，南域大军启程开赴西岐。

倚弦在校场前见到了虎遴汉，两人有过早先在内殿宴席的一面之缘，此时见面后相互寒暄了几句，便同进了校场。

刚到校场，二人就见数万人马整齐地排成无数纵队，一眼看去整个校场非常庞大，旗帜迎风招展，晃若大海浪涛般。此时，数万兵士之间似乎在就出兵西岐的事情窃窃私语，然而汇成一块便人声鼎沸，像是炸开锅了似的。

校场高台之上，一人朝服吏帽、趾高气扬地正坐在站台之上，狰狞的面孔上透出傲然的眼神，睥睨台下万千兵士，样似极其不屑，正是那位监军尤浑。倚弦不由打量了一眼尤浑，看他在台上双眸凝定的沉郁本色，倚弦隐约感应到某种不安，越发觉得此人大不简单。

与此同时，尤浑也同样回身瞪了倚弦一眼，心中油然生出警戒，像倚弦这样神采出众的人物，让人一见便知不是池中之物，尤浑又怎会对他不加注意呢。

虎遴汉见了尤浑，忙恭敬地行礼打招呼。

尤浑听到倚弦同样也是身为监军，便冷哼了一声便自顾又坐回椅子上，默不作声地看虎遴汉调动大军。倚弦见他不曾理会自己，当即也不想理会他的存在，坐到了一旁。

虎遴汉果然不愧为南域虎将，却见他双手扬起，转瞬间刚才喧闹的声音便立即消失，数万兵士无不摒声静气，不敢有一人发出异响，与刚才纷杂的情况截然不同，只是从这点就可见虎遴汉的威望之高，治军之严谨。

虎遴汉满意地微微颔首，朝身旁一位宫奴模样的人打了个手势，那名宫奴立时恭敬的行了出来，展开手中帛卷，拖长嗓音喝道："南侯诏令……"

顿时间，包括虎遴汉在内的在场所有将士都恭敬非常地俯首跪下。

宫奴似模似样地读完诏令，无非是一些堂而皇之宣扬一旦获胜便可得到奖赏之类的励志内容。宫奴宣读完诏令，便匆匆退下了。

虎遴汉起身缓缓环视校场一圈，骤然震身喝道："屯兵千日，用在一时。你们皆是我南域的铁血勇士，如今天子诏令已下，北侯兵发西岐，如此良机，正值我南域大好男儿为国效力之际，大家有信心吗！"

"有！"数万兵士吼声震天，万千戟尾向地上一戳，整个大地不由为之震颤。

虎遴汉暴喝道："如此甚好，我南域三军将士誓为南域拼死效力！"言罢，虎遴汉拔剑出鞘，斜指苍穹。

"誓为南域拼死效力！"震彻云霄的吼声中，数万戟戈齐齐指向苍穹，锋利的戟尖利戈迎着阳光，反射出一片刺眼光华，旗帜如海浪飘扬，那数万人的气势似乎都融在虎遴汉一人身上，让他在一瞬间变得无比的强大。

此时，校场中的每一次吼声都能震撼人心，倚弦尚是第一次面临这等场面，同样被校场上下一心的气氛所感染，胸中涌起热血沸腾。

经过一番激励后，南域一众将领兵士人人士气高涨，虎遴汉满意的颁虎符，将先锋粮草等要务分派妥当，当即率领大军兵发西岐。

倚弦感到非常奇怪，按照常理来说，面对如此大规模的发兵，鄂崇禹理应前来饯行励军才对，却自始至终没有现过一面，可见鄂崇禹对于此次出兵肯定没有太大的把握，为了事到临头有个辩解的机会，自是不肯亲来以免最后落人口实。

行军途中，倚弦与其他主将均被安排在不同的单独战车上，从南域开赴西岐这一路上山路居多，所以到处让人觉得颠簸坎坷。倚弦自幼颠沛流离，当然不会在乎这些，只是在担心紫菱公主是否可以调动濮国兵马，而且又焦急忧虑耀阳如今的状况。

所有将领的战车都是如此，却唯独尤浑时不时大发脾气，不但一路要求大鱼大肉地吃喝，就连战车也布设的豪华奢侈，丝毫不似行军作战，倒像是去郊游似的。行军时间越到后来，尤浑就越过分，竟在沿途霸占了几个民家女子在车上嬉戏不说，还时常因为这事干扰了大军的正常行军。

不管从哪一方面都不想延误时间的倚弦对此更为不满，曾几次派人前去劝过尤浑。谁知尤浑非但不听，反而怒斥倚弦不分尊卑，即使如倚弦这样的好脾气也不由大为恼火。

特别是当行军驻营休息的时候，两人偶尔擦身而过，尤浑投来的阴冷目光，总能令倚弦的思感异能清楚地感应到强烈不安，令他对尤浑的身份大感怀疑。

大军行进又过了一天，这晚大军驻营在南域边境的“丘山”之上，正当众将围坐帐内议事之际，忽听探子到了帐外来报战况。

众人心情大好，虎遴汉气定神闲地让探子进帐。

探子跪礼上报道：“禀大将军，西岐要卡金鸡岭被攻陷，西岐大将军南宫适受困‘伏龙山’后，而在西岐‘火烧落月谷’一战中扬名的虎贲将军耀阳随同西岐二公子姬发奉命带兵援助，甫到‘望天关’，便先破崇黑虎大军的围城之计，其后一夜之间，耀阳更火烧‘东吉岭’，大破名震遐迩的‘飞虎军’，近来熟知战况的诸侯都私下戏称此人是什么‘火舞耀阳’……”

众人大惊，纷纷低头议论开来。

“火舞耀阳?”虎遴汉听完后神色丝毫不为所动，只是疑问道，“你可探知，这个虎贲将军耀阳究竟是什么来头?”

探子回道:“此人近来才出现在西岐，年纪甚轻且身份不明，听闻便是他在朝歌救出了西伯侯姬昌，而且他在西岐的风头之盛，甚至盖过了姬昌的几个族亲子嗣。”

虎遴汉满腹疑问地环顾左右，但旁近诸位将领却无人能知，都不免惊叹西岐什么时候又多了这么个能征善战的将领，对这个耀阳产生了无法捉摸的感觉。

倚弦闻言心头咯噔一下，尽管他表面上装作漠然处之的样子，心中此时却早已犹如打翻了五味瓶一般，酸甜苦辣的感触尽数涌上心头，尤其是那种由心而发的激动情绪，更让他差点在众人面前露了馅。

“火舞耀阳……小阳这小子终于闯出名堂来了!”倚弦的心中反思到旧时两兄弟四处奔波逃亡的生涯，再一想到终于得知好兄弟的大好消息，顿时有了一种让他当场热泪盈眶的冲动，他心中怎能不激动呢，耀阳终于可以建功立业了，那种荣辱与共的情绪激荡在心中，令他久久无法自持。

他说话间充斥体内玄能鼓荡，不敢露出丝毫受伤的疲态，只因为他看到崇侯虎身边的一个风度翩翩、俊朗不凡的年轻将领，此人正是当年在奇湖见过一面的刑天放。虽说刑天抗被誉为刑天氏年青一辈中的第一高手，但刑天放此人生性不喜争强好胜，一身修为未必会在刑天抗之下。

耀阳如何敢大意，此时崇侯虎不敢放马进攻，不过正是因为他独身一人挡在此处，这一出奇不意之举，让人难免会怀疑有诈，担心山隙内有人伏击，所以暂时不敢轻举妄动罢了。

“胡说什么，本侯哪有见过尔等无名小卒?”崇侯虎一讶，显然记不起哪里见过耀阳。

内伤牵动血腥入喉，耀阳强压的伤势似要爆发，忙哈哈大笑，借笑声掩盖伤势，喝道：“侯爷真是贵人多忘事，可记得当日旄山会猎时，小子我还与侯爷好好理论过一回！”

“你是……”崇侯虎怀疑地看着耀阳，当日形势复杂难料，他不过是想借威吓、暗袭等手段迫使几个诸侯国就范罢了，哪里还记得有个小毛头曾经当众质疑过他的举动。

耀阳看出崇侯虎的疑惑，知道唬弄对方的目的已经达到，便道：“当日侯爷好像对我颇为看不顺眼，难道这么快就忘了？不过耀阳可不是善忘之人，今日难得再见侯爷一面，为补偿过去的错失，今日我特意准备了一份礼物送给侯爷，望侯爷收好了！”言罢，他手中暗劲一抛，将背上的暗红色葫芦抛给了崇侯虎。

“你便是火舞耀阳？”崇侯虎从耀阳自称的名字中想到近日连连打击西征军士气的主角，心中怒火正要发泄，却见亲弟崇黑虎从不离身的得意法宝竟从耀阳手中抛落，直朝自己劲射而至，心神顿时大震。

崇侯虎身侧的刑天放身形微动，掌中魔能释出，凭空便将袭向崇侯虎的葫芦吸走，虽然看似轻松写意，但刑天放在接手的瞬时间，仍然可以感受到耀阳蓄意散发出的炙热五行玄能，掌中自然而然生出抵御魔能相抗，谁知魔能甫出，便中了耀阳暗藏葫芦上的元能小把戏。

只听“砰”的一声裂响，暗红葫芦已然爆裂开来，化为一阵炎火。

崇侯虎怒喝道：“小辈狗胆，我弟黑虎被你如何了？”

刑天放出道以来，哪曾受过这等戏弄，何况今日还当着万千兵马，他的脸色顿时难堪到了极点，掌中魔能逆转，竟硬生生将炎火一寸寸凭空抹灭，双目中煞气巨增，毫不转睛地盯视耀阳，直恨不能生剥了他。

耀阳虽然最为担心刑天放，但目光始终对此人视若未见，道：“崇黑虎，他犯我西岐，死有余辜！侯爷若是仇恨耀某人，不妨可以现在出手报仇，我们各看对方能耐如何？哼……”耀阳猛地虎目怒睁，冷哼声如霹雳，直震人心。

崇侯虎震惊莫名，大怒之下，气得浑身发抖，指着耀阳：“你……

你……竟敢谋害我黑虎兄弟，本侯若不杀你，如何对得起我弟在天之灵，来人啊，快快将这小子拿下！”

崇侯虎手后一员大将怒喝道：“小辈狂妄，侯爷莫恼，看本将来收拾你！”此人当即从马背上跃身而起，五指宽的后背长刀凌空砍向耀阳。

耀阳存心给他们一个下马威，一眼瞥见来将的法能修为薄弱，目中厉芒闪过，看似随手地挥出一道五行玄能，宛若锋刃激出，那刃风顿时宛若狂蟒之势将那人吞没。

只听当啷一声，长刀被玄能击中，立时断作两截，那名大将更是惨叫一声，整个身子随着刃风飞起，重重地摔在地上，虽然没死，却也只剩半口气了。

好漂亮的一招伤敌，当即震慑了现场所有人。

崇侯虎大为骇然，本对这“火舞耀阳”深有忌惮，此时更不敢小觑，转首问刑天放道：“天放，可否替本侯将此人拿下？”

刑天放何尝不想，只是他为人向来谨慎，盯了耀阳半晌，在崇侯虎耳边低语道：“此人前些日子在‘落月谷’极端不利的情况下扭转形势，并出手将我族兄刑天抗击伤，足见他才智过人，法术超群。而他此时却胆敢以一人之力抗阻侯爷大军，况且三番两次蓄意激怒侯爷，天放以为其中必定有诈，况且这小子既然已经到了此处，想来姬发的兵马也已不远，如若此时南宫适再重兵下山……”

刑天放才一说到这里，崇侯虎已经惊得四下张望，道：“天放是说，这小子布置了一个圈套，等着本侯往里钻，对吗？”

刑天放悠然点头，道：“否则，他便是有通天之能，也断然不会独守此处，试想天放与众将一起出手，难道还不足以将其击杀吗？所以方才他故意激怒侯爷，怕是期望能跟我等交手拖延时间，等待兵马汇集！”

崇侯虎大呼有理，问道：“天放认为，本侯现在应该怎么做呢？”

刑天放顿了顿，道：“天放认为，侯爷应该快快返回主营，调集兵马前来围剿才是上策！”

此时，伏龙山北麓山径忽然惊起一群宿鸟，崇侯虎纵横沙场多年，岂会不知这是大批兵马行进的痕迹，当即点头道："天放说得是!"

耀阳见二人商议半晌，他却始终没有搭腔，那是因为方才一击全力出手，伤势已经达至一个无力回转的程度，他只能运转五行玄能化合归元异能，强制调理命脉，缓了好半晌，这才稍有起色。

耀阳回了一口元气，大声喝道："怎么了，堂堂一个威辖二百镇的大诸侯，竟然凡事都要向一名乳臭未干的毛头小子请示，你就不觉得脸臊，还做甚么北伯侯，干脆连伯侯之位也让给他算了!"

崇侯虎果然是老奸巨猾，得失利益权衡得非常清楚，竟丝毫不受耀阳话中之意挑拨，道："既然你喜欢逞这口舌之利，本侯就不奉陪了!"话说到最后，可见他心中仇恨仍是难消，恨恨地盯着耀阳咬牙切齿道，"他日你若是犯在我手，本侯定让你死无葬身之地!"

崇侯虎单手一挥，已然下达撤军的命令，万余大军在面对耀阳单人匹马的情况下，竟始终不敢前进一步，不但任由耀阳大肆辱骂一番，还灰溜溜的撤兵离去，果真好笑之极。

耀阳见目的已经达到，自然心中愉悦，最后仍然不忘大声嘲笑一句，道："侯爷既然这次既往不咎，耀阳下次定要再送你一份大礼才是!"

看着崇侯虎大军远离视线而去，耀阳摇头一笑，终于放松下来，却再也抵制不住伤势发作，一口口的腥血喷将出来，全身虚脱无力，眼前一黑，竟径直从马上跌落下来。

"耀将军……"

关键时刻，金吒风遁而至，一把接住耀阳，见耀阳伤势甚重，立即从怀中掏出一个洁白玉瓶，倒出几粒红色丹药喂给耀阳服下。

耀阳在模糊中看清是金吒，自然知道玄宗素来对丹药之道甚是精通，也不推辞，丹药下腹，便感应到一股玄元之气产生，很快扩散全身，让他感觉无比舒畅，原本体内受损部分更是加速痊愈，而五行玄能也不断吸收丹药元气来恢复自身。

呼出极为浊闷的一口长气，耀阳悠悠醒来，看着金吒微微一笑，道："崇侯虎退兵了吗?"

金吒眼眶一湿，差些落下泪来，点头道："崇侯虎万余大军敌不过将军一席话，已经退兵回营！"

"好，好，好！"耀阳连道三声好字，差些因为说得太快缓不过气来，金吒慌忙帮他舒胸通气，再次掏出几颗丹药，准备喂耀阳服下。

耀阳惋拒道："药是好药，不过不宜多服，还是留给更需要的人吧！"

金吒忙道："耀将军，你的伤要紧……"

耀阳推开金吒的搀扶，勉强立起身来，再次舒出一口气，道："你看，我已经没事了！"他体内的五行玄能果然卓绝非常，在短短时间内已经自行运转几个周天，伤势被体脉勃勃气机压制下去。

耀阳默运元能调整体脉，然后轻松自若地行前了几步。

金吒难以置信地望着耀阳，试问他如何肯信，方才他所探查到的严重伤势竟在如此短的时间内恢复行动自如，纵算师门的"三清丹"有起死回生之妙，也断不可能这么快恢复本命创伤。

耀阳摇头轻笑，他已经习惯了自身体脉的异常，道："走吧，金吒将军，说不定崇侯虎改变主意再折回来，那就大事不妙了！"

言罢，耀阳持住缰绳，翻身跃上马背，大力一夹马腹，径直往伏龙山深处驰去，只看那勒马回缰的飒爽英姿，再没有丝毫重伤难愈的模样。

金吒只能目瞪口呆地祭起风遁跟了上去。

当耀阳策马行过狭窄的山径，看到已经避入其中的西岐大军，黑压压的一片兵马尽数跪倒在他的面前，他可以感受到此刻马下这数千热血男儿的崇敬与拥戴，他同样再次被感动得哽咽难言，原来所有的兵将并没有趁他一人独挡崇侯虎大军之际上山，而是全都躲匿在山坳之中，只要听到任何不利的动静，便会奋不顾身冲杀出去，哪怕因为实力悬殊而战死当场。

第八十四章　兵临城下

耀阳率领数千兵马再次押运粮草等物事上路，临出山坳之际，耀阳回头对金吒道："请金将军将这个山隙捷径毁了吧，以免日后被崇侯虎利用来偷袭。"

金吒称是，当即飞遁而去，运起全身玄能，在附近几个关键的石脉上连击数下。顿时，山隙上方大片石块坠落，砸在山隙之内，声响直若天崩地裂，整个山脉都在微微颤抖。

耀阳大笑道："崇侯虎恐怕已经知道我刚才是在装腔作势，现在恐怕被气得半死了？"

金吒跟着笑道："只要想到崇侯虎这家伙气闷的样子就觉得爽！"

一众偏将纷纷爆出开怀的笑声。

山路崎岖，登不了一半，马匹辎重便无法再往山上搬运，远远的已经可以看到山间连绵成营的西岐大旗，不同山崖上更有成群营寨，想来南宫适大军也察觉到这边的动静，聚集了大批将士早已严阵以对。

耀阳率先前行，大喝一声道："龙翼将军耀阳奉姬发公子之命护送粮草物资，前来与南宫大将军策应，恳请求见大将军！"

对方军中不少人曾经经历"落月谷"之战，更有见过耀阳的兵士，闻言凑前看清了耀阳的样子，立即大喜道："真的是耀阳将军！我军终于可以脱困了。"顿时间，全军喜得沸腾起来，不少人大呼"龙翼将军"之名，原本萎靡的士气在这时突然高涨起来，就如溺水将沉的人终于遇到了一条牢固大船一般。

不到片刻间，各个营寨的兵士们纷纷打开坚守的寨门，将众兵将迎入寨中，并迫不及待地帮助众人将粮草辎重搬入寨中，人人兴高采烈，一扫阴晦不宁的情绪。

在将士带领下，耀阳来到山间一块崖地前，面对崖前阵营的守卫将领，问道："请问各位将军，耀阳为让各位脱困而来，不知大将军何在？末将求见！"

中年将领迟疑一下，还是恭敬地将耀阳接上了营寨，道："请将军随我来！"

耀阳吩咐金吒在此安排军士物资事宜，自己则随那将领前去。

进入营地后，很快便到了主帅大帐，中年将领请耀阳进帐。

耀阳甫一进去，就闻到一股混杂着血腥的药草味，一眼看去，却是南宫适躺在床上，苍白的老脸上酝酿着一片不正常的红晕，样子甚是憔悴，比耀阳上次在宫中见到他时老了不少。

耀阳奇问道："大将军他……"

"末将纪中成！"中年将领答道，"回耀将军，大将军在率军突围的时候背上中箭，由于药草缺少，未能得到很好的医治，导致伤势恶化，已有好些日子，着实令人担心啊！"

南宫适缓缓睁开眼睛，当他看到眼前的耀阳，顿时眼神一亮，虽然甚是虚弱，却略带有一些兴奋和振作，断断续续地道："耀将军……你来了……"

耀阳忙安慰道："大将军，你一定要好好休息，这里的事情我们一切都会搞定。"

"这样……就好……"南宫适勉强一笑，眼睛微微闭上，又陷入昏迷之中。

耀阳忙对纪中成道："将军好好照顾大将军，我去给大将军拿点药，马上就回来。"

"耀将军……"纪中成还没说完，耀阳早已遁飞不见人影了。

耀阳自是向金吒讨了几颗丹药，回来吩咐将领赶快和水给南宫适喝下去，这玄门丹药果然不同凡响，很快南宫适就开始退热，由原来的昏迷转为熟睡。

耀阳和一众将领大为欣慰，这才放心下来。

纪中成道："耀将军，大将军受伤后在昏迷前就下令让副帅拓拔震方代为主帅，但拓拔副帅近日也因重伤不治身亡，现在既然是耀将军来了，这主帅之职自然是要由你来担任。"

耀阳知道此时不是客套的时候，点点头问道："不知现在我军情况如何？相比敌军又如何？"

纪中成沉吟道："我军现在尚余八万四千多将士，伤者一万三千，药草用完，粮食几近告罄，能用战车不到三百，近三万将士兵器装备残缺甚至没有，士气低落。至于崇侯虎兵马，在我军山下布了三万装备齐具的兵马，另外左右及后方各有一万兵马，剩下的兵马则是将'伏龙山'重重包围，士气高涨。不过既然现在耀将军带了必备粮草等物支援，我军的情况便大是不同了。"

"既然如此！"耀阳道，"事不宜迟，请将军麻烦知会所有将领进行紧急议会。"

"好！"纪中成当即出营下达命令。

耀阳、金吒、纪中成等众将齐聚一堂，开始就当时的情形分析。

经过一番讨论后，耀阳指着正中的兽皮地图道："我军现有八万八将士，其中伤者一万三千，但是现在药物已经运到，至少能让五千人恢复战斗力。武器装备都已齐备，此时我军唯有等到明日午时，正面配合姬发公子的行动，再则说来，敌军主力大将崇黑虎已死，这对敌军是一个很大的打击。我军没有崇黑虎这个隐患，胜算更大，加上与公子有了策应连成一线，两面攻击之下敌军定是首尾难以兼顾。所以此战我军只要谨慎小心，便绝不会输的……"

此时，门外突然传来探子急报，那名兵士进门激动道："禀将军，崇侯虎大军退兵，现在已退至二十里外，'伏龙山'之围已经不战自解。"

众将难以置信地呆了一会儿，问清楚此事确属千真万确之后，大家都忍不住欢呼起来，而率军策应并击杀崇黑虎的耀阳自然又成了英雄。

不过即使如此，耀阳还是按照正常布置，以免崇侯虎再施诡计，否则一旦先机顿失，后果难堪设想。耀阳安排金吒回去给姬发禀报消息，耀阳则留下主持大局。

结果一夜无事，等到第二日耀阳起床后才发觉伤势竟然好了大部分，五行玄法竟还胜之从前，可见与崇黑虎一战，他实是获益匪浅。

辰时，探子来报："崇侯虎已退至五十里外驻扎。"

看来崇侯虎知道西岐军胜局已定，所以才会撤除"伏龙山"之围，到了巳时三刻，听到探子再报："崇侯虎退到八十里外。"耀阳终于确信这非是崇侯虎的计谋，当即下令全军开拔，离开"伏龙山"。

当耀阳整合兵力到了伏龙山下，就见数万军容鼎盛的西岐军前来接应，为首的正是姬发。

终于，西岐大军的合军解围计划成功，旗帜飘扬连成一片无边的汪洋大海，将近十数万兵士的欢呼声足以震慑一切。

姬发亲自前来，问候了伤势刚转缓的南宫适，南宫适自表轻敌之罪，姬发当然不会予以追究，反而好好安慰，之后更大肆赏银慰问被困大军兵士，各种手段做得面面俱到，倒是得了不少人心。

兵马会合后的第一件要事便是整编，经过将近三日时间，最后终于决定在"伏龙山"留守三万兵马，以对应崇侯虎军进行监视，其他人马则赶回"望天关"。

途经"东吉岭"，耀阳独自放马上山，却发现姜子牙和云雨妍居然也在此处，三人偶遇自是一番客套，看到秀美脱俗的云雨妍，耀阳心情大好。姜子牙更是对耀阳此次的诸多行动赞赏有加。

云雨妍在一旁笑道："耀将军，可不要因此得意忘形，你需要学的还多着哩！"

耀阳连忙道："是，是，耀阳要学的东西还有很多，幸好有云姐姐在一旁，所以平常云姐姐一定要多多教导耀阳才好啊！"

云雨妍俏目中神采流转，道："难道我雨妍不在，耀将军就不能学到东西了么？"

"哪里……"耀阳连忙辩解道，"只是有姐姐在可以看管纠正着，那么耀阳犯错的机会就相对少一点。所以，姐姐对耀阳可是很重要的！"

云雨妍娇笑连连，哼道："就会说些哄人的话……"那娇容如画让耀阳看直了眼，免不得又被云雨妍轻责一番，耀阳也怡然接受了。

耀阳适时向姜子牙问了一些有关于《龙虎六韬》的问题，姜子牙慢慢向他诠释了一番，耀阳自从经过这次"伏龙山一战"之后，对兵法谋略的认识更上了一层楼。

回了"望天关"之后，耀阳暂住将军府后院。

他先回房休息，坐在一旁松了口气。

然而不等他多歇一会儿，便听门外兵士通传："耀将军，主帅有急事相请！"

耀阳心中咯噔一下，隐隐有不好的预感。

来到议事厅，一众将领竟全都到齐了。

姬发将手中的急报帛书递给耀阳，道："耀将军看看吧！"

"什么？"耀阳看完帛书，当即大惊失色道，"鬼方国偷袭西岐城？"

"不错！"姬发苦笑道，"真是一波未平，一波又起。"

耀阳冷静反思道："这可能不是偶然的，而是本来就制定好的阴谋，若非当日除去了在'落月谷'的埋伏兵马，或许鬼方早就发难了。"

众将顿时纷纷被惊出一身冷汗，若是在被崇侯虎压制之时出现此事，整个西岐危矣。

姬发沉吟道："现在西岐城被鬼方五万兵马威胁，父侯着令我派一万人马赶回西岐助援。本来此事甚是重要，应该由我亲自出马才对，但是此时大将军伤病尚重，一时无法行动自如，面对虎狼一般的崇侯虎，我不得不留下来，所以此事必定得劳烦耀将军了。"

"又是我，连喘口气的时间也没有……"尽管耀阳心里犯着嘀咕，但他心中还是想回到西岐城，尽管近来的军情战况扰得他全身心都铺在上面，但是他始终对仍然遭受劫持的冰儿、人儿与妲己放不下心来。

耀阳领命，时间无多，耀阳来不及歇息，就匆忙点兵一万，径直赶回西岐城。

正当无法知道耀阳来历的虎遴汉皱眉深思之际，却不料一旁半晌都不曾开口的尤浑突然冷喝一声，道："耀阳？哼，此等黄毛小儿算得了什么？若让老夫遇到他，顶让他知道什么叫做生不如死！"

尤浑阴冷的双目中露出极深的恨意，脸上的狰狞神情更让人直感心寒。

虎遴汉讶道："尤大人，知道此子的来历？"

尤浑为之语塞，怒哼了一声，冷道："老夫岂会知道这种无名小辈是何来历？你们为了一个毛头小子也担惊受怕成这样，是不是南域的兵将休养久了，都成了无胆鼠辈？"

南域众将听到此话，气得肺都要炸了，几个脾气略暴的人站起来正要叱骂出声，虎遴汉忙起身阻止他们，转身冷然对尤浑道："凡战必先知敌情，本将不是神仙，没有尤大人这般能耐，自然得仔细打探敌情，否则怎能对得起我南域千万兵士的双亲，尤大人既然对此有意见，倒是可以不听，但请不要妨碍我们商讨军情。"

听到虎遴汉的讽刺，尤浑大怒，想要发作却不知找什么理由，还是忍了下来，脸色铁青，当即拂袖而去了。

倚弦看着尤浑的背影，暗忖："莫非他与耀阳之间有什么过节？否则他一提到耀阳就如此愤恨。"想到这里，本来对尤浑没有丝毫好感的倚弦对他更觉厌恶，心中那层戒意愈来愈深了。

"不知所谓……"

"自以为是……"

"……"

看到尤浑行出营帐，在座的几位将领已经忍不住开始低声喝骂。

虎遴汉一路来对尤浑也甚是厌恶，此时也没责怪手下，道："人各有志，我们不用勉强别人，这件事别再理会，继续我们自己的商议！”言罢，他着令探子继续打探西岐的动静，探子遵命而去。

几个将领围绕行进西岐边境后的部署问题商讨了半个多时辰，倚弦在旁虽然没有发表言论，但是却凝神细听，因为他虽然不会参与其中，但对耀阳的西岐军反击却是莫大的帮助。

倚弦摇头轻笑，他想不到自己甚么时候竟然也做起了奸细的行当。

第二日，南域大军继续前进，一路上尤浑的冷嘲热讽更是源源不断，但都没人理会他，闹得他一个人很是无趣，最终还是闭嘴了。不过倚弦隐约感觉到他阴冷的杀气，心中更加警惕，暗思此人的来历决不简单。

大军加快行军，直往西岐而去。

三日后，前方探子来报，大军已到西岐境内，现正处于“金鸡岭”、“望天关”与“伏龙山”三地交接的边缘地界——“岐英坡”。

虎遴汉和众将领商量一下，决定就此驻扎下来，等候崇侯虎的调配。

一番忙乎后，三万南域大军就驻扎在“岐英坡”上，当晚饭后，全军副将以上级别的将领都齐聚在中军营帐内商讨军情。倚弦身为监军自然参加其中，尤浑却顾着跟美女厮混一口拒绝，倒也让众人觉得省心。

倚弦一直在旁静静地听着，没有发表什么意见，但心中却迫切想知道耀阳的消息，当虎遴汉将各军防备警戒之事分派好后，他终于忍不住问道：“敢问大将军，不知现在地方西岐的形势如何？”

此次本是为了攻打西岐而来，倚弦身为监军想知道西岐状况也是很正常，虎遴汉当然不会有什么怀疑，点头道：“龙使节，这事的确应该交代一下。侯爷说得没错，西岐实力果然不可小觑，据探子回报，短短三日内，西岐军已经将崇侯虎大军迫退数十里，成功与‘伏龙山’的南宫适会师。崇侯虎受挫，因西岐大军已经集合，战车粮草齐备，实力大增，所以只能暂时退守金鸡岭，与‘伏龙山’、‘东吉岭’、‘望天关’三线一体的西岐军成了僵持状态。”

倚弦故意皱眉道：“这样的话，西岐的防守岂非更加稳固，对我们是十分不利啊。”

虎遴汉摇头笑道：“本来是这样没错，以西岐的浑厚实力而言，一旦重新站稳脚跟，有了足够的时间调整兵马，即使最后我们能胜，我军也会有极大损伤。但是这次不知是否连老天也在帮我们，当所有人的目光都被‘金鸡岭’和‘望天关’吸引，却没有想到此时西岐却突然后院起火，被一批鬼方国劲旅所袭，没有防备的西岐措手不及，首尾难顾，他们现在可正处在水深火热之中，这鬼方也真会挑时机，更何况此次还有我南域大军加入，本将必让西岐吃个迎头败仗。”

倚弦心中一沉，但还是挤出笑容道：“那我军应该是乘势进击?”

“这个当然!”虎遴汉大笑道，“虽然那个崇侯虎架子很大，只是遣了一个探兵来派令，但看在局势的份上，我们不跟他计较!”

倚弦赶忙问道：“崇侯虎派令什么?”

虎遴汉道：“他派令我们务必要快些行动，火速绕道赶往西岐后方，全力助鬼方攻打西岐城!”

倚弦从前在朝歌做下奴的时候就听说过崇侯虎的劣迹，此时再听虎遴汉对于此人傲慢乖张的描述，心中更是厌恶，道：“这崇侯虎是典型的小人得志，根本不必理会，凡事只要有利于南域，大将军忍一时委屈又有何妨。”

言罢，倚弦心中却有些异常失落，如果不能参与“金鸡岭”前线的战场，他恐怕很难遇见耀阳，但现在如果改道西岐的话，他身为监军，更有等待紫菱调兵前来的要务，岂能脱身前去兄弟相见呢?

“这话说得不错。”虎遴汉赞道，“没想到易公子年纪轻轻就有如此沉稳大度的风范，实是不可多得的青年俊彦，濮国有你为臣真是大幸。”虎遴汉一席话说了出来，一旁的将领也跟着附言赞赏。

这些客套话倚弦自是不会当真，当即笑了笑谦让道：“龙某哪能跟将军相比，有很多地方还得向将军请教!”

虎遴汉对倚弦的谦逊甚是受用，微笑道：“以使节现时的才能，远胜本将当年多矣，若是再到了本将这般年龄的时候，随着阅历与成就的增长，恐怕封侯拜相也未必不可能！”

“将军谬赞了！”倚弦将话题扯回来，道，“将军乃南域支柱，岂是倚弦所能比拟的？相信此次攻打西岐，必能大胜而归。”

虎遴汉很有自信地说道：“如果是在往日，以西岐的强盛，即使给本将二十万兵马，本将也不敢轻易言胜，但此时却是今非昔比。崇侯虎大军在金鸡岭对它虎视眈眈，拖住了西岐大部分兵马，而鬼方又突然偷袭让西岐前后难顾。纵算此时仅凭这三万兵马，便足以让西岐大败。”

倚弦试探着道：“听闻西岐的那个大将军南宫适是个经年老将，才能非常，威名更不在殷商第一将‘飞虎军’统帅——武成王黄飞虎之下，将军此次也不可大意啊。”

虎遴汉哈哈大笑道：“不错，南宫适的确南征北战、经验老到，乃是八百镇诸侯将领中唯一与我齐名之士，非常不易对付，不过这次我们的对手却不是他，所以实在无须太过担忧。”

倚弦不由讶道：“这怎么可能，以南宫适的资历与经验，那姬昌再笨也不可能在存亡危急之际将他撤换下来的。”

虎遴汉道：“姬昌自是不会这么做，但此次是天不助西岐，南宫适在‘伏龙山’一役中虽将大军实力保留，但自己却已身负重伤，绝非三五天可以痊愈，肯定不能再行领兵大将之职，而此时西岐军中就只有姬发能有资格代其位，虽说论能力这姬发在西岐诸公子中算是佼佼者，但毕竟年纪尚轻，怎么也不可能跟南宫适相提并论。”

倚弦露出讶异的神情，疑道：“如果姬发是代南宫适之位迎战崇侯虎，那谁人会去援助现在的西岐城呢？”

虎遴汉沉思道：“虽然现在西岐两线交战吃紧，但毕竟崇侯虎的大军才是大头，鬼方虽来势汹汹却不过是小打小闹，危险并不是很大，姬发自然不会舍‘望天关’而回西岐，所以至多是另派一人过去。如果本将所料不差，有一个人最有可能是我们本次西岐之战的对手。”

“谁？”倚弦心中一动，似乎已经知道了答案。

虎遴汉几近肯定地说道：“此人定是那个近月余以来声名大震，被称之为‘火舞耀阳’的耀阳，以他现在的声望和能力自是回守西岐城的最佳人选，我看姬发也只能派他前去了。”

众将听到这里，都齐齐点头，表示赞同主将的猜测。

“耀阳?”倚弦心中大喜，刚刚还以为不能借机见到耀阳，却想不到事情立即有了回旋的余地，心中顿时大喜过望，但脸上还是尽量没有表露出来。

虎遴汉道：“不错，鬼方虽然不强，但毕竟攻打的是西岐的首府重地，那个耀阳近来如此出风头，隐有战无不胜的意味，就算是他一人独自回西岐，就足以激励士气。所以凭他之能，只需带兵万余回守西岐，再配合驻守兵马，定然就能将鬼方的攻势一一化解。如此一来，西岐前后坚守，加上姬昌在西岐，乃至天下都甚得民心，崇侯虎大军和鬼方未必能奈何得了西岐。”

倚弦清楚其中的厉害关系，但还是有些隐然不安，因为这次他们兄弟俩并不是寻常会面，而是以互相敌对的身份出现，尤其这些日子，他见识到虎遴汉带兵行军的能力，深知南域这支出其不意的大军不发则已，一发必不可收拾，弄得不好会将耀阳费心经营起来的威望尽数荡空。

“怎么做才能让耀阳再立大功，并将西岐顺利保全下来……”正当倚弦有心想着如何帮助耀阳抵御这次合围时，营外突然响起急促的快马蹄声，在宁静的夜里显得格外刺耳，强制勒缰所致的马嘶声响起，蹄声在营外停住。

这么着急，难道战局又有变动不成?虎遴汉和倚弦等众将同时看向营外。

帐帷被掀开，一个兵士快步进来递上一份帛卷，禀报道：“报将军，南侯送来快马文书，请将军验收!”

虎遴汉连忙上前接过文书，展开来细观片刻，蓦地在倚弦的肩头大力地拍了一把，大喜道：“好啊，濮国的兵马粮草终于启程，我军不怕后续无力了。”

众将大喜，倚弦也震惊不小，一直以来，他都没有想到紫菱公主竟能真的借调到濮国兵马，这不过只是他以此为随军的借口而已。

虎遴汉对那个兵士道：“你回去告知侯爷，本将绝对不会令侯爷失望。”

望着那名兵士应命离开营帐，虎遴汉下令道：“各位回营安排兵士们早做休息，明日临晨寅时动身，全军火速赶往西岐城。”

“是!”众将应命退走，倚弦也随之心事重重地离开了。

他心中又喜又忧，喜的是一直担心见不到耀阳的问题终于解决了，忧的是这样一来，西岐愈加陷入险境，而耀阳所面临的困难则更大了。此时的情况下，他想帮耀阳也是越来越难。“现在该怎么办才行呢?”倚弦摇头苦笑，他毕竟不是神仙，更从未研习兵法谋略，怎么可能这么快便想出办法来解决呢?

倚弦愁眉紧锁地踏出营帐，仰首望天，自从他从冰火炼狱脱身之后，再没有比此时此刻更让他觉得心绪难宁了，感受到夜凉如水的孤寂，他知道只有见一步行一步，到时看情况再做打算了。

“六英”雄踞南域最南端，与光、席两大部族的联盟，互成犄角之势。两大势力为了争夺偏南地域少之又少的生存物资，明争暗斗，互不相让。但双方却从不曾将战火燃至两大势力中央处——“邛劓山”方圆百里之内。

原因无他，只因此山周遭遍布熔岩洞，秉承地火炎阳之气而生的各种怪兽不时出没其间，绝对不是凡尘中人敢踏足的。而邛劓山本身就更具神秘色彩了，传说邛劓山乃是上古时期天神交战的战场，遗留了繁如星辰的奇珍异宝、咒术秘典。所以千数年来，三界中无数奇人异士，或为那些绝世奇珍，或为解开传说的神秘面纱，从四面八方汇聚而来，丧身其中者有之，黯然离去者有之，更为邛劓山平添了恐怖阴暗的色调。

随着时间的推移，血脉的延续，传承祖辈记忆时夸张的描述，让南域以南的诸多蛮族对邛劓山自心底生出敬畏，更有甚者将自己的祖先喻为邛劓山中的神仙，借以自欺欺人。

今日，又有数十名红衣大汉簇拥着一名白发老者来到此处，从他们平空飞驰的身影，让邛劐山众凶兽退避三舍的厉煞气势，可知，这是一批妖魔两道中训练有素的高手。

一众人满面风尘、神色匆匆地直朝邛劐山而去，眨眼间即已来到山脚之下。

白发老者身形蓦地顿住，老者身后众红衣大汉也都齐刷刷立定当地，随着老者右手挥起，众人水珠坠地般四下散开，眨眼失去踪迹。

白发老者则头也不回地向山顶逸去，在到达山腰之时却忽然折向后山，一直奔到一块血红的平坦石地上才停了下来。他首先警戒地四处扫视一圈，确定未发现异样之后，双手蓦然灵动，簇簇焰火自指尖激射而出，依照某种顺序打入地面石层。

不多时，石层忽然一阵轻微颤动，一道洞口悄无声息地打开了，两名与白发老者同样装束的老者从里面闪身而出。其中一名略为高大的老者，甫一出了洞口，便急急询问道："祝殄，事情办的如何？宗主为何没有一起回来？"

祝殄恨恨地跺脚叹道："唉，一言难尽，此次……"

祝殄话未说完，就被旁边另外那名老者断然打断道："此处不是详谈之地，我们回府再说！"说罢，当先跨入地面石洞。祝殄与那高大老者对望一眼，紧随其后而入，地面石洞又自悄无声息合璧，直至再无痕迹可寻。

此时，空中忽然飘下漫漫雪片，落在地面发出阵阵滋响，登时蒸化成气，将邛劐山紧紧笼罩在一层薄雾之中。

邛劐山脉地底深处，有着一个不为三界人知的巨大岩浆湖，湖面上星罗棋布地漂泊着无数或大或小的礁石堆。岩浆湖最中央处，一座数十丈高的石山巍然矗立，一道岩浆瀑布自山顶飞流直下，坠入山下一眼巨大漩涡当中，苍天血痕一般触目惊心。

山腰处突兀已极的凹陷进一道巨大缺口，缺口中一似是而非的神殿在岩浆瀑布的遮盖下若隐若现，极为诡秘。高温下蒸腾而上的气流，将视线所及的所有景象扭曲变形，给整个空间平添沉重的压抑气氛。

此处正是魔宗五族之一祝融氏族地——熔岩洞天！

火神殿前。

两名老者听完祝殄对祝蚺在南域事情的叙述，双目呆滞地望着脚下祝蚺依然高大狰狞的尸身，直感周身冰冷难当，仿佛陷身一个无底梦魇，不可置信地同声喃喃道：“龙刃诛神？这……这怎么可能？”

祝殄精神萎靡地站在一旁，深叹一声，道：“事情大致如此了。”

那身材高大的老者问道：“这件事情有多少人知道？”

祝殄闻弦知音，连忙道：“只有我亲手调教的一些弟子知道，应该不至于泄露出去！”

在旁一直未曾开口的那名老者沉声道：“这些都不重要，现在最重要的是，唯有施用‘燃灵诀’为宗主锻魂炼魄，重塑灵元才是稳定我族人的正途。”

祝殄与那高大老者闻言均自一震，后者更是问道：“大长老，这……”

大长老打断他，道：“祝衽你不用说了，为了我祝融一氏，你我都注定要这么做的！否则我们将面对其他几族瓜分的厄运……”说着，他露出了狂热的神色继续道，“再则说来，为了这个计划，我祝融氏付出了太多代价，绝对不能就此罢休，而宗主也绝对不能就此丧生在一个小辈手中……哼，只要宗主重生，我祝融氏崛起于五族之间才会大有希望！”

“一派胡言！”

就在这时，一把阴兀声音忽然响起，“你们将精力浪费在一具死尸上，简直愚不可及！”

祝融氏三大长老惊骇莫名，此处乃是祝融氏族中秘地，守卫森严不说，就是环绕此处周遭的岩浆湖就已然足令三界中无数高手驻足止步了，更不要说他们三人现在就在其中，来人竟然仍能毫无声息逼至他们近前，试问他们怎能不惊？

更让他们惊骇欲绝的是，随着说话声音的响起，一道雄伟的漆黑身影正从祝融氏火神圣殿中缓缓踱出。

祝殄惊呼出声道："黑衣人!"他听祝噗说过此人，只是当时祝蚺一直忙于"伏羲武库"的问题，对此事没有引起足够的重视。

原来来人正是在有炎氏族地杀戮祝融氏族人，后又追杀倚弦等人的黑衣老者。

"不必紧张，老夫此次前来并无恶意，而是来为你们解决眼前烦忧的。"黑衣老者稳如磐石地站在那里说话，无意间一股魔能劲力已洒罩在方圆数丈之内。

三位长老身形顿时被激得直欲后退，大长老却不退反进，向前缓踏两步，将己方三人气势集于一身，厉声道："不知阁下是圣宗哪一族的朋友，竟会如此关心我祝融氏!"

黑衣老者哈哈大笑道："尔等不需要知道这些，只要你们奉老夫为主，重组'火神军'，日后三界之中定有你祝融氏一席之地。"

却在他话音未落之时，祝融氏三位长老已经默契地齐齐出手，他们都了解只有这样，他们才有可能将黑衣老者击毙，从而保住祝融氏族地之秘，保住祝蚺已死之秘!

大长老挥手之间就已发动机关，将黑衣老者背后的圣殿大门闭死，合围之势已成。"就算他实力超绝，但也别想从我们三人联围之中逃脱，何况这邛崌山方圆百里之内遍布我族子民。"三位长老不由自主地同时想到。

三人身影穿插交错，布成一道极具攻击力道的大网，犀利劲能将空余之地悉数填满，可谓是滴水不漏。

然而面对早在数百年前，即已声名鹊起的祝融氏三大长老强劲攻势，黑衣老者却淡定从容地穿梭自如，并冷哼一声道："早知你们这些顽固不化的家伙会这么做，老夫就小小给你们点教训!"

三人闻言惊怒交集，手下更不留情。一时间，场中长呼短啸络绎不绝，衣袂翻飞鼓动，异能澎湃激响，劲气纵横而出将圣殿前熔岩瀑布齐齐截断，横飞而出，堪称壮观。

四人激战正烈之时，忽听一声惨呼两声闷哼，祝融氏三位长老已倒飞而出，“砰”坠落地面。三人趴在地上，不可置信地看着黑衣老者，怔怔不能言语。

“哼，就凭你们几个便能将你祝融氏发扬光大吗？当年祝火神何等神威，震慑三界，谁人不知，哪人不晓，现在你们别无选择，只有归入老夫麾下，否则……”话到此处，黑衣老者忽然顿住，嘿嘿怪笑两声道：“……否则，嘿，老夫现在就让你祝融氏从此三界除名！”

说罢，黑衣老者大袖一挥，刚刚回复正常的岩浆瀑布就已停止正常流动，反而缓缓倒卷而上。山下湖中岩浆也纷纷被莫名劲力裹带而起，迅速在这巨大的地底空间上空聚集，如一把正在迅速生长的巨伞一般，霎时笼罩整个祝融氏族地。

祝融氏族人千百年来哪曾见过这等场景，恐慌的叫声如瘟疫般传了开来，一些族人甚至直奔圣殿而来，却因圣殿下“漩炎大阵”所阻，只能远远呼叫诸位长老。

三位长老惊惧欲狂，知道眼前之人举手投足之间绝对可以决定自己一族血脉的存亡，权衡利害之下，三人对望一眼，只能长叹一声，齐齐跪倒在地，以魔门本心宣誓归顺。

但大长老却在那里一副欲言又止的模样，在黑衣老者的冷冷注视下，他终于颤声道：“启禀主公，并非小人等不想重组火神军，而……而是我族火神军修炼法诀《禁火魔鉴》已经失传多年，所以……所以……”

然而不等大长老把话说完，黑衣老者抬手便丢来一物，掷到三人面前。

只见那物方方正正，内蕴八棱六角，金丝银缕勾画出丝丝缕缕淡紫含金的焰火，焰火中央印有篆书四个墨黑大字——《禁火魔鉴》。

三人颤抖地抚摸着这祝融氏遗失千多年的宝鉴，不由得纷纷老泪横流。

黑衣老者却在旁冷冷道：“你们速将遣派在外的族人统统召回，只管专心为老夫训练火神军即可，再也不要插足四大法宗与人间界的事情，你们可记住了吗？”

三人哪敢有所异议，祝殄却犹豫指了指祝蚺的魔身尸首，道："主公，那宗主他……"

黑衣老者缓缓踱到祝蚺尸身前，轻蔑地一笑，抬脚将祝蚺踢入山下漩炎大阵中，冷冷道："一个灵元寂灭的死人，一具根本没有任何利用价值的魔身……"

三位长老对望一眼，直感后背冷汗直冒，却只能点头应是，心中却在推测，如果祝蚺的死讯传入其他几族将会引发的后果。

黑衣老者冷冷扫了三人一眼，道："你们定是在担心圣宗其他几族知道祝蚺死讯后，趁机为难你们，对不对?"未等三人反应过来，他却又淡淡道："放心，他们如今自身难保，岂会有精神来找你们麻烦。"

三位长老大惊，心中思绪万千，齐齐想到："莫非我圣宗将要遭受灭顶之灾不成?"一想到此处，三人不由自主想到神玄二宗，面如死灰的对望一眼，齐齐跪伏当地，大声呼道："主公，虽我圣宗五族千数年来内斗不止，但却也不容他神玄二宗插手，唇亡齿寒，我们不能袖手旁观啊，还望主公看在共是圣宗血脉的份上，以大局为重！必要的时候帮圣宗一把!"

哪知黑衣老者闻言忽然放声大笑道："什么神玄二宗，如果我圣宗结束内战，五族一统，他们算是什么东西，哈哈……这一天，已经不远了!"

话至此处，黑衣老者因为张狂大笑而颤抖的身体，居然慢慢淡去，终至无影无踪。

这时，地上三位长老方敢站起身来。大长老怔怔看着手中《禁火魔鉴》，心头多年积压的野心，狂热的族氏信念，瞬间爆发出来，当即吩咐祝衽出去安抚族人，自己则拉住祝殄急急向殿内奔去……

第八十五章　鬼方公主

就在祝融氏三大长老忙于钻研《禁火魔鉴》之际，他们却没有发现，其实除了黑衣老者进入祝蚺族地之外，还有一个外族人潜藏在火神殿之下。

他目注祝融氏人慢慢散尽，才将身上的祝融氏族服一把扯了下来。望着前方汹涌急流的漩炎大阵，他的眼神依然坚定如初，他开始回忆方才祝蚺魔身坠入漩涡的地点，同时他又必须算出岩浆卷动运行的速度、每个漩涡之间相隔时间的差距。

只有这样，他才能计算出随着时间的推移，祝蚺魔身将会被熔浆卷向何处！

随着他丈量尺度而四处走动，他的身影终于从山脚下的岩影暗角处走了出来，他是一名相当俊朗的少年，傲然挺立的身影，长发飘扬，淡定的笑容，孤寂的眼神，赫然便是玄门三宗中北明元宗最为杰出的后起之秀——

慕行云。

最后，经过精确计算，他将范围缩小在三个地方，有一处就在眼前，但另外两处却让他犹豫不已。只因如要到达另外两个地方，就必须穿过漩炎大阵，但漩炎大阵岂是寻常人可以轻易闯过？

先不论它本身阵法灵力交织，所饱含的魔异之力，也不说那熔浆中不为世人而知的恶毒生物，就单是可焚化三界任何躯体的熔浆，已不是他所能抵挡，何况所费时间实在是……太长了，他没有自信，玄宗至宝——百衲甲衣也抵受不住那至刚至阳的炎阳之气侵体焚心。

他静静地站在那里，望着滚滚奔腾不息的熔浆巨流，眼中一反常态，孤寂冷傲的眼神消匿无踪，代之而起的是焦急、是忧虑、是极度的渴望！时间慢慢流逝，他运行计算所预留的半个时辰缓冲时间眨眼即到，令他更为焦急，不由自主的在熔浆河岸边来回走动，以涤除心中万般念头。

当到达预算时间的最后一刻，慕行云终于停下脚步，紧簇在一起的两道剑眉也舒展开来，回复以往悠然淡漠的神情，挥手间，随身而带的丈六长矛出现在他手中。

最后，他仰望地底空间的上方苍茫，静静的，仿佛眼神已经穿过空间的阻隔，透过重重泥土山石阻挡，看到了凄迷幻丽的星空。随后，他默念法咒，纵身投入漩炎大阵……

"滋滋……"声响中，慕行云终于落于岩浆当中，身侧护持结界已然急速缩减至身周三寸。炙热难当的苦楚自心底涌出，但他却知道此时绝不是耗费体内玄能缓解热毒之时，只因这并不是最为艰难的考验，如果连眼前小小热毒都忍受不了，那计划的事情就根本不用再提。

漩炎大阵并不是个绝妙的阵法，它本身存有极大的漏洞，那就是它的阵心处完全趋于空白，无有丝毫制敌之用。但这个漏洞在这道圣殿山底的漩炎大阵当中，却再也不是漏洞。只要你没有办法突破数千年密咒加持的圣殿山，那么贸然进入阵心，你只有死路一条。

而慕行云此时要做的就是，穿破漩炎大阵外围的灵能魔力交织的防护网，进入阵心。

因为只有在那里，他才能将体内玄能损耗减至最低点，为在这魔域中多争得一分活下去的筹码。而且他由里观外，有十足把握可将祝蚺魔身拿到，不过却得看自己有否闯得出去的本事了。

漩炎大阵能被置放于此，守护族氏中最为神圣的地方，当然不会差到哪里去。慕行云虽已有十分的警惕、万分的小心，但是一旦陷入阵中，却完全是另外一种感受——

身周护体结界砰的一声化作流莹散落湖中，一种痛彻肺腑的炙热由皮肤燃至心底深处。但慕行云仍旧不敢将百衲甲衣幻出，他清楚地知道那样做只能是死路一条。

他硬生生忍着焚体疼痛，一方面将体内玄能迅速均匀散于体周，减少身体损害，一方面迅速向前冲刺。

一盏茶的时间过后，他终于顺利穿过漩炎大阵的外围，来到了毫无危险的阵心，但对于慕行云来说刚刚短暂的时间，并不异于轮回数次。

如履薄冰的他，绝对不能犯哪怕一丁点儿的错误，所有决定不能有丝毫疑惑，否则等待他的将会万劫不复，方才如此，以后也会如此！

天幸慕行云居然在第一个目的地，就看到了祝蚺的魔身，更得苍天眷恋的是祝蚺尸身在漩炎大阵的内壁，这倒省了他好大力气，轻而易举地用他的丈六红矛，将祝蚺魔身捞到近前。

而他却不能顾及周身伤痛，必须在盏茶时间内回复刚才消耗的玄能，再原路返回。身周潺潺岩浆流过，毫不松懈的侵袭、拍打着他身周结界，他丝毫不为所动。近前漩炎大阵轰隆作响，奔腾逸走，直如万马奔腾，声势浩大，却也不能影响他丁点！

盏茶时间眨眼即过，慕行云缓缓睁开眼眸，那双眼睛依旧明亮孤寂……

当慕行云拖着已经缩至常人一半大小的祝蚺魔身登上岸后，他飘扬潇洒的长发已经不复再见，身上战甲已然损坏得不成模样，数处地方已经可以看到他体内白骨，俊朗脸庞上也只留有凹凸不平的焦黑伤疤……

这一切的一切无不代表着他此次行动付出了他此生最大的代价，被地心阳炎焚烧的面容，永远不可能复原。

他终于不支倒地，只剩下他的手脚在轻微颤抖着，那是精疲力尽后的正常现象，但是——

他却又奇迹般地挣扎起来，从腰间解下一琥珀兽角，催动念力符咒，将地上祝蚺魔身封印。

做罢这一切之后，慕行云眼中闪过一丝犹豫，他是在想是否该在此处稍作调息，再回去。但这只是稍有犹豫而已，一向谨慎小心的他，还是选择了立即离开这凶多吉少的魔域。

他回头望向这块注定令他毕生难忘地方，轻蔑一笑，转身而去。

第二日临晨，南域大军启程开赴西岐城，一直沿着边远的山路绕过“望天关”，全军快速前进，不顾劳累，山路虽然崎岖难行，但所有人都没有怨言，只是尤浑吃不得苦，在山路间颠簸气得他怒骂连连，惹得南域众将更是憎厌其人。

由于行军加速，加上他们利用南域与西岐交接的山界隐蔽，用了不过三日的时间，大军终于到达紧靠西岐不到百里之遥的雒水附近，虎遴汉审时度势，当即命令全军就地集结，重新整顿阵形。

看着稍有疲累却仍有精神的南域大军，虎遴汉很是满意，下令全军保持秩序隐入雒水旁的山林之中驻营扎寨，这样做当然是为了避免惊扰西岐，等待濮国兵马以及粮草的增补。

尽管南域大军不可能完全隐藏行迹，但只要不显出足够的实力，加上现时西岐四处兵马频繁调动，混淆了视听线索，一时间自然无法引起西岐官方的注意。

虎遴汉还特意警告尤浑，让他不要再在附近村落集镇任意妄为，以免让西岐有所察觉，对于虎遴汉的口气，尤浑虽然十分不满，但在这关键时候却也没有犟到非要跟虎遴汉作对的地步，毕竟还是全盘作战计划要紧。

虎遴汉还遣兵士前往通知鬼方，告知南域大军在此等待的消息，然后带兵经验十足老成的虎遴汉自不会就此闲着，当下派出几个探子，去西岐城探听对方的各方面动静。

倚弦虽然身居监军要职，但他并不是那种肆意干涉军政之人，所以并无特别的事情可做。待在营帐内的他却仍是坐立不安。

他已经隐约感应到耀阳应该就在不远的西岐城，他的心情已经有些迫不及待想看看久别的兄弟，不过这只是奢望，他知道现在不是时候，一旦濮国兵马携充足粮草而至，鬼方与南域联军达成攻防共识，西岐危在旦夕！

他不能急了这么一时而让局势向无法挽回的方向发展，若西岐不能支撑下去，耀阳想建功立业的梦想就不知还要再等多久了。这无疑是对他的最大打击，身为兄弟的倚弦怎会坐视这样的事情发生呢？

倚弦斜身躺在营帐内的皮毯之上，手指轻扣柔软的皮毯，心中思绪急转，实在想不出针对性的方法才能保住西岐，西岐不仅是耀阳发挥才能的最佳地方，还是他们，甚至天下百姓都向往的宁静乐土。

倚弦定了定神，感觉有些心烦，知道这样是欲速而不达，便深吸了几口气，暗用冰火异能平心静气，顿时心境定了下来，所有感觉都变得无比清晰敏锐，像是平静无波的水面，任何一点小小的变动都清楚无比地显示出来。

就在这瞬时间，他思感蓦地一动，灵动的归元异能隐隐感到一丝妖能的波动，这股妖能波动极其微弱，若非他有着超凡的归元异能，更曾经从魔道至高无上的“意念烙印”中逃生的经历，怕是根本无法感知出来。毫无疑问，绝对是有妖宗的高手在时刻监视自己。

倚弦心中一惊，蓦地想到一人，最有可疑的就是尤浑。

这尤浑果然不是个简单角色，倚弦警惕起来，不敢轻动妄动。试想他连魔门五族的宗主祝蚺都将其手刃，这样做当然不是因为怕尤浑，而是一旦让尤浑察觉到什么，对于他帮助耀阳将有莫大阻碍。

通过妖能的丝微波动，倚弦感应到对方的监视一直没有断过，他装作若无其事的样子，行出营帐去跟虎遴汉商讨一下军情，便正常地吃喝休息，表面上看不出一丝异样。但对于做表面功夫，倚弦并不是很在行，直似难耐的煎熬，长时间坚持下来不免感到大不自在。

就这样，一天的时间过去了。

入夜时分，有兵士来请他去营外，原来是前方来报，鬼方的贵宾使者终于快到了，据传已经到了几里外，而且探子来报此人身份不低，虎遴汉自是不敢托大，召集众将便出去迎接。

虎遴汉等众将纷纷到了营地外，等待鬼方使者的到来，令人诧异的是此时那个狂傲无礼的尤浑也跟着众人来到营外一起迎接，这多少让人有些琢磨不透，到底鬼方来的是何方神圣，能让他改变糟糕透顶的脾气出来相迎。

不久以后，一个看起来甚是普通的车舆在几个护卫的护送下在不远处停了下来。在贴身丫鬟的扶持下，一人从车上缓缓步下，竟是个娇美华贵的少女，举手投足之间除了高贵典雅的气质，还另外多出一份妖媚。

倚弦看着那名女子下车舆的情景，脑海中不由浮现出当年在朝歌城与幽云仙子的第一次见面，他转念又想到耀阳当初的急色模样，流露出会心的一笑。他当然万万不会想到，如果耀阳此时在的话，定会大吃一惊，因为这名女子竟是一直痛斥鬼方王叔作乱的鬼方公主——玉璇。

尤浑却是比众人都抢先一步的迎上前，露出一个平时极难见到的笑容，道："玉璇，经月不见，一向可好吗?"

"托福!"玉璇行了一个福礼，甜甜一笑道，"尤大人可是越活越精神了。"言罢，她又跟虎遴汉、倚弦等一众将领一一福礼，柔声道："玉璇见过将军与龙使节!"言语间，她的眼神不经意间在倚弦身上停顿了一下，毕竟像是倚弦这样出色的人物，岂会不惹人注意呢。

虎遴汉赞道："久闻鬼方公主才貌出众，今日一见果然名不虚传!"

玉璇格格娇笑道："哪里，将军夸张了，玉璇不过蛮夷蒲柳之姿，怎么入得南域各位将军的法眼，将军太夸奖了。"

不等虎遴汉回话，尤浑便抢先道："玉璇公主的美貌，即使是老夫也心动得很，这话自是说得一点也不夸张。"

这话一出，包括倚弦的所有将领都明白过来，原来尤浑改变态度的原因绝非因为玉璇公主的身份，而是对她的美色大是垂涎。各人心底无不鄙视暗笑，深信凭他的人品长相哪能配得上一国公主呢?

玉璇反倒没什么不自然的神色，只是大度地微微一笑。虎遴汉更是懒得去理会尤浑，当下直接对玉璇道："帐外风寒，还请公主入营详谈。"

玉璇姿势优雅地点头随虎遴汉等一众将领进入营地，尤浑跟在玉璇身后步入帐内，眼中精芒湛射，透出一股无形的妖异邪恶。

走入军帐之中，指着布设简陋的中军帐，虎遴汉略表歉意道："不知是公主大驾光临，所以本将在匆忙之中没来得及准备，所以这里显得粗陋了些，屈就公主之处，还请见谅！”

玉璇大方得体地笑了笑，丝毫不以为意的随便找了个干净的地方坐下，笑道：“没事，大军在外军务要紧，岂能如此讲究。”当即挥手招呼其余众将随她一起坐了下来。

尤浑却在旁大咧咧地阴笑道：“玉璇啊，这里倒不舒服，等会儿不如去我帐中坐坐，我那里比这里可是好得多了！”所有人闻言都不由暗骂这个龌龊的老不修，都什么时候还色心不改。

尽管众将都露出鄙视的眼神，但尤浑却丝毫不在意。

玉璇伸出纤纤玉指撩起额际垂落的青丝，笑意盈然地说道：“这个就不必了，此时军情紧急，商讨之后可能就没有什么时间了。而且玉璇亦不好长期在外，以免引起姬昌的疑心，所以今次还望尤大人体谅！”

虎遴汉也道：“尤大人，此时还是先听公主说说西岐城的情况吧？”

尤浑当着众将吃了软柿子，颜面不好过又不便说些什么，只是对着虎遴汉冷哼了一声，偏头阴郁着脸不再言语。

玉璇脸容一肃，面向众将道：“好了，现在容玉璇将西岐的形势说一下。日前，原西岐主将公子姬旦中了我的调兵之计，大败而归，主将之位被撤，却换上刚刚率一万兵马赶回西岐的龙翼将军耀阳，谁知对方一直闭关不战，致使我鬼方大军现正屯兵西岐城外，虽然对其有着强大的威慑力，但暂时西岐还算得以苟安。”

倚弦方才听出虎遴汉的话中有话，不由心念一动，看似随意地插口问道：“听虎将军所言，那什么‘火舞耀阳’的将军甚是厉害，连赢了几场胜仗，恐怕他已是现时西岐年轻一辈中最出色的将领。遇上此人，我们此次强攻西岐城可能会有不少麻烦，不知公主可有法子对付此人？”

玉璇一双美目盯住倚弦凝视半晌，不由被他眉宇之间的轩然神采所震，不答反问道：“看公子气宇非凡，而且又非是一身戎装，还未请教？”

虎遴汉适时地行前介绍道：“这位乃是今次我南域大军西征的监军，来自濮国的龙使节！”

玉璇娇媚的一笑，道："原来是濮国的龙使节，如此年纪便有这般成就，真可谓人中龙凤，本公主这厢有礼了！"

倚弦不卑不亢地轻施一礼，道："龙某人能认识公主，实乃三生有幸！"

"龙使节夸奖了！"玉璇闻言娇笑连连，道，"方才使节问起的问题其实非常简单，如果西岐军继续以姬旦为帅，我倒是不敢肯定有十足的把握，但是既然换上这个耀阳，那我们定可稳操胜券！"

此言一出，众人大感意外，就连原本见了倚弦与玉璇之间眉来眼去你来我往，气得够呛的尤浑也兴趣大生，虽然他从未将耀阳放在眼里，但毕竟还在曾经在他手里吃过亏，所以听到玉璇如此肯定的答复，自然来了兴趣，想一探究竟。

玉璇言语间顿了顿，知道众人的注意力完全集中到自己身上，满意的柔声干咳二声，继续说道："这个耀阳的确是有些小聪明，不但可以火烧'落月谷'，焚退'飞虎军'，更亲手击毙崇黑虎……"

"什么，崇黑虎也被他杀了！"众将今时才听玉璇说起，个个露出难以置信的神情，众将虽然是南方武将，却对北侯之弟崇黑虎闻名久矣，知道此人身怀异术，非常人可以比拟，却不想如此轻易便被耀阳所杀。

尤浑倒是没有这么惊异，连他与"妖尊"雪赤极联手都不能奈何得了耀阳，一个小小的崇黑虎又算得了什么呢？他最感兴趣的还是玉璇对那小子鄙视的原因所在，因为在场众人当中，没有一个人能比他更了解这个小娘们，试问"奇湖之主"陆压的嫡传弟子会说出没有把握的话吗。

玉璇轻笑摇头道："崇黑虎不过区区小人物而已，不提也罢。再则说来，即便这个耀阳再厉害又怎样，他现在有把柄在我的手上，投鼠忌器之下，谅他也不敢擅自出击。所以我们正好可以从容布置一切，到时一鼓作气将西岐拿下。"

"把柄？"倚弦心中大惊，讶然道，"公主认得此人吗？"

玉璇脸色中蓦然闪过一丝红晕，神色显得有些复杂，但转瞬又回复如常，非是倚弦、尤浑此等法道高手不能察觉。

只听玉璇悠然道："这个耀阳，我跟他之间交过好几次手，如果论心机和法道修为，他的确是年轻一辈中屈指可数的人物，不过经验阅历方面还是太嫩，很容易对付的。”

倚弦再次注意到玉璇说起耀阳时候的眼神有点奇怪，似是掺杂着某种不忿与幽怨，不忿说起来还算正常，但这当中的些许幽怨却有些让人琢磨不透了，他非是局内人，又怎会揣测得到玉璇与耀阳之间发生的事情。

虎遴汉点头道：“既然公主已有办法制住耀阳，我们就更能从容安排了。就算他再厉害，在缩手缩脚的情况之下，也无法对我们产生足够的威胁，更何况还有你们鬼方的兵马在前。”

玉璇点头道：“不错，耀阳此人可以不用太顾忌，当然也不能过分放松对他的警惕，毕竟他也是非常有实力的……”

尤浑这时更是心怀嫉恨道：“耀阳这区区一个小辈有什么厉害的？值得你们这么忌惮他，老夫迟早会把他的皮剥了。如果真是到了那时，嘿嘿……玉璇，你可一定要好好报答老夫哦，哈哈……”怪怪的笑声中满是猥亵的意味。

玉璇对尤浑的调笑始终淡笑自若，道：“耀阳此人对鬼方的危害远不如对朝歌的威胁，所以对玉璇而言他并无大害，相对尤大人来说反而危险。尤大人如果能将他擒杀，至多只是替殷商铲除一个威胁，却怎么还想着索取玉璇的好处哩！”

尤浑一时为之语塞，旋又只能恶狠狠地拿耀阳来撒气，怒骂道：“耀阳？这次老夫非要将他挫骨扬灰不可！”

“咦？这次……”玉璇惊讶道，“怎么尤大人从前认识此人不成。”

尤浑眼中杀机一闪，浑若无事的冷哼一声，道：“老夫岂会认得这种无名小辈，只是看不惯他近来这么嚣张而已，就连老夫的至交好友崇黑虎都被其杀死，这个仇自是非报不可！”

“原来如此！”玉璇也不愿与他继续争辩下去，回眸对众将说道，“西岐现在的形势是腹背受敌，现在经我国与北侯一并攻击，再也不可能会有援兵来助。所以西岐此时唯一可以依仗的——唯有这城墙之固。西岐城自建立以来，经过数十次的翻修加固，此时已是固若金汤。所以要想将它早日攻下，只有我鬼方几万大军必是甚为困难，所以还得请南域大军协助共同作战。”

虎遴汉丝毫没有犹豫，爽然应道：“这个当然，我南域大军本是奉当今天子之命来助贵国攻打西岐，所以此次定会与贵国合力将西岐城拿下。”

玉璇眼中异芒闪烁，道：“西岐城易守难攻，我们决不能冒险进攻，故而今晚必要详细计划，只有当一切具备妥当，然后配合北侯齐齐对西岐发出致命一击，定可一举攻下西岐城！”

虎遴汉赞道：“公主此言甚是。”

一众将领连忙随声附应，顿时营帐内响起一片夸赞声。

玉璇略作谦让，然后又将西岐的具体军情形势详细说了一下，正在大家商论时，营外突然传来一阵喧闹，马上又有哨兵来报，濮国一万兵士已经携带粮草赶到营外。

虎遴汉大喜，大笑着对倚弦道：“龙使节，贵国的兵马来得可真是及时。”

玉璇亦大为高兴道：“再有濮国兵马粮草相助，西岐城不日可下。我等快快去迎接他们吧。”众将领无不是高兴非常，只有尤浑不屑一顾，倚弦表面一片欣喜，心中却更感事情棘手之极。

众人再次齐齐出了营帐迎接，刚出营地就见夜色中前方马蹄声连片，旗帜迎风飘扬招展，数千人马已经悄然赶到。

倚弦定睛一看，只见为首的领兵之将身形伟岸、浓眉大眼，竟是前些日子在牛头山重伤待救的土行孙，身着金鳞战甲，倒持一把浑金棍，骑在高头大马上威风凛凛，频频与沿途迎接的兵士点头示意，倒也是有模有样。

倚弦此时体内的异能流转，远远便清晰无误地看到了土行孙的神色，他知道土行孙的伤势已经全部复原，心中登时大为高兴，大步迎了上去。

土行孙也已早早看到倚弦，立即下马跪行军礼，震声喝道：“先锋官土行孙奉命率领三千前锋军将士前来复命，谨听使节大人以及诸位大人调遣！”

倚弦扶起土行孙，望着旗帜鲜明的三千兵马，喜道："老……土将军，你们可算来了，只是怎么才三千兵马呢?"

土行孙双目中涌现的也是别后重逢的喜悦，但回话的神色看起来还是肃然正容，站直身子道："禀使节大人，我濮国共派遣一万兵马带大批粮草赶来助阵，但我军启程之时已晚，为怕无法及时赶到，故而刘……将军命属下率先锋军日夜兼程先行赶来，听候诸位大人安排，大军将在不久后赶到!"他做起将官来倒也可以说是有模有样，丝毫没有以往的怯懦之色。

虎遴汉笑道："能得濮国兵马之助，西岐必克，来来来，快请各位进营休息。"

土行孙领命下令全军下马，听候南域将领安排，自己则带了随身的几员将领跟随虎遴汉等人入帐商议。

倚弦见土行孙此时神色肃穆，心中大慰，还以为他改了性子。

但是进帐之前，土行孙还是故意慢了一步，趁别人不注意的时候跟倚弦挤眉弄眼，好不得意。倚弦瞪他一眼，示意万事小心，土行孙才不甘心地转头看向别处，却在偏头之际被玉璇公主的美貌所吸引，双眼冒光，直直地盯着玉璇的玉容不肯转移目光。

倚弦大为气恼，心里直骂他不争气。

旁人没有注意他们之间的神情举动，更不会对一个被美色所迷的偏将感兴趣，于是一众人回到军帐。幸而军帐不小，即使再加多他们几人也不是很拥挤，大家相互寒暄客气一番后，继续讨论对西岐作战的策略。

虎遴汉看向玉璇道："公主请继续!"

玉璇浅笑盈盈道："西岐城此时四面防守，任何人未有军中手谕皆不得任意进出，而那耀阳则主力镇守南门，即是我鬼方大军驻扎的方向，这样一来，其他三面相对薄弱。"

虎遴汉点头巡视一众将领，道："不知大家有什么攻守意见，说出来讨论!"

一名南域将领起身向虎遴汉与玉璇公主行礼，问道："既然按照玉璇公主的说法，不如先由鬼方大军主力进攻西岐城南门，而后我南域军与濮国军合力趁其不备，在关键时候由北门进攻，使其首尾难顾。”

倚弦听得出这是一个极其寻常的合围策略，但他感到奇怪的是，他近几日多有参加虎遴汉主持的军情会议，已经越来越明白虎遴汉领兵作战之能力，按理说来，应该不会出现这样简单的回答才对。

玉璇摇头道：“如果对方没有想到，自然可以攻对方一个措手不及。但无论是姬昌还是耀阳，他们都不是蠢材，对于此势必会有所防范。况且他们完全可以凭城墙之固顶住两方的一时合击，然后采用集中力量逐个击破的应付之策，将我们的力量彻底分离开来，到时候占尽地利的西岐军极有可能扳回主动，而我们恐怕会因为过早暴露兵力而失去先机！”

一席话说得众将齐齐点头，土行孙更是连连向玉璇公主示笑以表支持，热切的眼神竟完全不似旁人存在一般。倚弦生怕土行孙情绪激动耽误大事，一直在紧紧注视，此时听完玉璇的分析，登时对这个女人的眼光大为惊服，更从虎遴汉满意的眼光中明白过来，方才那名将领的攻守言辞完全是出于试探才说出来的。

虎遴汉道：“公主所言甚是，我们现在怎么说都占尽优势，即使全力正面攻城，也不会落于下风。若是分散兵力反而不妙，容易被对方各个击破，而且公主握有西岐主将的把柄，这是一个不可多得的机会。”

尤浑听得烦闷，喝道：“那就直接攻进去就行了，免得麻烦。”

虎遴汉像看白痴似的望了他一眼，道：“你知道强攻城池会造成多大的伤亡吗？鬼方和南域将士们的命岂能白白牺牲？所以，强攻只能在迫不得已之下才能使用。”

尤浑冷笑道：“你不是南域的大将军吗，凡事如果都像是你这也顾虑，那也顾虑，岂不白白错失良机，最后恐怕连一个小小的西岐城都攻不下？”

虎遴汉脸色一沉，直欲发作。

八面玲珑的玉璇却已经笑道：“尤大人，现在只是在商讨攻守战略而已，如果今次能有大胜，你也有颜面啊，怎么说你也是监军，毕竟我们损失不大便可以攻下西岐城的话，你的功劳可也不小！尤大人，你说哩！”

尤浑听玉璇一说，脾气也不好发作，只能哂道：“那就随你们吧！”

倚弦在一边仔细观察着，总感觉这个尤浑是故意做出这副样子的，按照他暗中监视自己的行为上来看，可知此人绝非一般蠢夫。

玉璇沉思片刻道："玉璇认为从某些方面来说，刚才这名将军的提议倒也是个不错的策略！"

众人包括虎遴汉在内都不由自主愣住了，先不说这只是他们的试探言辞，而且她方才明明反驳了这个提议，怎么会现在又翻出来同意呢？

倚弦若有所思地望向玉璇。

玉璇娇容勾勒出诡魅的一笑，沉声道："凡是越有可能发生的事情，便越容易令人防不胜防！"

虎遴汉周身一震，道："公主的意思是……"

玉璇道："他们虽然会对攻城夹击早有防范，但是怎么也不可能知道除了我鬼方大军外，还有你们南域大军亦已抵至这里。所以，倘若我军明日在攻城时四面齐发，尤其以两路强劲兵力分攻两处城门，虽然城关稳固，在一时之间也会让对方有些疲于奔命，而且对方在短时间内必定来不及重新调动兵马，此时你们南域联军骤然出现攻城，必会让西岐大军措手不及。正当他们倍感震惊之际，再配合我鬼方的奇兵策应之计，西岐城必破！"

尤浑、土行孙之辈率先表示赞同。

虎遴汉沉吟半晌，道："公主说得是，此策确是可行！"

一名将领起身疑惑问道："不知公主说的奇兵策应之计，指得是什么谋略？难道还有其他诸侯的兵马？"

其他众将纷纷注目玉璇，等待振奋人心的答案，倚弦更是心怀忐忑静等答案，因为任何一个可能的漏洞只要能够补缺，耀阳就可以省去一个可能遭至灭顶之灾的大麻烦。

玉璇轻笑道："既然是奇兵之计，当然是要出奇制胜的，所以请恕本公主不能过多透露了！这绝对不是不相信在座各位南域与濮国的将军，而是军令如山，还请各位多多包涵！"

虎遴汉大笑道："本该如此，本该如此！"

众将见主将如此一说，自然是打消了各自心中的疑虑。

于是，众人再次围绕战略部署展开议论，这当中，玉璇对战况的详细分析，以及对西岐城四围兵力部署的熟知程度，更让包括虎遴汉在内的多位将领深深为之折服。

倚弦在旁静听半晌，非常好奇地问道："西岐城此时必定是全城戒严，寻常奸细人物怕是都不能轻易出城，公主又怎会对西岐军情如此了如指掌呢?"

玉璇但笑不语，她身旁一个将领在旁告知道："使节有所不知，公主殿下现在乃是西岐与鬼方之间的联姻公主，所以西岐城的一切根本不需要别人去查探，公主自然能清楚地知道一切。"

倚弦恍然大悟，口中赞道："公主果然高明!"他心中却忖道："鬼方居然连自家公主都派去做奸细，恐怕这次是势在必得了!"倚弦此时却对西岐形势愈加担忧，暗暗打定主意，一定要在今夜找个机会去通知耀阳此事，否则大战旦夕爆发，局势一旦失控，便一发不可收拾。

经过一番商讨之后，双方约定明日黄昏酉时齐齐发兵攻城，并根据刚才所说的方略将主力分别从南北侧翼胁迫西岐，而南域联军则攻打西门以引出西岐城剩余可用兵力，迫使西岐乱了阵脚，最后鬼方以奇兵之计破城。

待到一切都详细布置好之后，玉璇公主便起身告辞，众人再次齐齐送她出了营地，尤浑还是一副死不要脸的模样在玉璇面前东扯西扯，引得众人的鄙视，连土行孙也不屑道："这老家伙比我还好色!"

倚弦没好气地道："你也知道自己好色?"

土行孙毫不脸红回应道："好色乃男人本性，易大哥，别说你不喜欢女人。"

倚弦懒得跟土行孙扯这些废话，他远远望着这个表面似乎龌龊猥琐的殷商大臣，心中的警戒丝毫未减，反而更加感觉危机重重。

玉璇公主一走，虎遴汉将具体军务散发各营细细分配一遍，便传令三军休息待命，明日清晨寅时出发，务必在酉时之前赶至西岐城下，配合鬼方的策略强攻西岐城。

回到营中，为了避免尤浑从中窥探，倚弦没有招呼土行孙过营询问有炎氏近况，却始终睡不安枕，他感应到那股妖能监视左右，偏偏碍于身份不能暴露，更加上濮国兵马已经加入南域大军当中，一旦他的身份被揭穿，势必连累这三千濮国儿郎，当下只能强忍住脱身遁去西岐的迫切想法。

此时的他已经可以强烈感应到来自耀阳身际的阳极归元异能，但是当他尝试使用“幻法传音”之类的法道秘术企图通知耀阳的时候，不知是何原因，他发现二人之间无法建立联系。

倚弦早前曾成功的通过“幻法传音”联系幽云仙子相助牛头山有炎氏脱困，但是今次无论他如何施展体内的冰火异能，却始终无法将想要说的话传递出去。他心中烦闷难舒，暗忖：“难道是因为太久没有见到小阳的原因，还是因为小阳的本体结界太强的缘故呢？”

谁知此时忽听一阵极为嘈杂的声音传来，倚弦正感奇怪，帐外却有人来报，濮国主力大军终于到了。

倚弦惊喜中又更添烦恼，如此一来，他更不能抛下濮国的兵马另投西岐了。想到这些，他长叹一口气，起身出帐前去迎接。

土行孙早已领着濮国众将在营外候着了，虎遴汉等南域众将也丝毫没有怠慢，立在营外等待，见了倚弦出帐更是含笑相迎。

虎遴汉使人将倚弦接到身边，两人客气一番，共同把臂前望，只见暗林中大队人马开赴过来，因为笼缰垫蹄的原因，虽然将近万余兵马行进，却没有弄出多大声响，足见来者是一只训练有素的兵马。

走近一看，领头带军的是一名身着白银鳞甲、面目清秀的俊美少年，倚弦看来略觉面熟，却怎么也想不起在哪里见过此人，却一眼望见立在俊美少年肩上一直摇头晃脑的小东西。

“紫龙神兽？”倚弦看见这小家伙，立时心情大喜。

小家伙老远便已看到倚弦，当即兴奋地从那少年肩上跳落下来，临落地之际，它的背后竟伸展出一双薄翼肉翅，然后存心卖弄地腾掠而起，身形在空中划出一道灵动的轨迹，扑通扑通地飞到他的肩头上，不停嗷嗷叫唤着，亲切地蹭着他的脸庞，倚弦宠爱地拍了拍它的小头，惊喜道：“小家伙什么时候长出翅膀来了！”

虎遴汉等南域诸将的目光顿时都被这小家伙吸引过去，虎遴汉啧啧称奇道：“龙使节，这是何物？”

倚弦爱抚着小龙兽明显大了许多的体架，不便说出它的身份，只能胡掐道：“此乃我濮国盛行奉养的一种飞兽，生长在寻常悬崖峭壁之间，生性温顺不会伤人，所以奉养此兽在我国较为普遍！”

虎遴汉等一众将领露出恍然大悟的表情，好奇地望向停在倚弦肩头上的小龙兽，小家伙丝毫不怕生，噗嗤闪烁的大眼睛回望了众人一眼，便转身嗷嗷叫着举起胖嘟嘟的爪子指向那名俊美少年。

这时，那名俊美少年从马上一跃而下，倚弦近前一看原来是女扮男装的紫菱公主，他不由愣了一下，紫菱已经跪地行礼，扬声道：“刘鳞率濮国大军押运粮草来援，听候使节大人、南域诸位大人调遣！”

倚弦自是让她先行免礼，虎遴汉大喜道：“贵国大军来得正好，明日即将强攻西岐，大家先好好休息一下。”当下命全军将粮草全都搬进营寨，并下令放粮赏银犒劳三军，以期明日作战，全军上下齐声喝好。

“吆……”三军无不振奋，士气高涨。

黑暗中，一双诡魅出奇的妖瞳紧紧注视着倚弦等人，未有丝毫间断，而且扑朔迷离的眸子中杀机正浓。

第八十六章　龙刃诛妖

虎遴汉等一众南域将领与倚弦、紫菱与土行孙等将一番客气之后，都各自回营休息。倚弦扯着紫菱和土行孙回了营帐，首先以冰火异能避开尤浑的妖能探视，只有在确定没有异常状况后，他才准备开口询问。

哪知土行孙早早忍不住出口问道："易大哥，你怎么了？这里是咱们的地盘，你却鬼鬼祟祟跟作贼似的，刚才议事会结束，还不让我跟着你……"

土行孙的话还未说完，已经被紫菱作势欲打的手势吓得收了口，紫菱眼神中流露出久别重逢的务必喜悦，道："易大哥这样做，一定有他的理由！"

倚弦依然是会心一笑，道："最近一直有妖物在窥探我的行踪，所以凡事不得不小心！"

紫菱听得倚弦这么说，顿时面上红霞飞起，心中甜滋滋的格外受用，因为平素倚弦面对紫菱与土行孙之间的争论，他从未帮过谁，哪怕紫菱平常多是在帮他跟土行孙争辩。

倚弦望定土行孙，关切地问道："老土，想不到你这么快就复原了，怎么样，你们族民在蜀山一切还好吧？"

土行孙点头道："不错，神玄两宗虽然都不是什么好东西，不过此次蜀山剑宗却做得还可以，对我们有炎氏倒是尽了力。他们根据你配制的"二相丹"，用高手为我们所有族民打通了封禁的本命经脉，所以小小伤势都不算什么了，现在族人们的法能基本已经回复过来，我们实力大增。现在即使祝融氏再来找麻烦，我有炎氏也不会再怕他们。"

倚弦知道这是不可能的，衰弱了这么多年的有炎氏就算能够恢复本命元根，在法能玄术上还是无法跟发展了千数年的祝融氏相比，当然他不会加以点破，只是点头道：“这样就好，不过老土你的伤势那么重，难道真的复原了？怎么能这么快就下山？”

紫菱从倚弦肩上将小龙兽抱了下来，一边逗小家伙玩耍，一边跟着点头道：“我开始看到老土的时候，也一直在怀疑这个问题！”

土行孙横了紫菱一眼，掳起袖子做强力状，笑道：“没问题的，已经好得差不多了。所以这次听说易大哥需要人手，我有炎氏上下都愿意为易大哥出力，故而派了数百族内年轻好手出来，来助易大哥一臂之力，此次军中大多好手都是我有炎氏年轻一辈的高手，只要易大哥一句话，我们万死不辞！”

倚弦摇头轻叹道：“谈什么死不死的，只要有炎氏能延续下去就好，只有这样我们兄弟俩才能对得起你爷爷的指点之恩，才对得起你素柔姐的托付！”

土行孙神色登时黯然下去，道：“易大哥为我们有炎氏做的一切，有炎氏永不敢忘，爷爷和姐姐泉下有知，也会大感欣慰了……”说到最后，语声竟也止不住开始哽咽起来。

倚弦顿了一下，又问道：“老土，我始终不明白一件事？”

土行孙收拾悲伤的情绪，略有歉意地道：“我知道易大哥是指手刃祝蚺的事情，对吗？对不起，易大哥，那的确是我故意的。其实我曾经偷偷翻阅过奇湖小筑中的一些奇门典籍，从中得知魔身污血可以为封刃千万年的神兵利器启锋！而我们体内曾身中蚩尤禁制，所以血中含有魔性煞气，足以激起龙刃诛神的浩然正气，所以……只有对不起易大哥了！”

倚弦摇头道：“其实也没什么，只是你有没有想过，万一没有激起龙刃诛神启锋，后果是多么严重！”

紫菱想到那日的情景就难免后怕，道：“如果易大哥的龙刃诛神没有启锋，或是稍有迟误的话……你会死的！”

土行孙毅然道：“死便死，我从来都没有后悔过，祝蚺害得我有炎氏这么惨，不杀他，我千百枉死的有炎氏族人岂能瞑目，我们这么多仍然苟活于世的有炎氏苦难子民又怎么安心？”

倚弦知道土行孙心中的恨意，不再言语，长叹了一口气，转头看着身旁的紫菱，诧异地问道：“你是怎么借来这么多的兵马？”

紫菱神色略显慌张，但靠着逗小龙兽的小动作掩饰了过去，随即变得自信满满地自夸道：“易大哥，怎么样，我说过我一定可以说服刘览的，这些人马足够撑场面了吧？”

“嗯，做得不错！”倚弦明明感觉到紫菱的回答有些不正常，但偏偏又说不出也问不出一个所以然来，只能夸赞一番，道了一句：“谢谢紫菱！”

紫菱听到倚弦的夸赞，心中大为高兴，叫嚷道：“易大哥，我帮你做了这事，当然不能只是说句谢谢就了事的，你一定要拿什么奖励我才行？”

“以后你要什么奖励，再说吧！”倚弦此时哪里还有高兴的心情，想到玉璇的存在，还有耀阳即将面临的苦战，他心中对西岐的局势极为担心，神色间不禁有些忧郁。

土行孙对倚弦的心性了解不少，加上也参与了玉璇与南域的联兵议事，怎么会看不出倚弦的心思，便出言问道：“易大哥心中是不是在担心你耀阳兄弟的处境呢？”

倚弦沉重地点头道：“不错，现在西岐的处境不妙，小阳还有把柄落在玉璇公主手上，所以以他现时的身份来说，恐怕已经到了寝食难安的地步！”

紫菱好奇地问道：“玉璇公主是谁？”

倚弦不想紫菱牵扯太多，便随意说了几句敷衍的话，道：“紫菱，很晚了，你连日行军也累了，快些回营休息！”

“不！”紫菱怎么会看不出倚弦在敷衍自己，但是她对耀阳并不熟悉，平常只是听倚弦说过关于他们兄弟间的一些经历，此时看倚弦心情不好，又不知怎样去安慰，不由也随之变得沉默起来。

土行孙道：“易大哥，你有什么事尽管叫我去做，我保证不会让你失望，不如从今晚开始，我便去玉璇那个小娘皮的床下候着，只要打听到什么消息，我就立即回来通知你，怎么样？”

紫菱对着土行孙拿起小龙兽的爪搔搔脸，道：“也不害臊，躲在人家姑娘家的床下面，肯定是没安好心！”

倚弦当然不会让土行孙去冒险，摇头道：“不必了，我已经想到办法搞定，你们都不必为此忧心了。”他心中已经决定连夜赶往西岐去通知耀阳，此事要瞒住尤浑，所以当然不能拉着土行孙同去。

土行孙问道：“真的有办法吗？”紫菱也怀疑地问道：“是啊，易大哥，有什么不妥的，我们大家一起想办法嘛。”

倚弦拿定了主意，心绪顿时平静了很多，逗了逗紫菱怀中的小龙兽，微笑道：“难道我的话你们也不信吗？”

土行孙和紫菱自然不会怀疑倚弦，这才在倚弦的劝说下回了各自营帐。

待到土行孙和抱走“紫龙神兽”的紫菱各自回营后，倚弦默默探查监视自己的妖能，发现那股妖能还是无时无刻不在左右蛰伏。

他微皱眉头，方才已经想到一个方法，但是他自信没有把握在神不知鬼不觉的情况下避过尤浑的监视，然而他更担心的是——方才强行使用冰火异能阻断尤浑的妖能探视，恐怕已经触动尤浑的警觉，所以他必须在尤浑没有反应过来之前，完成这趟西岐之行。

倚弦掌指虚扣，暗捏法诀，异能回转而出，依照他掌指应运而生的符诀幻化出一个身外身，在床上装扮成沉睡已久的模样，倚弦满意的将被子盖在化身之上，然后收敛全身气息，使出“千符隐”偷偷遁出了营地。

出了营地几里之外，倚弦停步在一出兀立崖前，显出身形回望连绵营地，只见那片暗林中竟连一点火光也显露不出，不由深深被虎遴汉的手段所折服，转身正要使出“风遁”前往西岐之际，倚弦思感异能骤然波动，突觉身后妖能涌现，分明是有法道高手的存在。

倚弦心中暗自一惊，蓦地回首，不紧不慢地悠然而立，震声喝道：“尤大人既然已经跟来了，想必定是也有登高望远的雅兴，何不现身一见！”

“嘿嘿……早知道你这奸细不对劲，还想使小手段骗老夫？老夫不跟来看看，怎么对得起你。”人不见声先至，尤浑冷笑的声音从倚弦所望的方向传来。

转瞬间，尤浑高瘦的身形从黑暗中出现在倚弦面前。

倚弦冷静非常，静静问道："阁下究竟是何方神圣?"

尤浑哈哈大笑道："老夫是何人，岂是你这小辈也配知道的，我看你还是束手就缚吧，免得我老人家动起手来，半分情面也不讲!"

倚弦回以淡然自若的笑容，道："看样子，你我不必再多说废话，龙某只好请教阁下的高招了。"

"自以为是的无知小辈，你以为能接得了老夫几招?"尤浑双眼冒出妖异寒光，双手青筋暴起，掩盖不住的庞大妖能霍然向外扩散开来。

"不试试怎么知道!"倚弦的情绪不见半点波动，但再次感应到对方的强悍妖能，想到时间拖延下去与身份暴露的后果，他自从手刃祝蚺之后，第一次起了必杀眼前妖孽的决心。

尤浑狞笑道："既然你自己找死，那老夫就成全你吧!"言罢，尤浑伸手一招，暗夜中一团青光登时出现在他手中，虽然他口中说得轻巧，但从近几日的暗中较量中惊觉此子绝非一个简单人物，更何况有过当日在耀阳手中吃亏的经历，哪还敢掉以轻心，动手便将本命神器"千鹤针"祭了出来。

倚弦也不敢存有丝毫大意，他心神一动，龙刃诛神跃然出现在手中，紫色金光耀然闪烁，仿佛有一条紫龙绕着剑身缓缓转动，隐约有着当日击杀祝蚺的惊人煞气，这是真正启锋后的龙刃诛神，威力绝对更胜以往任何时候，倚弦也更有了无比的自信。

"龙刃诛神?"尤浑脱口而出，顿时大惊失色，立即猜到倚弦的身份，"原来你小子就是最近三界中名声鹊起的易姓小辈!"

虽然尤浑心中惊骇莫名，但贪婪的念头却占据了他的整个心思，"龙刃诛神"雄踞三界第一神器之位已有数千年，除了因为失传的原因，导致其后的"轩辕剑"后来居上之外，世上无有可以与其相比之物。此物本是神魔玄妖四宗梦寐以求的宝物，试问即使如"龙神"应龙、"奇湖之主"陆压之辈的绝顶高手也会为之心动，尤浑看到此物哪能不起贪念。

倚弦持龙刃诛神直指尤浑，道："来吧！"冰火异能迫发的气势融合龙刃诛神的煞气极是强悍，气势磅礴宛若浩瀚大海一般，让人根本无法抵抗。

尤浑当然能明显地感觉到对方的气势，但他此时已被龙刃剑气锁定，而且更被一时的贪心所蒙蔽，所以此时的他不能收手，也绝没想过要收手，当即大喝一声，五指一弹，"千鹤针"化成一片青色光雨飞祭空中，照准倚弦头顶落下。

倚弦体内异能流转，敏锐地感觉到"千鹤针"那千根羽针之间千丝万缕的妖能牵连，而那看似薄弱的妖能交织在一起，仿佛在出招的瞬间便已将倚弦完全锁在攻击范围内，如果此时有外人在场，定然会认为倚弦连避开的机会都没有。

倚弦更清楚地知道，无论自己如何快速的移动，"千鹤针"都会紧随自己的动作而变化，越退只会越让自己陷于困境。不过，他丝毫没有慌张，经过跟祝蚺最后一战，虽然伤势尚未完全痊愈，但是他的修为已经进一步提升了，尤其是应付各种法能虚实变化更是得心应手。

倚弦镇定心神，从容挥动龙刃诛神，顿时剑气冲天，"寒星变"的法能运足"凤鸣九天"的冲天剑势，卷出冰雪连天，飞旋而出，如是在极度冰寒下冰剑随飓风而激扬，竟将"千鹤针"尽数击飞，剑气同时反卷"千鹤针"向尤浑扑去。尤浑大惊，双手一扬，妖能勃然而发，再次将"千鹤针"牢牢控制住，而此时蕴含冰火异能的剑气已经临身，尤浑慌忙闪身而起，狼狈躲开剑气。

倚弦却似早已知道他的动作，闪电般飞身在前方等待，朝着尤浑迎面就是一剑劈下。刹那间，剑气暴冲如环绕剑身上那紫色光龙般，从龙刃诛神脱枷而出，化成一条吞天巨龙，张嘴露出凶厉獠牙，向尤浑一口吞噬而去，直欲将他一口吞食殆尽。"龙刃诛神"本身所蕴神能不多，但每一样变化都有无比威力，而剑气化龙这招，似虚还实。化成龙形的剑气无疑威力倍增，但龙刃诛神本身煞气被激发后，所化龙形更是有如实质，其威力之强，三界之中无人可以小觑。

尤浑毕竟也是三界内有数的高手，如何不知这剑气化龙的厉害，长喝出声，双手连挥，“千鹤针”青光爆发，千根羽针竟织成一张坚韧无比的光网，硬挡在龙形剑气之前。但仗龙刃诛神的神威，龙形剑气却是钱塘浪潮以冲毁一切之势竟将“千鹤针”连成的青色光网一举冲破。

但尤浑却早知如此，只是借此阻缓的时间重整旗鼓，这时就在剑气袭到之前，身形便化成轻烟，陡然消失。

倚弦没想到尤浑速度之快，竟犹在他最得意的“风遁”之上，万分惊愕间，他已经感到浑身充沛妖能的尤浑出现在背后，当即毫不迟疑地回剑后击。

只听“铮”的一声脆响，倚弦的身形前冲，尤浑后退，两人对击硬碰一记。原来尤浑方才将“千鹤针”束成剑形，硬跟倚弦对击了一下。毕竟倚弦的龙刃诛神是三界第一神器，“千鹤针”跟它相比差了不止一个级别。正面对撞之下，“千鹤针”立即吃了暗亏，尤浑受力整个人都踉跄后退。

倚弦乘胜转身追击，“凤鸣九天”的剑式激起万千剑气，化成十数光龙铺天盖地几乎将尤浑所有可能退却的方位封死。但尤浑却快逾闪电直冲而起，以毫厘之差躲开这一击，同时居高临下以天女散花之势将“千鹤针”尽数抛出，千根羽针在瞬间化成千根青丝，飞舞着宛若千万愁思将倚弦包围。那千根青丝剪不断理还乱，毫无头绪，让倚弦感觉到无从下手。

倚弦没有心乱，冷静地用思感异能去感觉，却发觉这千根青丝俱是以青光连接妖能交缠所成。倚弦立即自信地一笑，冰火异能催入剑身，骤然龙吟清啸而起，紫金色光芒在那时将里内空间尽数照彻，一条巨大无比的紫色光龙从龙刃诛神之中飞旋而出，光龙就地飞舞一圈蓦地直冲云霄。这时烈光早将青光吞噬，尤浑自以为豪的“千针万绪”已经被破，“千鹤针”几乎被紫色光龙冲散卷上云霄。

尤浑忙加强妖能控制，好不容易才稳住“千鹤针”，倚弦已经再次毫不留情地一剑劈到。尤浑速度极快，身形如电闪开了这一击，双掌猛合，“千鹤针”再次以倚弦为中心急合。倚弦却似能猜出他的想法，及早从缝隙中脱出了“千鹤针”的包围。“千鹤针”集成一团卷成球形的刺猬状，向倚弦狂转砸去。

倚弦没有硬接，而是施展“风遁”急退，他不是没有能力去接这一击，而是刚才破尤浑“千针万绪”的一击影响太过夸张，他生怕声响过激让营地的人有所察觉，所以他想到先将尤浑引离营地附近。

尤浑不知是否也有同样想法，祭起遁法紧追不舍。

两人遁去的方向背对西岐，很快就到了十余里外的山坳之中。

尤浑仍以集成球形的“千鹤针”向倚弦猛砸，倚弦终于停住，龙刃诛神连连挥斩，均将“千鹤针”频频打回，尤浑掌中的“千鹤针”十数次都无法突破倚弦的防守，反而屡屡被龙刃诛神压制。

尤浑一见形势不对，立即伸指一弹，“千鹤针”再度爆开，随着尤浑一声暴喝，千根羽针仿若化成一大群毒蜂向倚弦狂蛰，妖能见缝插针，端的是犀利无比。

倚弦低呼一声：“来得好！”飞身掠前将龙刃诛神舞得水泼不进，剑气飞纵之间已然将全身团团包围，气劲荡漾将“千鹤针”尽数震回，竟无有一丝的遗漏。

尤浑心中暗惊，知道如若不施展压箱底的绝学，再拖延下去，没有胜算倒还是小事，恐怕到时候还会在“龙刃诛神”面前吃亏，当下丝毫没有任何的迟疑，怒目圆瞪，大喝一声道：“惊涛骇浪！”

顿时间，尤浑全身妖能不顾一切的疯狂催起，“千鹤针”爆出耀眼青光，千束青光连成一片，直如青波碧海，向倚弦呼啸奔去。

只看那万里奔跃、怒马腾飞之势，已经非常清楚地让倚弦知道，尤浑这一击绝对非同小可。那妖能在瞬时间仿佛成了一片汪洋大海，转眼间吞灭了倚弦周围的一切，波浪滔天盖顶。倚弦根本没有可退之处，而面对此茫海万里，他又怎能抵挡。尤浑在绝招出手之后竟将倚弦所有方位封死，他心中反而非常吃惊，怎么也想不到一个小辈竟能将他逼到这一地步。

但更让他震惊莫名的还在后面——

倚弦蓦地长啸出声，龙刃诛神幻化成一条紫龙，怒腾在海天之间，这一片骇浪连天的茫茫妖能碧海竟再也不能束缚它片刻，而倚弦亦是凭龙刃诛神任意在其中遨游。倚弦虽未能破去此招，但龙刃诛神的确是神威异常，出尽全力的“千鹤针”始终无法奈何手持三界第一神器的倚弦。

尤浑大惊失色，他终于知道龙刃诛神的威力。不过，一念此他更是下定死心要将此物占为己有，任何接触过龙刃诛神的人都非常清楚此神器之威，知此的尤浑更是难以遏制心中的贪念，如果能仗此神器之威，即使神魔两宗的高手又有何惧?

心念一定，尤浑立即决定将倚弦一举击毙，夺过龙刃诛神。

“小辈受死!”尤浑暴喝一声，化身青光忽地到了倚弦之上，双手张开，集起全身妖能于手上。瞬间，如是碧海耀光，浪海急转狂动。尤浑遽然双手砸下，那“千鹤针”化成的碧海倏地转而化成刃光四面八方向倚弦合围。倚弦却尽斩“灵悟剑诀”配合八卦妙法，剑气似龙消遥，寒气骤然而起，他用最基本的“傲寒诀”，将此千来刃光冰封。

“千针如雷!”尤浑再次暴喝，“千鹤针”在妖能的激发下，突然爆炸出声，如雷霆霹雳。青光已将倚弦吞没，冰屑飞溅四处，冰封之势亦被耗去。千数青光不断地侵入倚弦的防线，“千鹤针”发挥出最强的效果，雷声轰然而响。倚弦虽挥剑如电，却抵不住“千鹤针”无处不在的攻击，那青光更是耀眼。整个人消失在这一片青光之中。

尤浑得意地大笑出声，这是他自从上次受挫之后，闭关苦心修炼的一招法能绝学，他自信一旦被这一手困住，即使是神魔两宗有数的高手也没几个敢自信说一定能将此招破掉，更别说是这么一个小辈，

正当他确信倚弦必死无疑之际，他的笑声慢慢消逝，青光突然一黯，龙吟再出，一条人影从中飞冲而起，浑身还有一条紫色光龙环绕，此人当然是倚弦。

乐极生悲，紫色光龙狂舞飞旋，疾如奔雷，得意的尤浑还没反应过来发挥他过人的风遁速度，倚弦已经出现在他面前。不容他再施展出快迅的遁法，倚弦激出的龙形剑气直向尤浑吞噬而去。

尤浑根本想不到倚弦在与祝蚺一战中领悟的八卦妙法正好是他刚才那招的克星，倚弦正是凭借这个原因破除他所布下的法阵结界，大惊失色之

下，又无“千鹤针”护体，当即无暇多想，唯有全力一掌斩出。

但龙刃诛神岂是血肉之躯所能抵挡？

耀眼紫光暴闪开来，尤浑直感剑气侵入体内，正当他胆战心惊之际，倚弦连绵而来的强悍攻击已出现在他的面前。尤浑只看到紫色光龙迎面扑来，欲迎无力，大骇中唯有全身妖能唤起散落的“千鹤针”从后方向倚弦施以全力一击，欲以两败俱伤之势迫倚弦收招。

然而倚弦非常清楚，尤浑之能只略逊祝蚺半筹而已，若这次让他逃开，以他的遁法速度自己根本无法追上，而尤浑逃脱的后果，他比谁都更清楚。

背对“千鹤针”全力一击，倚弦强行运起“绝龙壁”结界，龙刃诛神丝毫不停，爆出的紫色光华化成滔天光龙，傲然一口将尤浑整个身子咬住，尤浑身形一轻，发觉自己居然根本无法动弹，虽然这只是一瞬间的事情，煞气大盛的龙刃诛神却就在这时，穿胸而过。

尤浑发出撕心裂肺的惨叫声，惊慌失措地急退，却已经迟了，就算他的妖能通天，被“龙刃诛神”这柄早已激发煞气的绝世神器完全击中要害，如何能活？他的身形连退十数丈，才蓦地无力坠下，一身妖能骤然散去，尤浑已死。

但倚弦也绝不好过，集起尤浑全身妖能的“千鹤针”着实地击在“绝龙壁”结界上，一阵元能激荡之下，“绝龙壁”无法承受如此强捍之力，立即崩溃四散，气劲四射。此时尤浑已死，无人控制的“千鹤针”亦被震飞四散，剩余的妖能结实地撞在他的背上。

“砰……”倚弦满口鲜血喷出，整个人摇摇欲坠。

倚弦暗自调动体内冰火异能依照疗治之法缓缓运行，总算将翻腾的气血平复下来，自从在牛头山拼尽全力击毙祝蚺之后，他的伤势一直并未痊愈，再加上方才击杀尤浑的一战，虽然可算足慰平生，但体内伤势如雪上加霜变得愈加严重，不过好在倚弦体内的冰晶火魄在归元异能的调和下，对肉身伤势可以产生一种极为独到的功效，这便是倚弦每次在受伤时反而可以发挥更多潜力的原因。

他缓缓吐出胸中一口闷气，振奋起精神，双目在黑夜中机警的四下了望片刻，腾身掠起，风遁当空，已然在顷刻间下得山来，疾速往西岐城方向遁去，现在的时间已经非常紧急，容不得他再有片刻拖延。

“风遁”而行，速度极快，倚弦的身影随风而逝宛若流萤一般。

行不多久，抬头便可见到城坚墙固的西岐城了，然而城下方圆数里之内是连绵数里的营地，营地上方灯火通明、旗帜飘扬，正是此次要强攻西岐城的鬼方军大营。

倚弦身形微顿了一下，辨明方向正要施展风遁继续往西岐城赶去，却在身形扭转腾空之间思感神识骤然一动，不由凝目往鬼方大营处望去，竟然发现一个略觉眼熟的苗条身影从鬼方营地行将出来，而且施展出法道遁法迅速离开，心中顿觉大为疑惑，当即运足目力仔细看去，依稀从背影中看出那人正是从南域大军营地回来不久的鬼方公主——玉璇。

倚弦禁不住微微一怔，暗忖：“她为什么半夜里跑出营来?”他心中想到如果她是暗中返回西岐，但此时身形遁空的方向却并非去往西岐，想到这里他心中免不了一动，想起她曾经说过手中握有挟制耀阳的把柄，难道……

倚弦稍微迟疑了半晌，最后还是决定跟了过去，毕竟如果对方真有什么足以威胁到耀阳的把柄，不若先跟过去探个究竟，说不定还有办法可想。当即心念一定，倚弦默运异能施展出“千符隐”，身形轻轻落下地来，缓缓跟随在她身后，随她的遁法慢慢追随。

其实以他现时的修为，即使没有龙刃诛神相助，在三界年轻一辈中除了耀阳之外，恐怕已经无人堪与匹敌，而且再有龙刃诛神启锋之后，愈加激发出本体冰晶火魄的潜能，更可发挥归元异能的无匹魔能，玉璇自是无法发现他的接近。

玉璇的行动谨慎，一直保持着相当戒心，动作更丝毫不见慢，过不多久就到了一处奇形山谷前，但见入谷口狭窄，如果一旦人多的话便很难进出自如，尤其奇怪的是谷口前甚至还留有些许残戟断刃，以及焚烧的痕迹，似乎经历过一场战乱。

玉璇在谷前四下探视片刻，见没有异状，便没有停滞径直入谷而去。

倚弦紧跟她进入谷内，只见山谷的地形奇特，经过一条狭长的谷中小径，再穿过一个石洞，内中各种石岩千奇百怪，各有千秋，倒也有些不俗的景色，出得洞外，眼前景色豁然开朗，远远望去，在朦胧夜色下，一轮淡淡圆月在夜空中显得异常美丽，而谷形有如一处豁口，恰恰接纳了漫天的淡月神采，而那洁白清月也像是厌恶了天上的冷清，欲坠入凡间一般。

倚弦心中赞叹之余，想到方才谷口的焚烧痕迹，不由暗中猜测："这难道就是当日耀阳成名之战——"火烧落月谷"的所在？"

此时，前行的玉璇在山谷中一处坳口，突然转入乱石岩壁间一棵不起眼的枯树下，摸索了片刻，非常灵巧地移动了几块岩石。倚弦熟读魔门典籍，通晓几宗秘法，如何看不出她在挪移法阵，双目跟随她的动作默默记住了岩石移动的顺序。

只听岩石的摩擦声起，枯树旁有一块巨大的岩石在玉璇的摆弄下自行移开，露出一处黑黝黝一人多高的洞口，此刻洞口处出现一名胡服女子，玉璇嘱咐了几句话，便微微屈身进了洞中，那名胡女则留在洞外，隐匿于错落的岩石之间。

刚好一阵风起，倚弦趁着洞门虚掩乘机"风遁"而入。玉璇仍然丝毫不知，等倚弦如影随形的刚进山洞，岩石就自动移封开来，将洞口堵得严严实实。

洞中更是漆黑，不过，这自然难不倒倚弦，黑暗中，他仍视觉如常。山洞中的通道蜿蜒漫长，却无任何潮湿感觉，倚弦清楚地感觉到身际的魔能细微波动，看来是有人用魔能法术让通道保持干洁。

玉璇身姿优雅、轻车熟路的很快前行，不久就在通道中绕过几个弯，这时洞中开始有了光线透出。通道逐渐修整工整，光线也更加明亮。倚弦随着玉璇前进，前面的通道逐渐加宽，最后出现了一道厚实石门。玉璇仅是轻敲了几下石门，石门便慢慢移开。

玉璇移步轻入，倚弦收敛全身气息，也适时跟着进去。石室里摆设简单，仅是一些日常用品，除此之外还有一个用铜栏围成的坚固石牢，一眼望去只见牢房里面关了三名女子，个个都已是蓬头垢面，看不清什么模样。石牢显然被贯注了某种魔功异法的结界，倚弦可以感应到这种魔能的强悍，非玉璇可以施为。

为了防止不小心被玉璇发现，倚弦忙自镇定下来，将隐匿后的身形挪到房间一个角落上，静静的注视着不远处的玉璇，想看看她究竟在搞什么花样。

石牢中的三个女子看到玉璇都怒哼出声，显得愤慨异常，其中一名红衣少女更是不客气地挥手一道玄能击出，在空中形成利刃激射。玉璇笑吟吟地也不躲开，只见那道利刃却没能激射出来，而是径直击在铁栏上，引起一阵空气振荡。

“气剑指?”倚弦心中微怔，不敢肯定自己的判断，但他更明显地感应到石牢周侧魔能激荡，玄能与铁栏成同一平面的水纹状散开，最后被消融无踪，让该女有一身本事也无法发挥。不过类似这样的封印结界，虽然看似强劲，但倚弦自认可以凭龙刃诛神破除。

玉璇得意地娇笑数声道：“想寻我的晦气？先破了这道‘金缚消元术’再说。”

红衣女子哼了一声，怒道：“臭东西，有本事就跟本小姐拼个死活，使这种卑鄙下流的手段，真是丢了我们女人的脸。”

倚弦听到她的话语，感到有些耳熟，却想不起在哪里曾听到过这样的声音。

玉璇闻言并没有发怒，只是笑道：“怎么了，这样关着你们没事吧？放心，只要你的情郎肯听本公主的话，你们连毫毛也不会少一根，否则……”却在她说到“情郎”两字的时候，眼中闪烁出极为复杂的神色，如此迥异的神情却是一闪而没。

石牢中的三女正处在愤怒中自然没有发现，但倚弦却恰巧在玉璇的对面，明显察觉到其中的异样，不由感到有些奇怪：“如果这个玉璇只是为了要拿小阳的女人去威胁他放弃西岐，那为何还会在她眼中看到嫉恨的神色，难道她与小阳之间还有其他恩怨不成?”

另一名白衣少女此时出言斥道："你做梦去吧，耀大哥决不会听你摆弄的。"

玉璇冷哼道："他当然不会听任我的摆弄，但是他一定会顾全你们三个大美人的，会不会听话就要看那小子的决定，本公主只是要他放弃守城而已，如果他连这点也不肯做，那就说明你们在他心目中根本不重要，哈哈……"

此时，另一位文静斯文半晌没开声的女子柔声道："男儿当以事业为重，耀大哥岂会答应你们这种无耻的要求，我劝公主你还是放弃这种念头吧，我们就算是死也不会让你得逞，也不会陷耀大哥于不忠不义的地步!"

玉璇脸色一阴，冷冷道："别以为死是件很容易的事情，我自然有办法让你们求生不能求死不得!"说到这里，玉璇言词一顿，轻描淡写地笑道，"再说，你们在这里一厢情愿的为他受苦，而他呢，现在可能已经将你们彻底忘了，还时不时色眯眯的向本公主大献殷勤，好像对本公主尚有觊觎之心啊，唉，本公主平日里在西岐应付他也觉得心烦……"

红衣少女叱喝道："胡说，耀大哥不是这种人，他再怎么也不会看上你这个心如蛇蝎的丑婆娘，你再挑拨离间也没用。耀大哥迟早会救我们出去，也决不会受你们任何的威胁。"

"是吗?"玉璇大笑出声，突然脸色一沉，道，"那他就等着替你们收尸吧?"

倚弦听到此处，不由勃然大怒，更担心玉璇此举会对耀阳的守城带来更深远可怕的影响，正待出手救人之际，突然思感灵觉一动，神识中警兆骤生，感应到洞外有高手来到，从魔能波动本身护界异能的程度来看，来人的法道极高，恐怕在自己之上，不由大惊失色，急忙收敛起所有气息。在融合冰火异能之后的归元异能发挥了强大的功效，使施展"千符隐"的倚弦没有丝毫玄能波动或外泄的痕迹，更不要说本身气息了。

果然，此时守在洞外的胡女行至石室外禀道："启禀公主，外面来了一个老者，说是一定要见你，奴婢不知他是如何得知公主所在，也不明他到底来意如何，所以还请公主定夺。"

“老者?”玉璇一惊，诧异的问道，“此处秘洞向来只有本公主跟你们几个姐妹知道，此人如何会得知，来人究竟是谁?”

玉璇正说话间，便听到一个极是怪异却又雄厚的笑声传来，笑声中一名幻面老者骤然出现在她们面前。就连早有准备的倚弦也大是惊讶，被老者先声夺人的气势逼得思感一紧，再一定睛望去，赫然发现来者正是当日在奇湖小筑与“龙神”应龙合击自己的绝世高手——奇湖小筑之主陆压。

玉璇见到幻面老者陆压，顿时露出惊喜的神色，挥手对胡女道：“是熟人，你先下去吧，谨记注意四处动静，守住洞口。”胡女应声退下。

待胡女离去后，玉璇对着陆压立即跪下叩头道：“玉璇见过师尊，不知师尊降临，未能远迎，还请师尊恕罪。”

倚弦吃过陆压的苦头，知道他是与“龙神”应龙同一档次的高手，自不敢轻动，更小心地收敛着全身气息，平心静气，决不让自己因为不谨慎而让他有所察觉。倚弦感到奇怪的是：“这鬼方公主怎么会是“奇湖主人”的弟子呢？这奇湖主人究竟是什么来历，不仅“龙神”应龙也得给他面子，连鬼方公主也拜他为师。”

幻面老者陆压点了点头，道：“没什么，你起来吧。”

玉璇施施然起身，道：“师尊怎会来得如此突然，而且为何上次蟠山之后师尊便不见踪迹，玉璇到处都找不到您，不知师尊去了何处?”

幻面人陆压语气颇为沉重地说道：“自从归元魔璧现世，魔星寂灭第七道轮回之后，千年秘宝如乾坤弓震天箭、龙刃诛神等纷纷跟着现世，三界形势已经大变。神玄魔妖四宗开始动乱，局势已不由任何人所能控制，即使强如女娲、元始天尊等辈也无能扭转形势。各方势力乘机抬头，不少老一辈潜藏的高手纷纷现身，准备图谋大事。上次蟠山事了，为师正是应通天教主之邀，回轮回集参与一件翻天覆地的大计划，若是成功，怕是连神宗也难以幸免……”

玉璇讶然道：“那计划进展的如何了?”

幻面人陆压叹道：“原本计划一切都甚是顺利，而且几乎可以让神玄两宗陷入深渊，却不料这时莫名其妙地跑出一人，让为师与魔门五族合力的心血尽数白费。”

玉璇诧异道：“谁能破坏师尊的好事？难道是女娲和元始天尊出手？”

幻面人陆压哼道：“那两个老家伙躲在家里哪肯随便出来，何况为师早料到他们根本没有时间赶来，正是在这样的形势下，为师才肯出手的。但谁知局势最后被那名不知从哪里冒出来的手持龙刃诛神的小辈搅乱，这该死的小家伙甚难对付，一身修为不但在小辈中出类拔萃，借龙刃诛神之威更可以说是无人能比，为师下次见到他非将他除了不可，以免留下后患。”

玉璇惊道：“何方小辈有这么厉害？难道是神玄两宗刻意培养的年轻高手？”

幻面人陆压摇头道：“应该不是，培养这么一个高手，没百八十年的时间绝对不可能，何况他们做得再隐秘也早应被人察觉。何况前些日子，魔族冰火炼狱被破、蜀山剑宗龙刃诛神出世闹出多大风波，谁都知道玄宗至宝落在外人手中，神玄二宗竟没有人有任何办法。据说蜀山剑宗曾提出愿意接纳这小子为徒，却被他拒绝了！”

倚弦自然知道他说得是在轮回集遭遇朱雀异兽的事情，当下对自己能破坏他的好事不免有些得意，不过念头一闪而逝，当他听到幻面人这样看重自己，倚弦真不知该惊还是该喜。

玉璇更是惊讶，问道：“那这个小辈究竟是何身份？既不是神玄二宗的弟子，又四处跟我们作对？想来此人有如此本事，来头肯定不小。”

幻面人陆压缓缓摇头道：“最奇怪的也是这点——神玄魔妖四宗竟无人能知其来历，仿佛是凭空冒出来的一般。”

“这怎么可能？难道除了四宗外其他还有别人能教出这样的青年高手不成？”玉璇骇然，虽然三界之中还有不少独行特立的高手，但说到底无论是“邪神”幽玄还是“龙神”应龙或是从不参与三界纷争的“妖师”元中邪，根源都是出自四宗的。如果不是来自神魔玄妖四宗，怎么可能还有其他的来历？

幻面人陆压苦笑道：“现在各方对这个小辈的来历都各有不同意见，

有说他是玄宗弃徒一脉的，有说他是‘冰火炼狱’中各宗派被关押的人经过数百年时间教出来的弟子，还有人说他是有炎氏隐藏百数年的高手，或是伏羲嫡传弟子都出来了。更有无稽的人认为他是龙刃诛神的化身，认为是龙刃诛神千年成妖。”

倚弦听了不由暗自好笑，想到自己不过是个孤儿出身的下奴，哪有什么奇怪的来历。百数年，数百年……这个幻面人也太看得起他了。自己一共才活了二十年不到，就算再加上兄弟耀阳的年纪，也不过是四十岁而已，哪来的百多年甚至数百年的修炼时间。

虽然他是如此想，但再一回顾从前，倚弦心中难免感慨万千，命运真是曲折离奇，一块“归元魔璧”竟然将兄弟俩的生命变幻得如此多姿多彩，以至于他常常在午夜梦回中醒来，朦胧中总是分不清楚哪个是梦境，哪个是现实……

第八十七章　内忧外患

夜色竟是如此撩人，那一轮洁白淡月依旧不分敌我地照在大地上，不管是西岐的城墙还是鬼方的连绵军营都这样沐浴在清冷的月光下。

缕缕清风一拂而过，衣衫迎风招展，“勒勒”作响。

耀阳傲然立于城墙之上，俯视驻扎在城下不足数里余的鬼方阵营，在夜色下，连绵数里的鬼方军营像是伺机而动的一群巨型凶兽，而远处那些忽明忽暗的点点篝火也像是紧紧盯着西岐城不放的目光。

耀阳立在城头，脑中盘旋的无非都是《龙虎六韬》关于城池攻守之间的策略，却在思绪零乱之间，他的思感中霍然涌起一种很奇特的感觉，似乎有一样非常熟悉的事物出现在不远处，或许不是在鬼方军营，而是在更远方的某处。

这种突如其来的感觉让他有一种想立即去探个究竟的冲动，似乎更有些难以遏制的念头，耀阳不敢肯定这是一种怎么样的感应，但他自不是那种不顾大局之人，如此紧急军情之下，他受西伯侯姬昌临危受命，身为守城主将的他岂可擅自离开？唯有强自压下心中的念头，将所有心思转到考虑作战形势之上。

耀阳细细思索究竟，他赶回西岐已有三日时间，一切大小事务都已尽数接管过来，尤其对敌我双方的兵力情况已有了解。现在相比敌军的形势而言，按照双方兵力来作对比，拥有大批粮草储存及有着坚固城墙之利、将士之勇的西岐根本对鬼方的虎视眈眈无所畏惧。

无论从哪种策略上看，鬼方想要攻下西岐城都难如登天。但奇怪的是不知为什么，耀阳仍然感觉到一种危机感，这种感觉非常强烈地抵触到他的自信心。他不清楚是否因为姬旦大败而回的事实影响了自己。

想到姬旦之败，耀阳不禁想起昨日他问姜子牙的话——

“先生对姬旦之败有何看法?”

姜子牙轻捻茶杯，将略烫的热茶一口喝下，双目炯炯注视耀阳，反问道：“耀将军，未问他人先求自己，你对此又有什么想法呢?”

耀阳明白姜子牙的习惯，当即也不客气，道：“依耀阳认为，姬旦并非寻常之材，但是当日之败也应绝非只是一时失手，断然不是他能力不足之故，而是其中另有缘由，先生以为呢?”

姜子牙没有答他，淡淡一笑，再度反问道：“耀将军可知姬旦之师的身份?”

耀阳点头道：“这个耀阳略知一二，姬旦的师傅乃是妖宗高手——‘妖帝’卓长风，一身修为之高，绝非寻常普通级数高手可比。”

姜子牙点点头，又再问道：“那你可知卓长风的来历?”

耀阳顿了一下，赧然道：“这个……耀阳的确不知，还请先生指教。”

姜子牙长身而起，缓缓道：“其实说起来，妖帝卓长风乃是当年第二次神魔大战时期一个风云人物，‘魔神’蚩尤手下最杰出的将领之一，不单只一身修为高深莫测，非常人所能及，而且更是擅长用兵伐谋，常以弱胜强、以少胜多，屡败神玄两宗大军，深得蚩尤信赖。想当年三界之中无人不知他‘常胜’之名。”

姜子牙看似轻松随意地将卓长风的来历说明，但对耀阳来说却如是耳边震雷，让他不由大吃一惊，怎么也想不到这卓长风如此了得：“卓长风这样厉害?”

姜子牙微微笑道：“虽然神玄两宗都不愿意承认这件事，但事实就是事实，卓长风对抗神玄大军基本上很少败过，直到广成子之徒——被誉为‘华夏第一人’的轩辕黄帝横空出世，他才初尝败迹。但是这并无损他名将之名，要知轩辕黄帝乃是足以跟伏羲、广成子齐名的绝世奇才，卓长风在轩辕黄帝的手下还能保持负隅抵抗的阵形，也是虽败犹荣，足以名列第二次神魔大战杰出名将之榜。”

耀阳闻之咋舌道：“这卓长风竟如此之强!”

姜子牙轻声述道：“整个妖宗一脉，除了一向周游三界，无人知其修为深浅的‘妖师’元中邪之外，其他例如妖君、妖尊包括那自称妖后之辈，无人能与卓长风相比！论法道修为，即使强若‘邪神’幽玄这样的境界，对他也是奈何不得，如果单论兵法谋道，现今三界之中也没几人能与他相提并论。”

耀阳疑道：“如此妖邪人物，神玄两宗为何会任由他逍遥?”

姜子牙苦笑摇头道：“神玄两宗自然不可能轻易放过这样的敌将，随着蚩尤战败被诛，随着第二次神魔大战的轩然大波逐渐平息，神玄两宗布下天罗地网，开始全力搜索当时蚩尤手下的几员大将。但让人难以置信的是他居然逃过漫天诸神的追捕，从此隐迹于三界之中，无人能够知其行踪。一直待到魔门五族崛起，三界四宗形势日趋微妙，神玄两宗不愿意为此旧账再起风波，他才趁机而出，四处招摇竟为自己博取了一个‘妖帝’之名。你说这样一个人教出来的徒弟，会犯下被‘诱敌深入’如此明显的错误吗?”

耀阳愕然摇头道：“当然不可能！从以往的战绩来讲，妖帝的弟子理应可算大将之才，又怎会如此不济，竟然会首战大败？这究竟是怎么回事?”

姜子牙淡淡一笑道：“那就要耀将军自己去寻找答案了。”

每当想起姜子牙那高深莫测的淡定笑容，耀阳真的觉得有些牙痒痒的，但他自小孤苦无依，从来都信奉凡事靠自己的原则，自然不会因为姜子牙的引导而灰心失望。

叹了口气，耀阳回首城内，看着一片安宁沉寂的西岐城，又想到一件更让他无法理解的事。他此次回返西岐，居然发现九尾妖狐并未前来找自己的麻烦，以妖狐的性格和对他身上归元异能以及整个西岐的觊觎，这几乎是不可能的事情。现在却发生了，只有一个解释——妲己已经不在西岐，但是现在如此重要的时刻，这九尾妖狐怎么会不在西岐呢？难道还有比这件事更重要的事情吗？

正当耀阳百思不得其解之际，心境蓦地微变，思感骤生警兆，遽然回首，发现原来一袭白衣的姬旦已经来到他的身前五尺范围之外。

“原来是姬三公子啊。”耀阳笑道，“怎么，这么有兴趣来看看西岐夜色？”

“没想到耀将军也是有此雅兴啊……”姬旦抬头望向逐渐被薄云遮住的夜月，道，“这么美的月亮，却为何总是被那些变幻莫定的浮云所遮盖呢？天地万物真是奇妙，月光可以洒遍整个大地，但就是这薄薄的一片云而已，却足以将光明都遮掩了。”

“尽管如此，光明还是会出现在其他地方，世上有更多的地方比之西岐更需要光明！”耀阳自然不会相信姬旦会闲着没事半夜来城墙上来发表这样一番感叹，感觉他话中有话，心中一动，已想到他要说什么了，这也是他一直想去询问他的目的，几乎张嘴欲问，但还是保持了沉默。他知道姬旦自己会说，他决定还是静静地听着为好。

果然，姬旦看出耀阳的神色，眼光从便问道：“耀将军是否一直想问关于我前些日子兵败之事？”

耀阳点头道：“不错，公子之能，耀某从来都深信不疑。然而对方也绝非轻而易举就能击败公子，所有难免会让耀阳心生戒心，很想知道当日的真实情况，以此来为之后的作战做准备，还望公子不吝赐教。”

姬旦摇头轻叹，苦笑道：“老实说，至今我仍是有些不敢相信，这次会败得如此窝囊……”

耀阳讶道：“此话怎说？”

姬旦道：“说来你也许不会相信。尽管鬼方大军实力强劲，当日我军与他们正面大战一场不分胜负，然后对峙了几日，战局丝毫不见起色。为了争取战机，父侯决定主动出击，这时大哥伯邑考还想主动请缨出战，不过被父侯拒绝了……你也知道，他‘落月谷’一战毕竟表现太差……”

耀阳淡淡一笑道：“其实‘落月谷’之役，大公子表现并不差，只是运气有所欠奉罢了。”

姬旦识机地撇了撇嘴，也没再说伯邑考，继续道：“之后，父侯考虑战局关键，便委派我出城主动攻击鬼方军。这次果然达到出其不意的效果，鬼方军被我军攻得措手不及，节节败退，我军战况转佳。我当然不会放过这个机会，便乘胜追击，连胜三场之后，终于将鬼方兵马逼退离城五十里之外，形势一片大好。”

耀阳倍感疑惑，道：“按照你所说，此战应该甚是顺利，鬼方军也断无机会使什么手段才是。”

姬旦道：“当时我也是这么想，一路追击之下，敌军根本没有时间做出埋伏，就算有伏兵，这大批败逃的鬼方军也能让对方难以顾全、大局全乱。就在战况愈渐明朗之际，我军忽然收到前方战报，说是鬼方明则败退，实为等待大规模援军前来，并叮嘱我军小心谨慎，勿要中了敌军埋伏。而此时，鬼方国的玉璇公主也同时来报，原来她被推下台的父王率领兵马前来相助，希望可以与我西岐兵马一道将叛乱的王叔擒拿，好让鬼方王得以重掌大局。相信耀将军对鬼方内乱之事也应有所知晓吧？”

耀阳点头道：“不错，我也是听玉璇公主说的，鬼方王叔亳垄叛乱，好像的确是把握了鬼方军政，鬼方王企望夺回王位也属正常。”

姬旦目光中流露出浓浓恨意，道：“我也知道鬼方王与王叔亳垄之间的纠葛，所以听闻有此援兵，自然大是高兴，当即率我军与鬼方王军汇合，不过为了两军整顿，我军不得不暂停前进，无法继续追击敌军。不过，这时我认为已将敌军击溃，等对方再行聚集起来，惨败后士气低落的他们更加抵不过实力大增的我军。若是敌军勉强再集合军队，我正好可以率领所有兵马一举摧毁鬼方，耀将军，你以为这样做是否适当？”

耀阳沉吟再三，道：“这个得看当时情况，只是以公子所说的情况，无论是单独追击，还是集合更多军队对之进行最后一击，都不会有什么差错的。而鬼方王军能主动来相助，我军更没理由拒绝……就算当时是我领军，恐怕也是采取与公子同样的办法。”

姬旦黯然半晌，道：“当时我意气风发，誓要一鼓作气击溃敌军，耽误了一些时间后，便急急紧追敌军而去。哪知兵发半途，在一处地形并不适合埋伏的地方竟然遭遇敌军伏兵，而且此时一直败退的鬼方兵马也猛然掉头杀了回来，不知为何两方来势汹汹，士气高涨，我军一直把握的优势顿时全失……”

“不可能!”耀阳提出质疑，道，“如果是一个不适合埋伏的地方，我也不会太过注意了。但是在这样一个地形，即使有埋伏也无法将伏兵的作用发挥出来，以公子之能，怎么会被就此击败。难道当中还有什么事情发生不成?”

姬旦再次苦笑道：“耀将军说得不错，我军被伏击，原本不会乱了手脚，况且面对这样的地形，我更是丝毫也不放在心上，立即命全军集中反击，让自以为是的敌军吃个苦头。谁知事与愿违，这时候我军内部竟然已经乱了!”

耀阳惊讶道：“怎么可能?”

姬旦摇摇头，双目中一片迷茫，道：“可能是因为鬼方与西岐的语言不通，我的命令无法传达下去，一遇到这种事情，联军内部当即出现问题，鬼方王的兵马没有任何抵抗，首先采取溃逃的策略，引至大军军心涣散。而鬼方王军溃逃的兵马趁机将我西岐军的阵形冲散，我军根本来不及组织抵御，便被鬼方军杀了个措手不及……”

“糟糕!”耀阳惊道，他自然知道这样会引起什么后果。

姬旦露出个更为复杂的眼神，道：“耀将军也知道在这种情况下，没有任何人再能把握形势。我军反而因此被鬼方军就此一举击溃。我尽了最大努力，也无法挽回战局，最后只能命大军迅速撤退。此时全军士气低落，慌张退回西岐，面对鬼方军根本没有任何抵抗。而更想不到的竟有鬼方叛王胡兵趁乱伪装夹在玉璇公主所领兵马之中混进城来……”

“啊！”耀阳心中咯噔一下，虽然知道最后以无惊无险收场，但如果让敌军得逞的话，西岐城恐怕早被鬼方军攻下。

姬旦叹道：“幸好圣祖母英明，对此早有防备，早已在城中埋伏了五千兵马，然后在这危急关头，不分好歹将所有胡兵尽数剿灭或生擒，这才免去一场大祸。”

耀阳舒了口气，心中却大感古怪，因为崇侯虎破除金鸡岭一线也是用的这一招，两者之间会不会有所关系，这个想法虽然说起来有些牵强，但还是让他有所警惕起来。

除此之外，耀阳对那个圣祖母太姜更觉敬畏，没想到她竟然如此精通兵法，早就料到这个极端危险的可能性。太姜平常都不大出面，但偶尔的意见都会具有深远影响，耀阳对这点是再清楚不过了。有这样一个人物坐镇西岐城，西岐更是稳如泰山。

这样想着，只是耀阳仍然还是有些不安的感觉，一时却也不清楚是怎么回事？言语间顿了一下，耀阳回头问道：“那不知玉璇公主此时身在何处呢？”

姬旦怔了怔，面有愧色地道：“当时形势紧急，甚是危险。我们是一起回到西岐城的，虽然安全回来，但是无论如何都有些狼狈。我自是要向父王请罪，而玉璇公主则是认为鬼方伪装胡兵作乱的事情难辞其咎，自行请罪回宫静思己过，已经有好几日未曾露面了。”

“哦？回宫……”耀阳微微皱眉，想起姬旦清楚道出的兵败过程，大感不妥。仔细思前想后，沉思良久，耀阳炯炯注视了姬旦一会儿，问了一个问题道：“公子，我想问你一个问题——如果只是你率领本部兵马一路驱赶鬼方，不作任何停留，敌军是否有时间埋下伏兵？还有就是，一旦你在领兵追击的时候遇到伏兵加对手反扑，结果会如何？”

姬旦迟疑了片刻，显然不明白耀阳为何会这样问，但还是犹有自信地答道：“若我军不停追击，对方必然没有时间埋下伏兵，其实就算他们早有埋伏，那无论我军是否停顿都是一样。但若只是我率本部兵马在这种地形下遇到敌军伏击与反扑，慌乱根本持续不了多久，我自信不会让对方得了任何好处。而再退几步来说，我军即便最终还是难逃退兵一途，也足以从容将鬼方拒于西岐城十里防线之外，决不会让他们有任何威胁到西岐城的机会。”

耀阳听完沉默片刻，肃然道：“如此说来，就是因为有了鬼方王军的加入，反而促使了西岐军的溃败，甚至差点导致西岐城被破？”

“确实如此。”姬旦点头感叹道，“实在没想到鬼方王军竟如此不济，也难怪会被其弟夺去王位。说起来，此次兵败确是受了鬼方所累！”

“牵累？”耀阳淡淡一笑，高深莫测地道，“以在下愚见，恐怕不单单是受连累那么简单？或许还有其他的因素说不定。”

姬旦愣了愣，他自能听出耀阳话中有话，甚是不解，大感疑惑地问道：“还有其他因素？是什么，难道耀将军怀疑玉璇公主是此次兵败的主谋不成？然而这对她并没有好处啊。”

即使姬旦再聪明，一旦对一个人形成了某种认识一时也难以改变，再则说来玉璇公主一向的表现都很不错，足以让人形成良好的印象。耀阳屡屡发生不少事情，也一直不敢确定玉璇公主与那位胡女玉璇的身份是否值得怀疑，更何况是一向对玉璇公主印象良好的姬旦呢。

耀阳自不会将没有证据的事情乱说，闻言但笑不语。

姬旦显然对耀阳方才的说话产生了疑心，道：“耀将军如此问，恐怕不会只是想知道玉璇公主近况那么简单吧？”

耀阳打个哈哈，并没有说出自己的想法，道：“这次兵败非同寻常，玉璇公主她身为鬼方公主，理应是受了很大的打击才对，我想她应该需要别人激励一下了，而且一些战略上的部署也需要像她这样一个熟知鬼方情况的人，她若还是不肯出来见面，我会很难办的，所以我必须要去见玉璇公主一面，跟她好好探讨一下关于此次作战之事。三公子，此事关系甚大，迟则生变，耀阳觉得还是赶快施行为好，故而不能再陪公子看这撩人的夜色了，这就告辞!”

姬旦狐疑的眼光在耀阳身上溜了一圈，然后又极为自然的淡然一笑，道:“耀将军公事要紧，走好!”

“冬夜甚冷，公子也早点回去休息吧。”耀阳悄然一笑，大步下了城楼离去。

姬旦看着耀阳的身影远去，思忖方才他所说的话语，眉头深皱，在城头上注视远处的鬼方阵营，不免陷入深深沉思之中，他身为“妖帝”卓长风的弟子，初战便遭遇如此大败，岂能让他就此心服。

他生就天性聪慧，性情更是从来又不愠不火，自幼便在众家公子中脱颖而出，深受圣祖母的喜爱，年长之后涉及文经武略，除了老二姬发之外，更是无人可及，更在弱冠之年得遇明师传授各门秘法，始有今时今日这般成就，哪知生平初战便吃了败仗，尽管师尊并未因此着恼，还甚是高兴一般，向他说起自己旧年的糗事，但自律甚严的他却无法接受这个事实。

难得这个其貌不扬却屡屡大出风头的耀阳说出了一个疑点，这怎能不让他就此深思其中更多的疑点，然而这一切的疑点都建立在耀阳的假想之上，的确让他不由为此大伤脑筋。

冬夜凉风刺骨，只是不知何时，淡月再度隐入阴云之中……

玉璇也被搅浑了，喃喃道:“这究竟是怎么回事?”

“不说这个了，一切都随其变化吧!”幻面人陆压沉声问道，“倒是西岐这边的形势比较重要，你最近这边的状况如何?西岐有什么动静吗?”

玉璇微微沉吟，道:“西岐这边总体上说起来是比较顺利的，但还是难免会有些波折。我鬼方大军及崇侯虎对西岐的威胁，几次都差点被一个叫耀阳的小辈解除，几个极具威胁的杀招包括在‘落月谷’的伏兵均被他破坏!”

“又是一个微末小辈?”幻面人陆压微微皱眉道，“耀阳?名字很熟，倒像是从前两个魔星中的其一，但是如果身为魔星，又怎会一心一意去助西岐呢？以前没注意他，这个家伙又是什么来路？”

玉璇沉声道：“此子一身法道修为似乎传承自玄宗正统，但为人处事偏偏又不像，而且崛起时间较短，属于伯邑考这一系势力，身后的靠山竟是九尾妖狐，但平常在朝中行事又不像在帮伯邑考，一切看起来都很是奇怪！他先是救姬昌出了朝歌，因此被姬昌看重，从此平步青云。后助伯邑考谋事，结果‘落月谷’之役后伯邑考失势，他却反而节节高升，现在带兵作战更是连胜不败，屡建奇功，声望之高可谓一时无二，几场火攻阵势为他赢得‘火舞耀阳’之威，似乎西岐之中只有二公子姬发能与他一较长短。”

倚弦听到此处，心中感到震惊不已，最让他担忧的是玉璇口中所说的九尾狐之事，他想不通耀阳怎么会跟妲己有所勾结，忖道：“难道妲己还威胁着耀阳不成？”

幻面人陆压愕然道：“原来如此，看来这个家伙确实不可小觑，以后务必要对他加强注意，以免形成祸端。”

玉璇赞同道：“师尊此言不差，这小子本事不小，就连崇侯虎围困西岐大军之举多半也是败于其手，崇侯虎之弟崇黑虎还被他所杀。幸而我军诱使姬旦入套，出其不意大败西岐城守备大军，才勉强扳回一局。此时南域大军已经赶到，与我军商议明日攻城，如此攻势西岐城不日可下。但有个麻烦，耀阳奉姬昌之命以主将身份回来救援西岐城之围，这家伙诡计特别多，不易对付，不过……”

玉璇言语顿了一下，含笑看向石牢栏中的三女，继续道：“他有把柄握在徒儿手上，不由他不臣服在徒儿脚下。”

“把柄？”幻面人陆压随着玉璇的眼光看向铁栏之中的三女，疑道，“难道就是这三个丫头不成？”

玉璇含笑点头道：“不错，就是她们？”

“哦？”幻面人陆压愕然道，“看样子，这小子还是一个多情种子！”

玉璇神色似是一黯，道："她们都是耀阳的女人，有她们在手，不愁他不臣服。"

"这样啊……"幻面人陆压怪笑一声，突然身形幻动，遽然消失，同时出现在石牢栏之中。丝毫没有被铁栏上的"金缚消元术"所阻。倚弦心中更为警戒，他看出施展在石牢的结界手法与幻面人这一手法如出一辙，证明玉璇的确与幻面人有师徒之实。

幻面人陆压掂量着眼神注视三女，那名红衣少女突然动身欲出击，也不见幻面人动作，强大的魔能便已涌出，立即将包括红衣女子在内的三女紧紧锁住，让她们丝毫动弹不得。红衣女子怒叱一声，蓦地吐出一口唾沫。

玉璇面色大变，喝道："你敢！"

倚弦在暗中也是叫糟不已，对着一个身份尊崇的大魔头使这些无赖小性子，只会招致不测。

幻面人陆压不防她这无赖的一招，差点被飞沫喷在身上，不由勃然大怒，挥手魔能翻腾，当即将红衣少女封印，就要想杀她泄愤之时，红衣少女旁侧的青衣少女和白衣女子都抢在身前，闭目企图挡住攻击。

就连此时的玉璇也登时脸色大变，急急喊道："师尊且慢！"

幻面人陆压停下手，回首诧异地看向玉璇，讶然道，"玉璇为何还要维护这个小贱人？"

"玉璇不是想维护她，而是此女子的身份特殊，玉璇认为不便杀之。师尊请看此物……"玉璇忙从袖中拿出一个甚是奇特的手镯。

"界神镯？"幻面人接过手镯，仔细查看下将之确认后也不由一震，抬眼再望向红衣少女道，"她难道是冥帝之女？"

弦此时闻言更是心中大震，忖道："'界神镯'不是当年那位冥界公主人儿的手饰吗？为何会落在她手中，而且刚才那名红衣女子的声音听来有些耳熟，难道……"倚弦刚才因为三女被关押几日后的蓬头垢面而没看清她们的样子，此时，他不动声色细细看去。

那个红衣女子果然是人儿，她还是像以往一样任性娇纵，此次差点惹恼幻面人，若不是其母乃是当今三界冥帝的原因，恐怕已被幻面人方才所杀，而倚弦想救都力不可及。

就在担心之余，倚弦心中还是禁不住笑出声来，这让他不得不衷心地佩服耀阳，没想到他竟然连冥界公主也能搞得定，真个是有本事。

幻面人陆压显然也震惊非常，啧啧称奇，道："想不到这小子搞女人的手段倒是不错，连冥帝的女儿也勾搭上了，这还不把冥帝那个老婆娘气死，哈哈……这倒是场不错的好戏，不可不看。想不到这小家伙这么厉害，他的女人一定都有些来路，为师倒想看看他还有些什么本事。"

语罢，幻面人陆压转头向另外两女行去。

倚弦随着幻面人的步履缓缓望向另一名楚楚可怜的白衣女子，不看还好，一看之下登时让他震惊莫名，那个斯文柔弱的女子竟然是——妖狐妲己，只是她此时那异常美艳妩媚的玉容上比原来多了一种娇柔纤弱。

"妲己？"倚弦百思不得其解，忖道，"难道小阳连妲己都搞定了……但是以妲己这样的身手怎么会被轻易制住呢？"倚弦想破头皮也想不通，妲己怎么会跟人儿被关在一起的。而他更万万想不到妲己也被耀阳所征服，顿时只能目瞪口呆，心中思绪混成一团，根本无法理清头绪，心中暗叹道："耀阳啊，你小子不会是被她迷昏了头脑吧？"

玉璇见到幻面人陆压的疑惑神情，忙解释道："师尊，此女乃是那九尾妖狐的寄居肉身，原为冀州侯苏护的女儿，本命灵识应被九尾狐所泯灭，不知为何现在竟有自身意识保留，而且还被那小子收做了偏房……"

幻面人陆压轻咦了一声，饶了兴趣地看了妲己几眼，他是何等修为之人，岂会不知妲己底细，怪笑道："原来如此，我观这小妮子的元阴已经被破，定是耀阳那小子所为，这对九尾妖狐的修行可是个极大打击。也难怪九尾狐不再找那小子讨回这具肉身，既然不再是处子之身，虽是绝阴之体对九尾狐也已无什么用途，绝阴之体的元阴可是三界难寻的好东西，还真便宜了那小子。"

倚弦听到这里，终于松了口气，原来耀阳总算没有昏头，还能记得九尾妖狐的危险，不过听起来将妲己的元阴破去这招似乎有些太……反而玉璇双目中掠过一丝怨憎的寒光，又若有嫉恨之色。倚弦感到有些奇怪，心中一动，暗思：“难道这个鬼方公主也对耀阳大有情意？这也不无可能，耀阳的胡搅蛮缠往往不会令人产生反感，反而会让女子对他更感兴趣。”不过，此时显然不是考虑这个问题的时候，倚弦寻思着还得想个办法救出三女，以便让耀阳少去后顾之忧。

幻面人陆压没注意到徒弟的神情，却看向最后那名青衣女子，苏妲己无疑是三女之中最为出众的女子，但这名青衣少女也长得清秀怡人，清纯可爱，是个极为讨人喜欢的模样，倚弦左看右看都不认识她。

幻面人陆压却是一惊，双目凶光盯着那青衣少女，犹疑不定间，猛然回首轻喝道：“玉璇，你先在这里看着她们，为师出去有些事情！”言罢，他的身形倏地消失不见，转眼间已去往洞外。

几乎同时，倚弦感应到另一股熟悉的超强元能出现在洞外，他对这股特殊元能的感应让他脑海中顿时浮现出一个身影，那是一个跟眼前这位“奇湖主人”一样素来不以本来面目示人的绝世高手，那是曾经在轮回集攻击过他的黑衣人，也就是幽云口中所说的通天教主。

“通天教主”也来了？他会有什么目的呢？

幻面人陆压跟“龙神”应龙是同等级数的法道高手，通天教主更是与他们相差无几的阴狠人物，倚弦自然不敢用异能去感应洞外二位高手的动向，这无疑是将自己行踪暴露出来的愚蠢行为，等同于自杀。

倚弦不敢轻举妄动，当然也无法得知幻面人跟通天教主在商议些什么，心中不由微有焦虑。而玉璇没有幻面人陆压的吩咐，自然不敢擅自出去，在石室中沉思着来回踱步，时而看向铁栏中的三女，眼光闪烁不定，让人看不出她在想什么。

顷刻间，幻魅身影一闪，幻面人再次回到洞中，不等玉璇开口，便匆匆道：“玉璇，西岐这边暂时就交给你了，务必早日攻下西岐城，至于这三个女子，在攻下城后不妨放回给耀阳那小子，谨记非到万不得已千万不要伤了她们。”

言语间，幻面人陆压施法解除了人儿的禁制，人儿当即仍想破口大骂，却被身旁的妲己与梅若冰硬生生拉住了，二女费了好大周章才算说服人儿安静下来，人儿哪曾受过这等鸟气，但为了姐妹们的周全也只能忍气吞声下来，气嘟嘟的不再言语。

“师尊，你这是……”玉璇欲言又止，她自然很想让师尊帮忙攻城战，这样定然会有事半功倍的效果，但也知道自从上次蟠山妖魔二道几个头面人物已经约好，不再插手小辈之间的竞争，试问以幻面人陆压的身份自然不好出尔反尔，所以迟疑片刻还是没有说出口。

幻面人陆压道：“为师有要事在身，不得不离开此地！”

玉璇难免不由好奇地问道：“不知师尊有何要事，为何如此匆忙？”

“此事非同小可！”幻面人肃然道，“据可靠消息，拥有三界诸多神魔利器的‘伏羲武库’已经被启开，魔族祝融氏宗主还为此而身亡，而且这一切竟是那个持有‘龙刃诛神’的小辈所为。”

“太昊伏羲的‘伏羲武库’？”玉璇不由为之一震，她岂会不知这个传说。

“不错！”此时，连幻面人陆压这等绝世身手的人物也压不住心中的激动，略带兴奋地道，“传闻收藏当年三界将近半数神魔利器的‘伏羲武库’竟真被祝蚺这家伙打开了，算起来他可也死得不冤。”

倚弦心中一动，知道幻面人陆压所提到的是当日在牛头山击杀祝蚺之事，但是他不明白自己是从武库出来的，而且祝蚺也从武库空手而回，为何幻面人还是如此兴奋的模样，难道真正的武库，他与祝蚺都没有发现。

玉璇亦是悠然神往道：“当年三界四宗的神魔利器之数远远高于现在，现时三界四宗之内的神器除了各宗的几个当家巨头拥有外，基本上再没有多少。想来即使‘伏羲武库’中的神器只有一成未曾损坏，那便是天地三界间最大的宝库。”

幻面人点头道："这虽然值得重视，但还不是重点，而能让三界四宗为之疯狂的是——三界之中唯一能与'龙刃诛神'相比肩的千古神兵'轩辕剑'终于即将出世，而所有的消息显示'轩辕剑'只有可能出现在'伏羲武库'当中！"

倚弦听到这里，心中更觉奇怪，暗忖："祝蚺当时进入武库，难道真的没有发现什么？还是发现了什么却没有办法得到呢？"

玉璇震惊出声道："'轩辕剑'出世了？"

幻面人陆压谓然叹道："龙刃启锋，三界诛神！受'龙刃诛神'启锋的灵力牵引，'轩辕剑'也忍不住千年的寂寞，而这恰恰便是三界劫乱的第一步，由此必定会产生诸多连锁反应，最终将导致何种结果就不是三界中人所能得知的了。不过，无论是怎么变化都不是神玄两宗所愿意见到的，只是天地万物之事又岂是他们可以尽数控制的呢？"

玉璇识机问道："那神玄两宗应该不会就此甘心吧？"

"那是当然！"幻面人陆压冷笑道，"他们现在还不是急匆匆赶去，但魔妖两宗又何尝不对'轩辕剑'及武库神器垂涎三尺。此时神玄妖魔四宗的很多重要人物恐怕都已齐聚在'伏羲武库'附近，在等待机会想将'轩辕剑'占为己有。如此盛事，为师又岂能坐视不理，当然要去凑一番热闹了。想想看一柄'龙刃诛神'都能让一个藉藉无名的小子成为三界最杰出的年轻高手，可想而知同样的一柄'轩辕剑'会产生多大的效应呢？"

玉璇点头道："徒儿恭祝师尊可以早日得偿所愿！"

幻面人陆压面现嘚瑟，一副志在必得的模样，沉声道："为师这就赶过去，你待这边事了，不妨也一起过来见识见识，我料定此事并非三二日可以完结的！"

玉璇点点头，又迟疑地回头看看石牢中的三女，道："师尊，此三人对于这场战役的胜负甚是关键，着实不容有失。玉璇担心届时法力不足以镇住她们，所以希望师尊能赐弟子法器可以将她们封印住。"

"这个没问题！"幻面人陆压略作思忖，伸手拿出一物，但见此物由白玉雕成，成一八脚蜘蛛状，只是八足微微曲起蜷成一团，白玉层面荧光流动，甚是光洁。

幻面人陆压将白玉蜘蛛放在手掌心上，双指直点在其项背上，翻腾的魔能随即窜入其体内，白玉蜘蛛蓦地发出白光，洒开凭空罩在整个石室周围，他低喝一声“赦”，白玉蜘蛛八足赫然展开，白条青丝射出，瞬间将石室纵横围了数圈，仿若织成了一道密密麻麻的蜘蛛网。不同的是青丝上蕴涵的魔能将整个石牢连接起来，完全将之封住。

“好了。”幻面人陆压将白玉蜘蛛递给玉璇，道：“此是‘八足天缠缚’，非持有此物者不能打开这个封印，若强行突破，恐怕连为师也觉得有些困难，所以应该足以应付了。”

“多谢师尊！”玉璇大喜接过。

幻面人陆压秘语传音将封印之法缓缓授予玉璇，接着说道：“此物以施法者的元能输入为开启方法，方才为师将七道真气以三分二合二旋之顺序将之启动，你可用同样方法输入就可以解除封印。”

玉璇再度道谢，幻面人陆压说完便化成清风，疾扑洞外，旋即消失在玉璇眼前。

“恭送师尊！”玉璇恭敬地目送幻面人陆压的离去，看了看手中的“八足天缠缚”，向石牢中的三女冷笑一声，满意地返回西岐城中，等待大战的来临。

第八十八章　大战前夕

此时的耀阳才不会管姬旦因为自己的一番话在想些什么，他心中急切想将整件事情搞清楚，甫一下了城墙守关，他在附近的关卡快速地转了几个弯，寻了一处无人之地，施展“风遁”径直往宫中遁去。

到了宫门前，耀阳定下身形，大摇大摆地行入宫门，他如今的身份大是不同了，以前虽然是所谓的虎贲将军，但声名威望哪能与现时相比，更何况他如今军权在握，整个西岐城都在他一手庇护之下，所以甫一进宫，一众宫奴、守卫便涌了上来，不停的阿谀奉承与溜须拍马直将耀阳捧上了天，他也乐得一路在这群家伙的簇拥下，听着他们的“甜言蜜语”向骊园行去。

耀阳虽然进宫频繁，但宫内景色依然令他有一种赏之不尽的感觉。但现在的他却无暇顾及这些，因为他知道眼前这些可怜人的口中或许有他需要的消息。于是一路上他不停向众宫奴打探玉璇公主最近的动向，然而回答大部分是足不出户，三餐依旧之类的话，始终问不出个所以然来。

“骊园”坐落在西岐宫中西北方的万花园中，与正对面的“雁馆”同为宫中两大景色最佳之处。整座骊园由矮脚低栏环围，虽然已近冬日，但是四周仍然爬满了常青藤类的装饰，园内衬以小桥流水、青石花茎、亭台楼阁等等贯穿其中，使得这西北宫廷之地竟也颇有江南水乡的一番韵味。

一众宫奴、护卫将耀阳引领至此，便尽数识趣地散去了。

耀阳见一众人走开了，本想上前唤出骊园的宫奴予以通报，但却忽然灵机一动，有了某种暗中探视的想法，随即身形后转反而向骊园后方走去，暗道："嘿，我倒要看看你这婆娘到底有没有搞什么鬼……"

想到这里，耀阳体内灵元暗转，默念法决，施展出隐遁之法隐去身形，然后翻身入园，却不曾想到他寻遍整个骊园非但未曾发现玉璇那个美妞，就连平常的宫奴守卫等都未能遇见一个。

耀阳不由更是疑心大起，忖道："如果在这种关键时候居然不见了这个女人，那还了得……"想及此处，耀阳悚然一惊，忖道："如果她果真是暗中勾结鬼方的人，恐怕已经潜出西岐，去往鬼方阵营通风报信了？"

一念及此，耀阳急忙将体内深蕴的五行玄能缓缓释出，浩大的玄能几可笼罩整个骊园，企图寻找玉璇潜逃的蛛丝马迹，不过他却并未因此大肆声张，毕竟这等事情一定需要真凭实据，否则一旦被人反指诬蔑他人的罪责便实难脱身了。

过不了多久，果不其然，就在耀阳疑虑心烦之际，一道细微灵力的波动自前方数丈开外的内院房中显现出来，耀阳当即向前缓趋数步，细细施法感应，探出极有可能是一盏茶工夫之前留下的，于是随迹寻去。

直到循迹进入万花园深处，这道若隐若现的灵力才逐渐清晰起来，不再似先前一般细不可查。耀阳这才散去周身玄能，将灵力充盈于双耳之上，果然，隐隐的哭声当即传来……

他将玄能裹敷足部，施展一种外门的五行遁法，使得脚步不至于踩在枯枝之上发出异常声响，一路寻音而去，穿过层层缭绕夜雾，终于触及到一道浅薄法能所凝的异能结界。

耀阳轻轻一笑，身负归元异能、五行塑身的他岂会被这等寻常法能结界所困，他单臂挥动法诀，五行玄能丝毫无碍的浸入此层结界当中，在转瞬之间便无声无息的将这层阻碍化除干净。

只见在布满法能、树影婆娑的阴森花园中，呼饶惨叫的声音伴随着桀逊并带着凌虐快感的怒骂声声传来，层层交叠回荡在这异能结界当中。

耀阳轩眉一皱，凝目望去，却见是玉璇伏于地上，一名浑身妖气纵横的矮小男子正对其曼妙身躯不停施以拳脚，并口吐脏言怒骂不止："哈，骚娘们，你可曾想到也会有今天，本公子这么些年来都被你呼来喝去的当成下奴来使唤，等的就是这一天，亳垄王叔即日可攻进西岐城，我再也不必惧你，今晚你认命吧……”

耀阳哪里见得一个男人如此凌辱打骂一名浑然失去抵抗能力的女子，心中不由怒火中烧，但却仍有所犹疑：“这蒙浩怎会忽然如此嚣张，而且又怎会无缘无故逃出了大牢……”

正倍感疑虑间，蒙浩已经将玉璇负伤的娇躯翻转过来，狞笑着一把将她的外衫腾的撕开，玉璇登时大惊失色，哭道：“蒙浩，你想干什么……我平日虽对你有不好的地方，但总也算是待你不薄，你……怎可坏我名节!”

蒙浩忽然一个腾身压在玉璇身上，将她一双藕臂卡住，一手捏着玉璇下巴，呼吸略显急促地冷哼道：“哼，丑娘们，你即然从前待我不薄，我自该好好报答一番才是，若非如此，岂不白白便宜了姬昌老匹夫的子嗣！哈，说不定你尝了我的好处，待会儿还会求我也不一定……看着你这一身嫩皮细肉，本公子可是早就想了不知几千几万次了……”

“无耻！呸……”玉璇周身被制，根本无法动弹，眼中泪水更加止不住，悲愤之余竟伴着怒骂将一口唾沫吐到了蒙浩脸上。

蒙浩登时恼羞成怒，一把抹去脸上口水，挥掌向玉璇打去。

耀阳此时哪还有所顾虑，瞧得真切，按耐不住怒吼一声，“乾天龙炎诀”自指尖呼啸而出，直袭蒙浩。

蒙浩正自得意洋洋地看着玉璇的惨淡花容，忽觉一股犀利的炙热元能疾速逼近，哪敢犹豫，翻身向旁侧倒去，却仍然被焰火扫中发带，瞬间变做灰烬散去，满头长发也随之散乱开来，散发出阵阵焦臭。

在他不及细想之际，耀阳已如影随形地遁风而至，蒙浩连忙几个翻滚避开，狼狈不堪地起身反击，一身妖能翻腾奔袭而出，幻出一道偌大的擎天巨网，将漫天的龙炎玄能尽数笼罩在一团黑云之下。

耀阳冷哼连连，双臂浑然一振，强悍的五行玄能合五化一，凭空托起那张擎天巨网，再一声闷喝下来，黑网立时告破，漫天龙炎光芒闪耀而出，炫目的玄能破空再度袭向蒙浩。

蒙浩惊慌失措，岂会不知自身与耀阳之间的差距太大，根本不值一哂，但是又怎肯轻易就范，当下心念萌动，狠下心来从怀中掏出一物，乃是一个不起眼的黑钵，及时念动法咒，但见黑钵凭空漫出连片黑雾，蒙浩踏出奇门步伐，将自身身形隐蔽其中，浑然没了踪影。

龙吟过后，乾天龙炎横穿而过，只是看到黑烟弥漫，却丝毫没见了蒙浩的身影。耀阳以前曾经见过那个黑钵，正是当日那个胡女玉璇企图用以破坏姬氏龙脉所用的魔门秘宝，端的厉害非凡，不可小觑。

耀阳虽然不知此钵的具体用途所在，但正所谓艺高人不怕，他运足玄能劲布周身形成一道护体结界，归元异能更是功聚眼耳，哪怕任何风吹草动此时都一一尽收思感灵应之中。

他凭着归元异能的天赋异禀与《幻殇法录》的博大精深，已然完全可以测知蒙浩在这个结界空间的元能异动，所以虽然他的身形稳若磐石一般纹丝不动，但却对一切了如指掌。

瘫倒在一旁的玉璇正一眼瞥见耀阳刚毅非常的脸庞，心中再度想起方才被他出手相救的一幕幕情景，心中一阵莫名的感动，竟无来由的怦怦乱跳有如鹿撞，恰恰触及耀阳望过来的关切目光，忙极不自然地垂下头来，这才发现方才被蒙浩撕去的衣物已经遮不住汹涌春光，偏又受制于人无法动弹，此时更是急得羞红了如花玉容。

耀阳一眼触及玉璇绯红的娇容，再又一不小心望到她雪白脖颈下的无边春色，在妖能结界忽明忽暗的异芒闪动下，这一切更让他心神煽动，激情荡漾。

哪知此时劲风忽起，妖异元能从耀阳身侧突袭而至，来势汹汹，显然是蒙浩在法器协助下发动倾尽全力的攻势，极有试图一举击杀耀阳的险恶用心。

“来得好！”耀阳大喝一声，单掌虚托而起，一股玄能应运而生，合一化五，拢成一道须弥结界，当即将来势硬生生托住，致使蒙浩元能受阻，再无寸进，妖雾弥漫开来，现出了蒙浩的真身。

耀阳看着他，摇了摇头，一脸不屑之色，挥手之间便将眼前这个面孔狰狞的废物抛出数丈开外，蒙浩自知不是耀阳的对手，不多时便觉本身妖能系数被他至刚至阳却又怪异已极的元能压制，根本别谈出手，就连抵挡也已越来越难。

疲于应对的蒙浩偏头发现被他辱打的玉璇此时正在那里抽泣不止，心中登时有了定计，忽然飞跃开来，一把扼在玉璇的雪白脖颈上，目露凶光的大声喝道："耀大将军，可以住手了吗？嘿……您总不会想看到这娇滴滴的美人儿受什么无谓的损伤吧？"

耀阳停手定住身形，冷眼观望蒙浩的卑劣行径，以及那丑恶的嘴脸，如同看待一个自说自话的小丑一般，不为所动，任由玉璇眼中恐惧的光芒愈加浓重，他的脚步仍然坚定地向前踏出，一步一步像是尖锐的战鼓般敲击在蒙浩与玉璇紧张万分的心坎上。

"蒙浩，你想以这种方式来要挟我吗？"耀阳的嘴角挑起一丝冷笑。

蒙浩看着耀阳越来越近的身影，淡淡的夜雾笼罩中竟是那般可怕，他以强自镇定的颤抖声调道："你再过来，我就不客气了……"说到后来，语气越来越低，直至最后终于肝胆俱裂地大叫一声，将玉璇丢向耀阳，转身便逃。

耀阳似是早有所料一般双臂异能环转，接住玉璇的娇躯，正要遁空前去追赶蒙浩，却被玉璇一把抱住，在他的怀中痛哭不止。

耀阳只能望着蒙浩远远遁去的身影摇头一叹，忖道："算你命大！"

他轻轻拍了拍她的柔弱的肩膀，任由她在自己的肩膀上哭泣，然后轻轻将她的曼妙身躯一把抱起，直奔骊园内院而去。

行进骊园的内宫房内，明明已经到了床边，耀阳仍然可以感觉到怀中玲珑玉体因不停抽泣所产生令人魂为之消的微妙颤抖，心中不由怦怦直跳，想要将她放开，偏偏见她楚楚可怜的模样，又觉不舍也觉不忍。

玉璇轻轻地动了动，呻吟道："耀……耀将军，玉璇觉得身子好疼……"

耀阳这才悚然惊醒，想到玉璇方才被蒙浩折磨所受的伤势，连忙将她扶至床沿边，柔声道："你快快坐下，待我来为你疗伤！"

玉璇闻言柔顺地坐在床边，一双美目却停在耀阳身上，不曾有丝毫离开。

耀阳被她看得尴尬异常，干咳一声，避开玉璇的目光，鼓动体内的五行玄能，施展起新近从《幻殇法录》中研修的疗伤之法——“水孱决”，咒诀一一展开，他体内的玄能登时化作道道涟漪，丝丝波纹，自他掌间荡漾而出，落于玉璇胸腹之间，刹那间环荡开来……

不多时，玉璇的伤势已然无碍，而耀阳也从水孱诀的另外功效中确定她并非法道中人，心中不由觉得轻松了许多。

耀阳收回元能，睁开眼睛，正想询问玉璇的伤势情况如何，却被眼前一亮的满堂春色激得心跳顿止，呼吸停滞——

映入眼帘的竟是玉璇全身赤裸地跪立在微弱跳动的灯火芒光中，就仿佛初生的婴儿一般，她先前被蒙浩辣手摧残的衣衫，此时早已经受不住耀阳“水孱诀”法能的催击，片片化去。

“水孱诀”的这种功能倒是耀阳从来未曾想到的，不过此时的他已无法去思考其他事情了，目光早已滞留在玉璇洁白无瑕的娇躯上，再也移不开分毫。

只看玉璇乌黑的长发似水瀑一般倾泻而下，散落在散发着健康诱人光泽的肌肤上，尖尖的瓜子脸如莹玉温润，略显惊吓后的苍白使得一双杏眼更趋清澈动人，花唇吹弹欲破，娇羞明艳，与平素的骄横姿态迥然两异，直看得耀阳脑中一片空白，浑然忘了置身何时何地。

他目光不由自主地再往下移，登时热血灌顶，脸烫心跳，但见青春少女的胴体何其玲珑曼妙，竟远胜于那夜在艳香阁中所见有所遮掩的胴体，不觉又是一阵口干舌燥，体内一阵难言的骚动，险些就此把持不住。

玉璇乍然娇呼一声，晕生双颊，显得更加娇艳动人，也将正在无限遐想的耀阳惊醒，他被眼前这具玲珑玉体冲击的直欲爆炸开来，却也能保持住灵台的一丝清明，强自压下难以遏止的欲望旖念，连忙转身向外行去。

哪知玉璇竟然又是一声娇呼，猛地纵身跳下床来，从背后一把抱住耀阳，伏在他的虎背上，不住抽泣恸哭。滚烫的泪水穿透衣衫烧灼着他的皮肤，耳旁哽咽的呢喃，使耀阳的心愈发狂跳起来，心中的旖旎念头再也压制不下，不由转过身来，猛地张开手臂将她紧紧抱住。

他抱得那么紧，彷佛要将她勒入臂弯，仿佛要与她并为一体。玉璇剧烈地颤抖着，“嘤咛”一声，软绵绵地贴伏在他的身上，双臂勾缠住他的脖颈，将螓首低埋在他下颌。

耀阳心中怦怦乱跳，被她香软滑腻的身体引得心猿意马，热血贲张，心中虽然想要将她强行推开，却完全无法舍弃如此妙曼动人的躯体，哪怕只是分开半寸也不是他真正所想，脑中更觉迷糊混沌起来。

玉璇抽泣着低声呢喃道：“我……好怕，今夜你留下陪我好吗?”说罢，竟抬起赤裸的双腿，主动缠在耀阳的雄躯上，玉臂钩在他的脖颈之间，带雨梨花的娇容似悲似喜地凝视着他。

这时屋外狂风怒吼，从窗棱缝隙间挤入，呜呜号哭，灯火不住地跳跃，玉璇玉脸也仿佛在波荡一般。

耀阳哪里还有任何拒绝的理由，与她四目对望的瞬间，心跳仿佛要蹦出嗓子眼来。耀阳再也按耐不住心中翻腾的火焰，重重地吻在她的唇上，登感脑中轰然一响，天旋地转。瞬息之间，所有思感仿佛从肉身躯壳中破体而出，随风飘摇，轻飘飘地在空中飞翔。

那柔软香甜的舌尖轻轻地与他交缠，像火苗一般跳动着、舔舐着，燃起他体内的熊熊烈火，带给他一种从未体验过的迸爆的欲望、肆意的占有……

耀阳忽然想起她正裸身缠在自己腰胯之上，脑中轰然一响，周身血脉偾张。玄能鼓胀间，周身衣物已然尽去无踪。

玉璇轻咦着“啊”地一声惊呼，旋又“嘤咛”一声，软绵绵地伏贴在他的身上，媚眼如丝，更加贴合紧密，耀阳狂野的血液瞬间沸腾，猛地将她压倒在床，双手抓起被子，覆盖其上。

被子不断剧烈地颤动着，从中传出含糊的呢喃声，分不清究竟是呻吟还是喘息，是低笑还是哭泣!

屋内春意融融，灯光跳跃，屋外狂风呼号，彻夜不息……

欲望终于在激情后消退下来，满腔的热情却在缠绵中升华成更为复杂的情感。献出自己宝贵的处子之身后，玉璇依偎在耀阳怀中沉沉入睡。这种感觉如果对任何男人而言都是妙不可言的经历，但现在的耀阳还是深深为之后悔了，他想不到原来只是单纯来探个究竟的他怎么会跟她发生了关系？

耀阳苦笑连连，他知道这样的感情羁绊对自己日后处理事情实是有百害而无一利的。更何况如果玉璇是别有用心的话，他又该如何自处呢？而且人儿、冰儿与妲己她们还身处在危险之中，自己却跟这惹人生疑的鬼方公主如此缠绵悱恻，一念及此，这一切又怎能让耀阳心安呢？

耀阳直感心绪杂乱，对眼前的事情不知该怎么处理，再一低头看着脸色绯红的玉璇睡得如此安详，他的心中更有着无法说清楚道明白的滋味。

沉睡中的玉璇动了一下，翻身在耀阳体旁侧睡，无意识地用手指抹了玉容上由激情遗留下来的泪痕，又满足地用柔软香舌舔舔朱唇，睡梦中的她竟然甜甜地笑了，看来做的是个好梦。

看着玉璇幸福满足的模样，耀阳回首看到被褥间鲜艳的落红斑斑，他再度想到方才玉璇故装成熟大力迎合自己，其实却是她人生中的首次，最后终因疼痛难忍流下眼泪，仍丝毫没有拒绝他的激情。这在缠绵之中表现出的情感，令他的心中无法不生出爱怜的情愫。

耀阳轻轻地替玉璇擦干脸上残留的泪痕，动作轻柔，充满一种酝酿幸福的温馨，耀阳知道玉璇已无法抗拒地留在了自己心中，不由深深叹了口气。

时值深夜，明日还要与敌军交战，耀阳自不能在这里继续待下去，他轻轻地下了床穿上衣衫，回首不舍地看了一眼玉璇，推开内院门往外行去，临行前他在骊园设下一个玄能结界护持。

出了寝殿，耀阳将大门关上，随后步入“骊园”之中。

狂风平息，夜色如洗，明月逐渐向西落下。耀阳抬头望望天空的夜月，忽有一阵寒风袭过，冬日的寒流立即让他起了一身鸡皮疙瘩，寒意侵身。冬时风果然异常寒冷，竟能让五行塑身的他都外有所感。

刺骨的冷风中，月光洒在他身上，映出一个孤单的影子在园中地上。耀阳不由从心产生一种异常孤独的感觉，走了几步突然心中想到殿中的玉璇，在如此冰寒深夜她一个人孤单地躺在寝殿之中，心中竟忍不住担心起来，怕她会被寒风惊醒受凉，迟疑一下，还是转身向殿中走去。

打开内院寝殿大门，玉璇还在甜睡中，似乎因为太过疲累，所以没被耀阳的动作惊醒。耀阳轻手轻脚走到床边，看到玉璇如睡海棠一般，心中更有一丝怜惜万分的情感，于是拉起被褥替玉璇盖好，将玉璇露在外面的粉白玉臂放入被褥之中，耀阳温柔地抚摸了一下玉璇的粉脸，低喃道："做个好梦。"

耀阳微微一笑，转身再次离去。

就在耀阳转身离去时，他却没注意到，此时玉璇熟睡紧闭的双目中竟再度无声无息地流下一行珠泪……

当耀阳抵达西岐城头之时，心中已彻底将儿女情长抛开，全心专注于明日即将来临的大战。他徘徊在城头上，一路上不停向那些守卫兵士嘘寒问暖，令众兵卫感动非常，更是精神奕奕。

耀阳再度俯视城下灯火依稀的鬼方阵营，暗思对方将会用到何种策略攻城。如果说鬼方军要强行攻城，而没有其他策应之计，他如何都不会相信对方会愚蠢到打消耗战，但问题是鬼方能想出什么谋略呢？

耀阳一边思索一边命令护卫兵士摆置一切，俨然将城头布置成了中军议事帐一般。他就是想以城墙为前沿大营，让所有西岐将士都知道主将亲临战场，以此来激励他们的士气，同时身处最前线，以他的异能禀赋，才能随时按照形势变化作出相应决策。

当务之急是需要知道敌军的具体情况，唯有了解对方的兵力分布才能做出适当的布置，他虽然很想亲自去探视敌营，但顾虑到上次"东吉岭"被黄天化等级数的高手看破行迹的事，再则他现时是西岐的统帅大将，怎能做出这等以身涉险的蠢事，万一失手必然会引至西岐军心大乱，那时西岐军恐怕会不战而溃。

思索良久，耀阳还是打消了这个诱人的想法，找人去请金吒过来。

过不多久，早早待命的金吒便匆匆赶到。

金吒刚到便看到城墙上的这些布置，不由大愣，疑问道："耀将军不会是想在这里商议军事吧？"

"说得不错，我正有这个念头！"耀阳蔑视的目光瞥了瞥城下遍野的鬼方军营，傲然道，"我就想让他们知晓西岐军究竟是怎样上下一心的无敌雄兵！"

金吒点点头，他没有在这个问题上继续牵扯，虽然这与理不合，但是耀阳根本不是一般寻常将领，自从经过落月谷之战、败退飞虎军、手刃崇黑虎、以受伤之躯单枪匹马骇退崇侯虎大军等役之后，他便认定了这位身具王者霸势的大将，于是问道："耀将军传我过来，定是有要事相商！"

耀阳微笑着点点头，指着前方的鬼方大营，道："我军即将对战鬼方大军，如果以正常的情形来说，敌军如果正面攻击，断无可能破城之理，然而看到鬼方近几日的行动，却似乎很有把握似的，恐怕敌军另有周详计划。"

金吒应声道："不错，鬼方不惧我西岐城坚墙固与大军严守，理应不会只有死攻蛮打这么简单，当中恐怕真如将军所说有所阴谋才是！"

耀阳叹气道："我始终无法揣测出他们会有什么奇招，所以希望李将军能乘夜前去敌营探听一番，同时可以探查出敌军有可能的布置，以利于我军做出相应对策，尽可能减少被敌军攻得措手不及的可能。而且作战之前若对敌军一无所知，势必大失先机。"

金吒毅然行礼道："末将定会完成任务，当不负耀将军所望。"

"等一下。"耀阳虽然放心金吒去做此事，但是有些细节嘱咐还是必要的，他沉吟道，"此次去敌军营地，务必要小心点，对方必有所防备，想要查知敌军到底有何阴谋甚是困难，但最重要的还是要知道他们各军的具体布置，据此我军可以分析他们可能的行动，以做出相应的对策。还有，记得早点回来，我们时间不多，一切小心！"

"是！"金吒应声下城而去，虽然他是玄门弟子，但是为免惊世骇俗，施展法术还是要挑选比较隐秘的地方，他在城下僻静的角落幻起遁术，当即往城外鬼方阵营中遁去。

目送着金吒离去，耀阳皱眉盯着城下灯火灰暗的鬼方军营连绵成片，举目望去，鬼方的篝火似乎有些暗淡，但这样似乎更显得鬼方军营的深不可测，亲身经历了数场激战的他已非战场新手，心中对鬼方绝不敢小觑。

或许这对耀阳反而更好，他毕竟是个年轻人，按照至此已取得的成就而言，绝对可算是年青一辈中屈指可数的。即使是他本人也难免会产生自傲的情绪，但事实上的情况却是西岐一直处于危险之中，让他根本没有机会也没空闲去自大，反而避免了寻常人容易犯的毛病——得意忘形。

耀阳自然不会想到这些，他现在为了猜测鬼方的行动而头痛不已。凝视着随时可能威胁到西岐城的鬼方大营，耀阳费尽心思去推敲对方的想法。

鬼方军兵力并未占优，如果正面强袭西岐城，必无能胜之理。但看鬼方现在的形势，决不可能不战而退。而姜子牙曾说，西岐城稳固难攻，每年大批粮草物资囤积无数，就算以现有兵力守城不战，也能抵挡鬼方三月之久，拖到对方粮草耗尽不战自退。从这点可知，鬼方决不可能对西岐城施以围而不攻的策略，那无疑是自找死路。

耀阳深信鬼方大将也绝非是无能之辈，决不会让鬼方大军徒自送死，必是已经有什么良策能有一定的把握攻破西岐城。鬼方来之前就应该查探了西岐城的情况，既然是有备而来，自然有出奇之计。

耀阳皱眉苦思，手指在城墙上以一种连他自已也不明白的奇怪旋律敲打着，心中对鬼方可能施行的策略进行推敲，对此最好的办法无疑是站在鬼方的立场来考虑如何攻城。

耀阳细思《龙虎六韬》中所有关于攻城的兵法策略，攻城战素来利守不利攻，而且攻守差距极大，即使有守方两至三倍兵力以上的实力做后盾，仍是所有将领都不愿意遇到的事情，非是必要决不肯出攻城这一招。

攻城别无什么办法，无非是根据地势、天时、人谋分“强攻、合围、出奇”三种方法而已，强攻只有在兵力远胜对手数倍之上、守方城墙并不牢固的情况下才会做的，然而西岐城池稳固如铁壁铜墙，姬昌素来都得民心，君民上下一心，数万将士训练有素，各类粮草物资备足，相信除了迫不得已，否则任何一个将领都不会愿意对它进行强攻。

若是合围，鬼方比西岐城将士多不了多少人，别说合围，就是兵分东南两面攻击也有分散兵力被西岐各个击破之忧，更何况西岐城毫无断粮之虑，就算围下去最后吃不消的还是鬼方。无论怎么看，强攻、合围都是不现实，除非想让手下将士送死，否则这两点已经可以排除了。

剩下的就只有"出奇"一道，也唯有这个或许会让西岐吃到苦头，就如姬旦不可思议地被击溃一般。但究竟如何"出奇"才能将西岐攻破？若只是以一方佯做攻击时突出奇兵攻击其他城门，这个只需西岐城内有数千兵马做机动后备就足以应付……耀阳苦思许久，将一些没有可能的方法全部否定抛弃，还有几个可行但不是很有效的办法，他也一一想出如何事前准备，但最终他仍无法想到可取方法，除了他心中最担心的一件事之外……

耀阳已从姬旦的描述中得知他兵败的过程，自然知道这是至今为止敌军最可能采取的方法，也是对西岐城威胁最大的策略。他自然不会大意，左思右想心里总有强烈的不安，当即颁下军令，命可信亲卫传令三军严守军令，在四大城门处加派弓箭手三千，非他的符令不得擅开城门，违令者不论是谁都可当场射杀。

除了下达军令之外，耀阳还就刚才所顾及到的攻城方法，命士兵做出相应准备。虽然他不喜欢摆官架子，但此时乃非常时期，在千变万化的战争中，任何一丝纰漏都可能产生可怕的后果，为此他言辞十分严厉，甚至不惜大摆将帅之威，务必让士兵不能有一丝疏忽，然后耀阳再细细检查一遍又一遍，一直到满意为止。

耀阳将守城器具等一切布置妥当后，就听得几声鸡鸣声起，东方天际已出现鱼肚白色，又是一个清晨来到。当寒冷刺骨的晨风拂过他的脸颊，扬起他一夜未睡的狂野乱发，耀阳顿时精神一振，一夜的疲劳不必运用元能行功走脉便已经自行消去。

远远的岐山之上，寒风拂面，间或的绵雨飘飞洒落。

此时的姜子牙与云雨妍正在观望这场自西岐城兴建以来前所未有的战事。

云雨妍有些担心地远望晨光中寂静的鬼方阵营，问道：“先生，你认为耀将军可以胜任此次西岐攻防战主将一职吗？”

姜子牙回头看了看云雨妍关切焦急的神情，打趣地笑道：“小丫头，是不是在为你的耀将军担心哩！”

云雨妍顿时羞红了俏脸，辩解道：“先生莫要取笑，此事毕竟事关西岐存亡，雨妍不过是看耀将军带兵时日不长，就算天赋再高，也难免会力有不及，更何况他要统领的部下均是西伯侯姬昌麾下南征百战的老部下，恐怕无力服众！”

“雨妍考虑的都没有错！”姜子牙点点头，道，“其实，这些都已经不是能牵绊耀阳的最大阻力！”

“哦！”云雨妍轻咦了一声，道，“雨妍认为，就算耀将军能在最短时间内取得如此骄人的战绩，也没有办法在西岐大军中完全建立威信，而且西岐守备非常烦琐，他首次接手要务，就是首先去熟悉西岐地形的时间起码也要三日才行！”

姜子牙摇头笑道：“你也莫要小看了耀阳啊，此子不但天赋过人，更懂得勤能补拙的道理，他早在回城前便找老夫要过西岐守备详图了！”

望着云雨妍眼中更多的赞赏神色，姜子牙续道：“至于他的威信，就算老一辈的西岐将领不看在眼里哪有如何，耀阳的威信已经直接建立在所有西岐兵士的心目中了，老夫生平观人无数，都未曾见过像他这般深受重伤仍单人匹马独挡崇侯虎十万大军的不世之威！”

说到这里，姜子牙悠然一叹，道：“如今看来，此子一身皇者霸气，假以时日定然绝非池中之物！”

云雨妍满心欢喜地问道：“先生是不是太抬举他了，如果此次西岐守卫一战，他输了的话，岂不是前途尽毁吗？”

姜子牙的目光投向寒风中的鬼方阵营，高深莫测的一笑道：“兜来兜去，雨妍原来还是想问，他此次备战的胜算有多大?”

云雨妍不好意思地笑了笑，道：“先生法眼无差，雨妍的确有此一问!”

姜子牙面色凝重地道：“昨晚猛然无故风起，老夫便就势推演一卦，所得结果显示，此战吉凶莫测，变数之大实非常人所能想象!”

“变数?”云雨妍不解问道，“按照先生曾经所说，西岐城坚墙固，加上耀将军赶回及时，兵源均与鬼方势均力敌，鬼方除去强攻一途别无他法，又如何会是西岐的对手?”

姜子牙不答反问道：“雨妍说说看，攻城战中最有效的谋略是为何法?”

云雨妍答道：“攻城之法有三，强攻、合围、出奇，前二法因为对兵力等各方面要求较高，而且一旦双方打上消耗战都会元气大损，自然不算最有效的方法，相比之下，出奇应该可算最为有效!”

姜子牙摇头一叹，道：“凡事岂能守之偏隅，攻城之战固然只有三法，若是任选其一，自是出奇为最，然而兵道无常势，如果脱出所谓法之束缚，最为有效的方法自然便是——三法合一!”

“强攻、合围、出奇三法合一?”云雨妍震惊莫名，道，“鬼方如何三法合一?”

姜子牙摇头不答，眉间紧锁，仰望渐亮的天际，道：“想不到今冬第一场雪竟会在今日降下，难道注定‘火舞耀阳’之名将会沉寂不成?”

云雨妍心头巨震，正待问个详细，忽听姜子牙又道：“鬼方兵马已经来哩!”

云雨妍忙顺着姜子牙的指引翘首望去——

果然，鬼方阵营中的旗帜飘扬，大军开始缓缓开拔……

感应到玉璇的远去，倚弦终于松了一口气，正想先出石室查探一下情况，哪知到了石室门前，身形竟被一阵浑厚的魔能弹了回来，不由大吃一惊，想到方才幻面人布施法阵的情形，尽管当时他完全感应到魔能封印之力，但为了不泄漏行踪，他只能任由魔能封印起来，其实最重要的是，他在归元异能附体之后便从未被结界封印过，加上现在尚有龙刃诛神护体，所以难免会觉得没有什么大不了的。

谁知此时倚弦才发现同样被封印在石室之中，他不由苦笑一声，默运冰火异能想侵入当前石室的结界封印，哪知仍然被反弹出来，看来方才幻面人临走时所说的话是有道理的。倚弦自不会放弃，根据从魔门典籍中领悟出的不同封印解法继续使用不同方法，无奈这种法器封印大法不同于任何元能结界、封印，并不按所谓的阴阳五行八卦之分，纯粹是依靠先天法器本身的法力与幻面人的魔能结合所铸，所以显得异常牢固，最后他甚至尝试用纯粹的归元异能都无法打开封印，只能轻叹一息，停手作罢。

正当倚弦放弃无谓的努力，耳边赫然传来一声断喝——

“是谁?”人儿大喝道。原来法能较强的人儿感应到方才石牢周侧元能激荡的迹象，心生疑念，这才大喝出声，而身边其他二女没想到石室里面居然还会有人，尤其是妲己又看不到任何痕迹，顿时被吓得缩成一团。

梅若冰旁顾四周，连声道：“人儿，你别吓我们。”

人儿摆出一个非常确定的眼色，再次往倚弦所在的方向叱喝道：“什么家伙鬼鬼祟祟，还不给本公主现身出来……”

倚弦见被识破踪迹，为了免引起不必要的误会，无奈之下，只有撤去“千符隐”现出真身来，道：“人儿，是我……”

三女同时一惊，原来石室中真的有另一个人的存在。

人儿尤其奇怪，对方居然可以一口叫出自己的名字，不由呆愣了片刻，迷茫地望着眼前这名英姿俊伟的少年男子，呐呐道：“你是……”

倚弦知道自己自从“冰火炼狱”出来之后，模样已经彻底改变了，难怪人儿一时之间根本看不出来，想到当初冥界相遇的趣事，心中童心大起，学着耀阳当年的口吻调侃道：“怎么了，你现在跟耀阳这小子混得这么熟，却不记得我了……唉，真是人情冷暖世态炎凉啊，难道是那小子给了你什么好处不成?”

“是你，小倚……”人儿再度辨认之下，赫然认出倚弦，顿时又惊又喜。

苏妲己与梅若冰看着人儿吃惊非常的神情，加上从她脱口而出的既陌生又熟悉的名字，二女眼中皆露出难以置信的神情，望着眼前这位神采俊逸的少年，她们怎都想不到竟会在这样的环境中见到这位时常被耀阳挂在嘴边上的兄弟——倚弦。

梅若冰惊问道："人儿，你确定他就是耀大哥的兄弟倚弦！"

"当然啊，虽然长相变化很大，但是还是能一眼看得出来！"人儿兴奋地奔至石牢边上，冲着倚弦大声说道，"小倚，想不到真的是你，你知不知道耀大哥一直都在四处打听你的下落，你究竟去了什么地方？现在又怎么会突然出现在这里呢？"

倚弦感觉被三女的目光紧紧盯住，极不自然的干咳两声，微微一笑道："人儿，这些稍后再说好吗？你们先向旁边让开几尺，我先将你们从石牢中放出来！"

三女闻言忙向旁侧让开三尺，将石牢前的尺余空间腾了出来，不明白倚弦将怎样救她们出去，但能够重见天日的喜悦自是显而易见。

倚弦心念一动，体内的灵应早已唤出"龙刃诛神"，光华闪处，倚弦掌中的龙刃诛神幻起炫目的龙芒异彩，当空劈落在石牢结界之上，"轰"的一声闷响过后，元能激荡出石壁间的碎石粉尘，留下的芒光环绕石室，异彩缤纷。

待到粉尘一一散去，倚弦敛动气极收起龙刃诛神，近前几步伸手打开已经破除结界禁制的石牢门，伸手一领道："敬请各位嫂嫂出门！"

三女感应到倚弦一身出神入化的异能，以及那柄神乎其神的"龙刃诛神"，这才都安定下心来，她们不但想不到会在这里见到耀大哥失散日久的兄弟，而且可以如此欣慰地看到倚弦的神通，这如何不让她们欣喜万分，虽被倚弦一句"嫂嫂"叫得脸面直发烫，偏又心中受用无限。

人儿脸皮最薄，出门便当即面红耳赤地驳口道："小倚，你可不要乱打招呼，我其实跟耀大哥没有什么的，她们两个才是你的好嫂子！"

苏妲己与梅若冰登时羞红着脸走出石牢，几乎异口同声道："我们也跟耀大哥没有什么……"话一出口，二女不免理亏地对视一眼，更见羞涩。

倚弦闻言一愣，他哪里搞得清楚这当中的情爱纠缠，只能搔搔头不明所以的苦笑道："你们……几位嫂嫂就当我没说便是!"话一出口，他才发现话里又矛盾了，一时间也急得有些不知该说什么才好。

好在苏妲己出身名家氏族，片刻间已经摆脱了尴尬羞涩的心境，大方得体的一笑道："不如我们跟称呼耀大哥一般，称呼你作倚大哥，如何?"

倚弦不好意思地笑笑道："其实称呼都没有什么所谓的，随便啦!"

梅若冰亲切地笑道："倚大哥，我们还是出去以后再说这些吧!"其他二女顿时跟着随声附应，想必是在这里待得时间久了，她们无不对此处表现出极度厌恶的情绪，人儿更是吵嚷着出去后要将此洞夷为平地才算解恨。

倚弦苦笑着摇头道："几位嫂……先不要高兴的太早，若非方才幻面人陆老贼以法器封印此处，我们是的确可以脱身的!"

三女闻言心中一沉，人儿大失所望道："搞了半天，原来还是没办法出去，小倚，你再想想办法呀!"

第八十九章　一矛扬威

倚弦的思感异能顺着整个石室的封印魔能循迹而行，试图寻出封印的弱点所在，然而片刻间他还是失望了，摇头一叹道："根据魔门典籍记载，类似这种法器封印极为强悍，不但融会了法器修持者的魔能修为根底，更附和了先天法器的诡秘禀性，令人无法捉摸其中元能锁阴制阳的规律，所以在不明封印魔能循转封制的方法前，我没有丝毫把握可以破除这层封印！"

梅若冰秀眉微蹙，道："可是耀大哥与鬼方之战迫在眉睫，如果他心中顾虑到我们，从而被那个恶女人利用的话，那该如何是好呢？"

人儿与苏妲己闻言也是神色一黯，现在的境况仍然是一筹莫展的局面。

倚弦比任何人都更清楚此时的西岐局势，内心的焦急尤其难耐，他在石室中来回踱了几步，仔细考虑尽可能的解决方法，他明白急则心乱，凡事最忌的便是操之过急。

人儿几步行至倚弦身前，努努嘴道："小倚，我刚才见到你的那柄神兵利器好像很厉害似的，干脆用它将山壁劈开不就行了！"

苏妲己虽然不懂法道阴阳，但还是明白事理轻重缓急之分，轻声劝阻人儿道："倚大哥正在想办法，人儿你先别打扰他！"

"没事的！"倚弦摇头示意不要紧，道，"龙刃诛神本身之威或许可以达至人儿所说的效果，只是目前我仍然无法完全控制这柄神兵利器，所以即便以龙刃破壁，也只能是徒劳无功！"

“龙刃诛神?”人儿与梅若冰震惊非常，不敢相信地望着倚弦。苏妲己不明所以，只能从二女眼神中的吃惊神色看出这柄所谓的“龙刃诛神”绝非简单之物。

倚弦知道人儿与梅若冰是被三界第一神器——“龙刃诛神”之名所震惊，当即不好意思地笑了笑，道：“我能得到这柄‘龙刃诛神’，纯粹是机缘巧合而已！所以至今仍然无法很纯熟的驾驭它!”

人儿不无可惜地说道：“我曾经听母亲说过，龙刃诛神乃是蜀山剑宗遗世千万年的镇门至宝，而且据说有一卷专论修持龙刃的剑籍，如果倚大哥能够得到那本剑籍，定然可以从中学到完全掌控龙刃诛神的方法!”

“哦!”倚弦心中自是免不了一动，不禁想到曾经拒绝洪钧老祖收他为徒的提议，随即又洒然一笑释怀道，“其实，可不可以学到更多的法道秘术并不重要！凡事总有一个过程，何必执着于一事一物哩!”

三女闻言一震，这种洒然无羁的处事态度显然与眼前这名少年的年龄并不相符，但他说话的语气以及此时的满足神情都证明他言出肺腑。

倚弦对三女示以一个微笑，闭目默运体内异能，依照新近揣摩的“灵元幻真诀”缓缓施展开来，思感灵识霍然脱出石室封印的禁锢，循着“落月谷”的谷中小径而出，登上谷中至高点，趁着夜月无垠的映照，他的灵识瞭望此刻的西岐城。

夜色撩人，寂寥无边，西岐城与城外的鬼方阵营静静的相互对峙着，在天际昏沉的黑幕映衬下，星星点点的灯火从城中蔓延至鬼方阵营中，偏又形成一种难得的和谐，令人不免为之唏嘘不已。

倚弦的思感灵识看着两方阵营表面上的和谐，深知这时正值黎明前的黑暗，尽管表面上看不出什么冲突，但是内中却早已暗流汹涌，耀阳此时如果稍有一丝疏忽，恐怕都将引来西岐城的灭顶之灾。

可惜，他的思感灵识虽然可以脱出这层封印的禁锢，却因学自魔门典籍中的此法——“灵元幻真”的修持进度非常缓慢，他现时仍然无法令灵识脱离自身本体百丈距离，只能一边揣摩一边修行。

耳边忽然响起人儿的低唤，倚弦的思感灵识逐渐回归本体，睁开眼睛正看到人儿来到身前，一双大眼睛充满好奇地询问道："倚大哥，你想到办法了么?"

倚弦看到三女充满期待的目光，无奈地摇摇头道："现在离黎明还有两个时辰左右，明日将会是西岐、同样也将是耀阳经受最大考验的时刻，而我们只能在这里静观其变，别无他法!"

"什么静观其变吗?"人儿焦急得团团转，道，"如果那个臭女人用我们威胁耀大哥放弃守城，那该怎么办呢?"

倚弦面色凝重道："相信非到万不得已她不会拉你们去胁迫小阳，一旦真是出了这个问题，反而可以证明小阳不但守住了西岐，而且还让他们无计可施，只能用你们来做这最后一招杀手锏!"

此言一出，人儿、苏妲已与梅若冰顿时都放下心来，反而有些担心玉璇不用她们来威胁耀阳了，因为只有那样才能证明耀大哥的一切都还好，在她们的心中，自是没有什么可以跟耀大哥相比的。

倚弦看着三女相互安慰的神情，心中无奈的一叹，他只能出此下策，除此之外，他不知该怎样去抚慰三女焦急难耐的心绪。他怎会不知临敌对阵最重要的便是主将的心境，一旦主将心绪不宁方寸大乱，那么大祸临头就已不远，所以无论如何，玉璇定然会使出这招杀手锏来配合南域大军的夹击攻势。

倚弦只能默默的为耀阳祝祷一番，他的脑海中不由浮现出兄弟俩自幼共同经历的苦难生活，口中喃喃低语道："小阳啊，你一定可以撑下去，我从来都相信——只要你想去做的便从来没有做不到的!"

倚弦再向三女望去，关切地说道："几位嫂嫂现在觉得身体如何？不如好好趁现在休息一下，养精蓄锐，只要明日有人来押解你们出去，我就一定有办法救你们!"

三女一听之下，齐齐点头称好，当下三女靠在石室的一个角落边上，相互依偎着开始闭目休息。

倚弦见她们心绪安定下来，终于舒了一口气，缓缓坐定身躯，依法施为，开始以本体冰晶火魄之能疗治经脉郁积的伤势，明日说不定会有一场硬战，如果一直隐忍的伤势一旦复发，只会给他，乃至他的兄弟耀阳带来无法估量的打击。

冰晶火魄佐以归元异能运行开来，均匀了气息分布，就在一呼一吸之间，倚弦渐渐臻入无念无思的寂境，一身异能依照他从“轩辕图录”中勘悟的咒诀规律自行循转交替，冰晶火魄所铸的肉身经脉开始自行修复痼疾。

不知过了多少时候，倚弦在寂静中猛然间一念觉起，思感深处警兆立生，“灵元幻真诀”自然而发，思感脱出封印禁锢，出了石室已然可以见到一队胡服兵马行入谷中，为首之人不是玉璇，而是另一位年轻貌美的女子，竟是从前在奇湖小筑见过的邓玉婵，想来定是此次师门姐妹合作共伐西岐。

倚弦收回思感灵识，睁开双眼以秘语传声唤醒沉睡中的三女，打出噤声的手势，三女知道有异常情况发生，都收敛动作避免发出不必要的声响，生怕影响到倚弦的异能探视。

倚弦仔细思量片刻，再以秘语传声将自己为什么不马上救他们的想法说给三女知道，紧接着对着她们做了个噤声的手势，便从容施展“千符隐法”隐去了身形。

此时，石室外终于响起了轧轧的机关启动声与繁杂的脚步声……

天色朦朦亮，一众将领不敢拖延来迟，很快就齐齐来到城头听令。看着眼前年龄都比他大了十多岁以上的一众将领，耀阳微笑示众，道：“各位将军请坐，金吒将军前去探查军情，还要稍过一会儿才能返回，还请大家耐心等待一会儿。”和气中带着几分难以名状的威严，神州龙脉之气已与他融为一体，散发出令人难以抗拒的霸道王势，单纯感应到这种气势，便没有一个人会因为他的年龄而小看他，更何况他火烧落月谷、击退飞虎军等等战绩卓越，在场众将哪敢小觑。

众将领无不连声称是，各自谦让一番便坐了下来。

过不久时，城下一人飞驰而来，上得城头，众将这才看清楚此人正是探完军情及时赶回的金吒将军。

耀阳待金吒到了，忙道："李将军辛苦一晚，要不先休息一下再谈?"

金吒首先向耀阳以及在座众将一一行礼，道："不用了，军情紧急，末将还是将所知情报尽数道出，让各位将军及时商讨，以做出相应对策。"

耀阳点点头道："这样也好，那就请李将军说吧——"

众人都是经年老将，闻言早已齐齐站起身来，齐齐围在放置兽皮地图的桌案周围，金吒指着西岐城正前方一点地方，道："此次我去探听军情，发现敌军经上次一役，虽然大胜但仍有不少损失，现在共达四万左右的兵力，聚集在一处，并未分营扎寨。除了三千粮草先锋军之外，其他各军主力都似乎聚集在一起。目前敌军可用战车约占全军兵力的四成，其他占六成，所有攻城器械都已备好，马匹、兵器衣甲等似是昨天刚擦拭过似的，看来可能今日就会攻城。"

耀阳陷入沉思中，听到金吒所报告的一切，他更感到事情不简单，按理说对方如果在得知西岐城援兵已至的情况下，应该很清楚兵力相比之下，作为攻城一方的他们并没有多少占优，最理智的选择应该是撤军才对。但现在整个鬼方军却毫无动静，竟似全无畏惧一般，难道在等待对他们极有利的战机？还是另有奇兵对西岐城来个出其不意?

耀阳心中的不安感更加强烈了。

金吒诧异道："看敌军的兵力并没有达到能攻我西岐城之力，他们竟还想强行攻城，他们究竟意欲何为，难道他们认为凭这些兵力就能攻下我西岐城不成？要不就是他们另外还有什么诡计了。不知耀将军和各位将军有何意见?"

众将领对此亦是惊愕非常，众说纷纭，各自提出意见，不少甚是中肯，无不是中规中举的稳扎做法，毕竟是经年老将，领兵作战的经验非毛头小子可比，决不莽撞冲动，大部分是建议以不变应万变，看看敌军反应再说。

金吒见众将领都难下定论，便转头看向耀阳。

耀阳淡笑道："不需要再瞎猜什么，等等看鬼方的动作就知道他们究竟有什么意图了!”他方才豁然开朗想到的是——自古兵战各法本出同源，最基本的几点要素永远都不会变，己方既然想知道对方的用意，那么对方又何尝不想知道西岐的动向，料敌在先自古以来都是兵家最看重的几点之一，敌将鬼方岂会不知。

战场之上形势千瞬万变，战机稍纵即失，真正的名将就是能把握这短暂的机会，将战局导向有利自己阵营的方向。耀阳并不敢狂妄地自称名将，却从《龙虎六韬》中深知此作战要点，自然不肯轻易露出破绽让敌军抓住，反而应该寻机抓住敌人的空隙予以致命性的攻击。

当然，想要抓到敌人纰漏一举击溃敌人并不是一件简单的事情，敌将未必会有产生这样的错误，最重要的还是要确定敌军究竟意欲如何，然后相应做出最妥善的安排才是此时最适当的选择。

此时，年近半百的百里晤将军沉声指出道：“敌军意向不明，我军不易擅动，以免为敌军所乘。但我军也非得小心不可，兵力布置上更要小心从事，你们看……”他手指点在兽皮地图上西岐城东西两面城墙，顿了一下，继续道，“东西两面山脉横贯，利守不利攻，兼之守城之利，敌军应该不会从那边来攻。但是兵无常势，我们也决不能放松警惕。耀将军留的机动人马甚是重要，万万不可大意。我军现在所要严防的便是南北两门，以鬼方所处位置，多半是从北门进攻，但不排除还有人马突袭南门的可能，所以也不得不小心。诚如耀将军所言，作为守城的我军现在最好的办法就是伺机而动。”

耀阳点点头，面对众将又再问道：“唔，各位可还有更好的意见吗?”

众将领齐齐摇头。

耀阳遂将驻兵、留守、监察等等军事任务分派到各人，尽管他从未像今日这般面对这么多猛将名宿，而且又是第一次面对守备西岐城如此大的重担，但他不但没有丝毫嫌烦怕事的顾虑，却格外有种兴奋非常的意味。

龙脉之气与耀阳已经彻底融归一体，在场众将无不感受到他正襟危坐发号施令的威严，那股气势足以令他们由心而生出难以名状的信赖与折服。

看着众将领命而去，耀阳总算松了一口气，从将台前长身而起，行至城头瞭望口处抬眼往远处望去——

天际的一抹晨曦缓缓拉开黎明的昏暗，光明普照大地，远远的山川起伏跌宕，而仿佛到了尽头的黑暗在光明的映衬下却别有一番韵味，两相对照下，俨然如同一幅泼墨山水画一般，悠然深邃，令人不由自主被眼前的景色所感慨不已。

目光下望，耀阳再度俯览整个鬼方的连绵阵营，灵觉敏锐的耳边响起胡人鼓荡的号角声，他的嘴角荡漾起一丝微笑，轻声唤道："来吧，我等着你们!"

天色大亮，在西岐城将士的全力戒备中，大地微颤，成片成片的马蹄车轮声在城下响起，西岐城前方不远处蔓延无边的鬼方旗帜迎风招展，鬼方大军已然缓缓而至，行至离西岐城墙里余外全军停了下来。

数以万计的鬼方大军列成阵营散布开来，仿佛覆盖了整片大地一般，满山遍野黑压压的一片，无边无际仿似蔓延至天际。这数万大军停在那里就可以让人感觉到他们的肃然杀气，给人以一种窒息的感觉。

西岐城墙上的万千将士自然能感觉到这种强大的气势，不过究竟战场的将士惯于征战沙场，早已见惯这些大场面，对此不但丝毫不怵，反而更因此燃起了他们强烈的斗志。

"搞什么鬼？半路竟停了下来……"耀阳心中嘀咕一下，回首看看身边的一众将士神色显然已经有些紧张起来，反复把握住手中的弓箭利器，死盯着远处的鬼方大军，丝毫没有胆怯之色，而是更加显得斗志昂扬，更有将士不时向他望来，眼神中尽是询问是否迎头痛击的神情，似乎都想给这嚣张的鬼方大军一个教训。

有这样的将士，何尝西岐城不保？也难怪殷商朝歌都这么忌惮西岐了，耀阳的心中蓦然有种为能做他们的主将而自豪的情绪。

爽朗大笑一声，耀阳突然举起手中长戟斜指长天，玄功大振道："西岐英勇的将士们听着，鬼方不过跳梁小丑，竟敢屡屡犯我西岐虎威，妄图夺我土地财富，辱我百姓父母，实是罪不可赎，今次定要让他们这些家伙后悔莫及，晓得我西岐将士之威，永世不敢再犯我西岐。”在他刻意而为之下，五行玄能运起，将铿锵有致的激昂声音传遍了整个西岐城。

“喔，噢噢……”受耀阳言语所激，西岐城万千将士上下无不激昂亢奋，举戟大吼，各个方位都传来震天吼声，此起彼伏，久久不息，整个西岐城将士的士气大涨，誓要将鬼方无耻之辈诛杀于城下。

耀阳满意地放下手中长戟，继续看着鬼方大军，心中揣测他们会有什么行动。

鬼方大军依然没有继续前进，却是适时的擂起战鼓，鼓声震颤人心，一批彪马战车从他们的阵营中缓缓驰出，直奔西岐城下而来。

耀阳微皱眉头，不知鬼方为何如此。他身边的金吒也露出诧异的神色，显是也不明白敌军如此动作的目的所在。

很快，这批鬼方军便到了城下，他们不过区区两百战车之数，他们在西岐城的弓箭射程之外停了下来，为首的将领是一名身材魁梧、身着铜盔战甲的大汉。

“西岐小儿!”没想到那个大汉在阵前停下来，勒马拉开嗓门，用生硬的汉语大吼道，“我乃鬼方熊突大将，有胆的出来与老子一战!”

“白痴!”耀阳低骂一声，在城头上扬声喝道，“尔是何身份？也敢前来挑战，邀战也不是不可以，麻烦叫你们主将，那个吃软饭的利茸小子出来吧。”

那名自称熊突的大将气得哇哇大叫，大声道：“等你小子赢了老子再说。”

“凭你?”耀阳听着满腔找不着调的汉语，摇头冷喝道，“不知天高地厚的家伙，你有什么资格跟我西岐虎将一战?”

熊突大将哈哈大笑道：“怕了吧，西岐小儿，有种就出来一战，别躲在被窝里装死，像不像男人啊，儿郎们，你们都来看看西岐这群胆小鬼……”

鬼方营中立即传来一阵大声的嘲弄笑声。

耀阳心中不由有些纳闷，鬼方不会闲着没事做，还派人前来骂战拖延时间，难道他们还有什么别的目的不成？

旁边的随身副将金吒显然也有这个疑问，吃惊地问道：“鬼方如此从容，丝毫不见紧张之色，难道已经有所准备，像是根本不惧我西岐的强大声势？耀将军，不如让我出战会一会他，看看他们究竟有什么阴谋？”

“不用，咱们静观其变即可！”耀阳淡淡道，他也不敢肯定鬼方的意图，这样的挑衅有可能是早有预备，从而才能有恃无恐，当然也有可能是故作声势，暗中有所动作也说不定？若贸然出击恐怕会中对方诡计，反而失了先机。战场之上容不得半点疏忽大意。

耀阳回首望了望同在城墙之上的几个将领，也都跃跃欲试一般，均想着先灭了鬼方的嚣张气焰再说。

“莫要轻动妄动，随便他们骂好了。听之任之，看他们还有什么花招？”耀阳看出对方大将的声音浑厚有力，身际更有魔能波动的迹象，怎会看不出对方应是一名身居法能的魔门高手，这里除了他和金吒外，根本没有谁能奈何此人，当然不会让他们出战。

众将不免有些愕然，不明所以地看着主将耀阳，面对如此挑衅而不出手，那岂不是落了自己的威风？但是军令如山，主将有命，他们不可能抗令不遵，只能忍气吞声听着耳边的辱骂，一副敢怒不敢言的闷样。

那熊突大将也没料到西岐众将居然没有出战，一时间愣住了，半晌之后再次用生硬的话骂道：“西岐狗，你们的胆子是不是被藏在裤裆里了？这么胆小，还不如回家抱女人去，哈哈，老子劝你们还是乖乖投降我鬼方算了，到时候还可以叫你们舔舔我们的脚丫……”

熊突大将的话越骂越恶毒，甚至还有他身后的鬼方兵士们跟着呼喝嘈杂，什么侮辱性的话都骂出来来，气得满城西岐将士浑身发颤，两眼直欲喷出火来，尽数将眼光直唰唰地望向耀阳，希望他能允许出战。

看到众将气愤难平，耀阳知道自己如果硬是命令不准出战，不让他们发泄心中怒气，不但会影响守城士气，更有可能对自己以后的指挥作战有所阻碍。耀阳脑中念头一动，想到一个主意，回首低声对身前一个护卫道：“你去拿柄长矛过来，快点！”那护卫应命而去，很快就拿了一柄坚实锋利的长矛过来递给他。

耀阳用手掂了掂长矛，点点头表示满意，一众将士却不知他要干嘛，纷纷用诧异的眼神看着他。

“这只狗熊的叫声好是烦人，还是让他闭嘴比较好！”耀阳自信地笑了笑，蓦地喝道，“来人！给我擂鼓！”

主将下令，擂鼓手自不敢怠慢，立即大力敲响战鼓，洪亮激昂的鼓声震荡军心，让众将士感觉到热血沸腾。看着众将领仍是一头雾水，耀阳也懒得解释，只是浮起一个高深莫测的笑容。

鬼方大军听到西岐城的战鼓响起，还以为西岐兵马即将出战，纷纷后退戒备，叫骂声也停止了。谁知等了半晌，却没有发现西岐城门有洞开的迹象，倒是西岐城年轻的主将持着长矛立在城墙之上，威风凛凛地俯视他们。

耀阳双眼精光爆射，盯着那熊突大将，吒喝道：“无知小儿，敢犯我西岐虎威？欺我西岐无人是吧？今日本将就让你们看看，我西岐将士的威风。同时也告诉尔等，想犯我西岐，就得准备付出代价！熊突小儿，看你嚣张跋扈，现在就让你见识见识本将的厉害！”

“喝！”就在那熊突大将倍感惊愕之时，耀阳猛然大喝一声，抡起手上长矛，五行玄能灌注手上，长矛在手中挥了一个圈，荡起一道玄异的轨迹，借势激射而出，呼啸声中，长矛以雷霆之势自城头之上直袭城下的熊突大将。

双方将士都免不了被耀阳的举动吓了一跳，因为熊突所率领的战车军根本在西岐城弓箭手的射程范围之外，别说弓箭手的强劲都无法伤其分毫，寻常的利箭射出恐怕连他们的边都挨不上。

此举就连深知耀阳玄功超群的金吒也不能相信，因为他也看出对方的熊突大将乃是修为有成的魔门凶徒，并非寻常将领可比，即便耀阳长矛能突破弓箭的射程距离，所剩无几的玄能也难以对其产生多大的杀伤力。

哪知就在众将都无法相信的情况下，长矛在转眼间已疾速袭至敌将熊突的眼前，在双方将士的一片惊哗声中，那熊突大将自恃魔功了得，丝毫没把耀阳的这一矛放在眼中，盯住那余势无几的长矛一阵冷笑，颇为不以为然地举起手中铜盾，蕴足魔能轻轻一挡——

然而，能从“邪神”幽玄手下逃生，并将魔门刑天氏第一青年高手刑天抗杀得落荒而逃的耀阳岂是常人可比，而且以现在耀阳的修为，那饱含五行玄能的一矛掷出，连现时的九尾狐也未必敢硬接，又怎么会是这个熊突大将所能应付？

果不其然，异变突生！

“怎么可能？”长矛在熊突大将难以置信的吼声中，从触及铜盾的刹那间开始便玄能迸发，劲气横溢，穿透过厚实的盾牌，扎扎实实地刺入毫无防备的熊突，暴射出的血光冲天而起，强悍无匹的后续力道将他连人带战车一并撞飞，砸向后面的战阵中。

“砰……”熊突所在的战车砸中另一辆，碎裂木架被反震力抛起，两辆战车除了及时逃开的几名兵士外，其他的都是车毁人亡，死状惨不可言，连拖车的几匹悍马或在地上打了滚或是被硬生生拖着滑了一段路，也半天起不来身，而熊突早在中矛之时已被击毙。

最后，再听“轰”的一声，那支长矛上所蕴的炎能瞬间爆发出来，炫目的炎能火光将两辆战车吞没在重重焰火其中，卷卷烟尘看上去有如狼烟四起，分外引人注目。

一矛之威竟能强劲如斯？

这已然不是人力所能抗拒的。鬼方大军顿时惊骇莫名，恐惧之色无不流露在脸上，而西岐城一众将士无不大受振奋，高喊“火舞耀阳，龙翼将军”之名，声震云霄，士气涨至顶峰。

耀阳长身傲立城头，轩眉一扬，震声喝道：“辱我西岐者，就是如此下场！谁若不信不妨再试！”

一矛击杀一名魔将两辆战车，这等威力，何人敢试？

天地间一片寂静，敌我双方均被这赫赫神威的一掷所震慑，只剩风中依旧招展飘摇的旗帜呼呼作响，不曾沉寂。主将身亡，那些鬼方兵士顿时去了主心骨，队形凌乱，水花般零散开来，仓皇退去。

西岐城中军民始才发出惊天动地地欢呼，响彻百里，久久不息……

经耀阳此一击，鬼方阵营慑于其威，终不敢再出兵挑衅，大批兵马竟自后撤数里距离，再也没了动静。

残阳血照，将西岐城军民视线所及之处染上一层惨淡的血晕，同时也为隆冬荒野的战场平添了几许肃杀之气。

耀阳一动不动地傲立城头，已然有了半日时间，他锐利的眼光狠狠盯着鬼方大军的动向——

“数个时辰不见丝毫动静，他们龟缩不出不外乎就是累积士气、筹备计划、等待援军、伺机而动诸如此般，可这些都围绕攻城而做准备，这个软柿子利茸究竟打的是什么鬼主意?”

他脑中纵有千般假设、万般可能急速闪过，却始终想不出对方究竟在等待什么机会。这空档时间，他又想起今日西岐诸将按耐不住纷纷请战时可笑的争吵场面，仿佛鬼方营阵均是一堆草人一般。

面对这群战场上的猛将，营帐中的蛮夫，耀阳却仍然得细语温言的将个中情况详细解说，好在在场将领都是久经沙场，一生戎马的将士，知道远征不利守城的诸多不利之处，虽不甘心躲在城内，却都知道耀阳所言句句属实——

唯有死守西岐城以不变应万变，才有可能战胜城下的鬼方虎狼之兵!

但耀阳深知多番拒绝部下的请战，这将会直接影响的己方士气。而且西伯侯姬昌午时前来巡视时一番话语更清楚无比的表示对他所寄予的厚望，一念及此，耀阳不觉更感心烦意乱。

瑟瑟寒风，低吼咆哮。

耀阳的心神莫名一阵虚浮，警兆立现，犀利而厚重的压迫感，已然透空而至。他心有所感，功聚双目隔空向城外望去，果然见到鬼方阵营中旗帜飘摇，人头攒动，战马嘶鸣，一派肃杀之气。

就在这时，一直在外查探敌方消息的金吒腾腾掠上城头，几步行至耀阳身后，单膝着地，道：“禀将军，鬼方数万兵马已然集结完毕，似有所动！”

耀阳缓缓转过身来，威严地扫视当场，大声喝道：“传我号令！”

一众传令将领立刻出列，纷纷拜倒在城头上听候将令。

耀阳略作斟酌之后，沉声道：“让各城门立即做好迎战准备，四城门都各自加派弓箭手、土木兵各三千！”

“末将领命！”

“城中增至八千增援人马，未见本将军令旗相招不得随意踏出军营半步！”

“末将领命！”

“南北两道城门守卫，各自预留三千人马，随时待命，其他兵将不得擅离职守，违令者，斩！”

“末将领命！”

……

随着耀阳有条不紊的一系列将令发出，他身边传令将士纷纷快步下了城墙，策马扬鞭而去，与此同时，他身后的旷野中也传来轰隆巨响，耀阳回头望去，不由倒抽一口冷气，直感头皮发麻——

只见城外万马奔腾，昂首嘶鸣，铠甲铮铮，铿锵作响，大地震颤，黄沙荡漾，遮天蔽日，鬼方数万人马竟在此刻倾巢而出，掩杀而至！

残酷的攻城战很快展开了。

鬼方兵马首先发动进攻，期望乘着西岐军被困守半日的低落士气，一鼓作气夺下西岐城，一时间，厮杀声响彻云霄，战场上飞砂走石、风卷残云，似血残阳也被人间的血腥所震撼，黯然后退，躲到了厚厚的云层中间，不忍目睹修罗战场一般的相互残杀。

成千上万的鬼方兵马列成不同的阵列队形，犹如潮水般席卷至西岐城下，云梯、木擂、投石器具等等各式各样的攻城工具尽数搬上战阵，顿时间双方将士展开一场攻守拉锯大战。

耀阳心思冷静，只等鬼方兵马进入弓箭投石的射程内，毫不犹豫地挥手示意，当即万箭齐发，煌石雷动，齐齐袭向一路奔袭而至的鬼方兵马，与此同时，射程内的鬼方兵马一样万箭齐放，掩护靠近城墙最前沿的兵士顺利到位。

刹时间，城上城下箭雨如蝗，擂鼓声、厮杀声、马蹄声、惨呼声此起彼伏，其声震天，双方死伤兵士每时每刻都在增加，攻城战是完全比拼实力的战场，没有丝毫可以投机取巧之处，双方都在拼死证明士气、耐力、战斗力的优越，谁能坚持到最后，才算是真正的强者。

悲鸣的战马，依旧在战场上徘徊，鞍上的勇士却早就跌落尘埃，为这惨烈的屠场平添了一具白骨，受伤的兵将忍不住伤痛的呻吟，但在草草包扎之后，却又义无反顾地投入战斗，和情同手足的战友并肩，哪怕鲜血浸透了战袍，也完全在所不惜。

鬼方的矫健男儿，在为了开拓疆域而奋战不已，而西岐的英勇战士，则为了荣誉和家园而效命！同样简朴的青年，同样朴实的百姓，如今都披上了铠甲，手执无情而冰凉的弓箭利刃，在巍然耸立的西岐城下，展开了生与死的绞杀。

双方每一个战士出于对主帅的信任、对荣誉的追求、对财富的渴望，纷纷忠心无悔地履行着自己的责任。然而随着时间的推移，当每个人发现身边的战友一个一个死去，生命的顽强在战争面前竟显得如此脆弱而不堪一击，战斗伊始的那种保卫家园或者追求荣誉的冲动和热血一去无踪，唯一的意志便是——活下去！

西岐城的坚固与险峻，举世闻名，而此战中也最好的证明了这一点，战斗中的攻守，城墙的抢夺，已经不知道进行了多少回合，城楼上下的尸体已经堆积如山，但是城池却依旧在硝烟中岿然不动。

耀阳亲身参与战斗中，手持一把长戟在城头剿杀搭云梯而上的鬼方胡兵，每一个城墙隘口都被源源不断的胡兵侵入，西岐守军的伤亡虽然比之鬼方强攻来的死伤小的多，但还是可以看得到无数伤兵被抬下城楼，每当看到受伤的兵士不肯离开城头仍然浴血奋战直至死去的情景，他便按耐不住心中的悲凄。

身为将帅者，竟无法让麾下每一位兵士都能在战后平安返回父母妻儿身边，他心中的挫败感愈加强烈，掌中长戟挥舞便愈加急促，对待如狼似虎的敌军更无同情可言，战争的确是一个仇恨矛盾交织的巨大熔炉，一旦身处其中便无法自拔，也无力做出任何反抗。

……

耀阳与身旁上万名守城兵士再一次杀退鬼方大军的又一轮进攻，众将望着同样血污满面、身先士卒的耀阳，心中那股抑止不住的敬意油然而生，耳边再度听闻鬼方兵马浪潮般接近的喊杀声。

耀阳抬眼望去，鬼方兵马再次整军来攻，他的嘴角轻扯出一丝坚毅的笑容，正当他准备再次发号施令的时候，一阵局促的脚步声奔上城楼来，紧随而来的便是喘不成声的呼喊："报……大将军，大事不妙……"

众人回首，只见一名浑身浴血的将士奔上城头，跪倒在耀阳身前，呼道："禀……将军，南门告急，对方有大批兵马加入战团，因为没有旗号，所以一时间不知是何人何部所率的兵马……"

众将大吃一惊，纷纷低语议论，这批奇兵究竟是从哪里钻出来的。

原来本就伺机而动的南域大军在虎遴汉的率领下，听到西岐城北面战鼓阵阵之后，立刻察觉到鬼方兵马的强势攻击，虎遴汉果然不愧为身经百战的上品将领，并未一早便发起攻势，而是待到鬼方军第二轮主攻时才率领大军掩杀至西岐南门外，开始猛烈的攻势。

这样一来，不但看清了鬼方兵马的优势，确认己方是否襄助的前提，而且也让西岐将士在北城门紧张的攻势中放松了对南门的戒备，然后出其不意掩杀而至，更是达到了两面夹击、出其不意的奇兵效果。

此时，耀阳的思感更敏锐过平时的数倍，他清楚地明白无论是南面的神秘将领还是北面鬼方利茸的部将，都是经验丰富、身经百战的将帅，甚至有更为厉害的魔族人物相助他们，所以他们同样非常清楚面对西岐这样的坚固城池，一旦在全军牢固防守的基础上，唯一的胜算就是——利用双方夹击之下对西岐军兵力上的劣势，进行消耗战、疲劳战。

但这样的战法，却让鬼方士兵在短短个把时辰里，在西岐城下丢失成千上万的同族尸体，可见对方对于此次攻击已经下定十足的决心，但也的确有效地消耗了西岐军的体力、士气和无数的生命。

但是，他们同样已经不能再继续消耗下去了，这就是耀阳希望抓住他们的弱点，当然他也有所惧怕——对方到底还有什么计划未曾实施？他心中自然而然的想到一个足以令自己崩溃的可能性！

“不会的……”耀阳缓缓舒出一口气，将不该想的东西统统抛诸脑后，暗忖道，“西岐城决不能丢！西岐城一旦失守的话，辽阔的西域大地将全部笼罩在鬼方军的威胁之下，而我——耀阳只要守住了这里，他日就能让今天丧生于此的所有战士感到自豪！”他暗暗这样想到，心中愈来愈冷静而镇定起来。

耀阳当即传令道：“传我将令，城中机动兵马一分为二，半数赶往南门增援，半数留守以应不测，谨记各样守城装备必须同时送往南门迎战，不得有片刻延误，否则军法从事！”

言罢，耀阳将心中早已预知情况下所能做的准备工作一一布置妥当，各样事务在经验相对老到的金吒帮助下，安排得头头是道，未见丝毫慌乱的迹象，这让所有西岐将士都深深被这种镇定自若的神情所感染，感到似乎一切都在主将意料之中一般，天大的变化也不过如此。

“是！”传令将士遵照吩咐与调配急急下了城头，去完成各自的任务。

第九十章　龙能破禁

北城头上，耀阳望着身旁的将士，缓缓说道：

“我们没有多余的兵马，也无法请来天兵神将相助，所以我们现在唯一能够做的事，就是率领我们的部下，坚守西岐哪怕到最后的一道防线，用我们的生命和鲜血来证明你们的英勇和壮烈！”

他的话语镇定万分，威严十足，坚毅的目光扫视着此时前来向他请求增援的将领们，那些在沙场上凶猛如虎的将领，在耀阳的目光下渐渐找回各自的冷静与自信，毅然回身再度奔赴各自的战场。

西岐军的兵士，此时也不再抱怨，没有胆怯，更没有吵嚷，纷纷忠实的履行着自己的职责，从上到下所有的战士，团结在耀阳身前，共同营造出死战不屈的氛围，同时也被这样的氛围所自我感动，蔑视着望向潮水般涌向西岐城的鬼方兵马，手中的弓箭利刃业已上弦待发，准备迎接这场惨烈的考验。

偏偏就在此时此刻，鬼方阵营中忽然响起一阵低亢的号角声，顿时间鬼方所有兵马在同一时间整齐划一地退回西岐的弓箭射程范围之外，上万的兵马静静的等候在那里，不再挪动一兵一卒。

西岐城在擂鼓震天的喧闹、厮杀呻吟之后，竟然恢复了难得的平静，残阳尽去，代之而起的是凛冽寒风带来的今冬第一场漫天飞雪，开始在这西北大地上纷扬飘落。

旌旗在风雪中挥舞，原野上到处都是丢弃的刀枪剑戟、还有堆积如山血流成河的尸身，虽然看得出鬼方兵将战意不高，但始终队列齐整、旗帜鲜明，足见平素训练有素，非寻常兵马士卒可比。

耀阳负手立于城头，漠然傲视前方的鬼方阵营，尽管他的心中已经着实开始忐忑难安，无法肯定这是转机，还是他最惧怕的事情即将要发生……

再一通鼓声之后，鬼方阵营前方的兵士纷纷从中分涌开来，让出一条路来，齐声呼道："利茸、利茸、利茸……"数万人的齐声高呼，真如同天崩地裂一般。他们身后的一根九尾大旗高高举起，九名铁骑拥卫下，一队人马锵锵驰近，正是此次西征的鬼方主将，自诩鬼方年轻一辈中的第一人——利茸！

紧随在利茸之后的人就是那卑鄙小人蒙浩！

这一队人马直走到几近西岐箭程之内，方才停了下来，蒙浩此时更是满面兴奋，一脸小人得志的满面得色，挥手之间，他身后的一众兵士立刻从后面缓缓推出一辆三大战车相并合的车台，上面正五花大绑的三个人——三个女人！

一众西岐将士都为之诧异，对鬼方大军如此行径大感不解。

"妲己、人儿、若冰……"

就在耀阳看清三人正是日夜思念的娇妻美妾、红颜知己之时，耀阳顿感手足冰凉，方寸大乱，一阵心烦气闷，腥血直冲喉口，脑中轰然巨响，再也无法保住心头一丝清明……

耀阳心中一直最为担心的事情终于发生在眼前。

鬼方利茸面不改色，阴沉着脸颇为威严地将手势一挥，身后的一众胡兵缓缓将战车台推向前方，逐渐靠近西岐强弓群箭的射程之内。

负责弓箭攻防的将士见耀阳始终没有下达攻击的命令，便行近耀阳身侧，询问道："大将军，敌军已经达至射程之内，我等请求弓箭防御！"

耀阳已然方寸大乱，浑然不知该怎样处理眼前的情况，苏妲己、人儿与梅若冰因他而被胡女玉璇所擒，吃尽个中苦头不说，而且此时还被当作箭靶人墙，他不敢于此时毅然望着自己的三个女人对视，他当然知道她们可以为自己舍身成仁，但他又怎么忍心亲眼看到自己的女人再因自己而死呢？

他几欲遁空而出，施展毕生本事将生平三个难舍难分的女人解救出来，但是他又明白对方就是希望看到这种情形，一旦他离开西歧的主将之职，必将遭至魔门高手的围追堵截，到时候西歧便会如同一只无头苍蝇一般，受牵制拖累时间愈长，西歧城破之时便近在眼前。

金吒看出其中端倪，轻声问道："大将军，鬼方所推出的三名女子难道跟将军有什么紧要的关系不成？"

耀阳痛苦地闭上双眼点了点头，脑中已经一片混乱。

金吒顿时间没了主意，不知该是安慰耀阳还是催促他做决定，一时间跟着慌了神，不知这时该做些什么又该说些什么。

正当众将被耀阳大异平常的举动所惊之际，一阵急促的奔跑脚步声一路冲向城头，众人回头一看，原来是一名浑身伤痕、浴血淋淋的兵士上得城楼来，踉踉跄跄的奔至众人身前，一脸的筋疲力尽见到耀阳时，虚弱的眼光立时有了精神，但仍是终因体力不支跪倒在地，"报……大将军，不知是何原因，城中俘虏营中千余胡兵被人放出，此时正朝北门处冲杀而来……"

"什么……"

身旁的一众将士无不震惊莫名，此时此刻居然还会出现内乱，如果不能遏制城内的乱势，西岐城势必将被鬼方里应外合而破，再一想到这一整套周详细密的攻城计划，无不为之动容。

众人再看耀阳，他何时遭遇过如此犀利的内内外外三重攻势，脑海中混乱一团，焦急难耐的心神被无数的矛盾纠缠所左右，他几时想过得失缓急之间居然会如此难以抉择，早已被深心中的煎熬搅得目光呆滞，浑然无觉军情告急的程度，众将哗然，均骇得面无人色，似乎西岐城破就在眼前！

金吒虽然临危不乱，但是此时也有些无能为力了，只能命人先将这名受伤的兵士抬到一旁休息养伤，然后代将行令道："传令官，火速调集城中所剩的机动兵马参与围剿，并随时将战况呈报上来！”传令官得令而去。

此时，鬼方大营中催战鼓声高亢入云——“咚……咚……咚……”

利茸望着西岐城中燃起的滚滚狼烟，知道西岐城的局势已经全部在自己手中掌握，大笑着大手一挥，鬼方兵士跟随在那辆人墙战车后，开始加速前进，万千嘶吼声出，惊天动地。

西岐大军失了主将调度，正有如一只无头苍蝇一般，慌忙整顿又不知该从何做起，弓箭上弦却不知该发不该发，一时间城上城下乱作一团，喊杀声，厮吼声，马嘶声，劲风声混成一团，大乱将至。

西岐城的崩溃近在眼前……

岐山之上，姜子牙与云雨妍观望到此时战况，登时大惊失色，没有人能预料到战况居然发展成如此局面。

云雨妍面色煞白，急切问道：“先生赶快想个办法救救耀将军！”

姜子牙面色凝重道：“事到如今，你我鞭长莫及，谁也帮不了他的，西歧城是否坚守得住，只能看他的意志力了！”

云雨妍摇头道：“耀将军是绝计不肯下令射杀自己心爱女人的！如果真是如此，是否会被西伯侯临阵换将呢？”

姜子牙目光中渐露失望神色，道：“抛开任何临阵换将的坏处来说，如果耀阳不能及时处理现今状况的话，一切都将来不及了……”

云雨妍骇然失神道：“先生，难道真的没有办法解救吗？”

姜子牙再度俯视背腹受敌的西岐城，喃喃道：“除非有奇迹发生……”

云雨妍的双手合十，仰望无尽苍穹，开始静静地默祷。

就在此千钧一发的关键时刻，鬼方阵营当中猛然响起一道清新悦耳的叶鸣声，合着一曲悠扬欢快的旋律远远传来，此音绵长悠远，孤越清高，明明声不高亢、曲不惊人，但偏偏整个战场中人人听得明白仔细，心头均莫名感到一阵清凉之意，尽涤杀戮之心。

耀阳更是闻声如遭雷击，难以置信地循声望去，这首叶笛曲竟是如此熟悉，尽管他一路走来春风得意，绝对可算年少有为，但是每当置身万般凶险之中，每当心情烦闷之下，每当午夜梦回的时候，他都会回想起这首花子爷爷教他们兄弟俩的叶笛曲韵，然而就在此时此刻，他能够再一次的听到这首叶笛曲，试问他如何能不激动万分。

“小倚!”久别重逢的强烈狂喜涌上心头，此时耀阳心中的任何矛盾牵绊都在一瞬间化为乌有，这世间还有什么能够及得上血浓于水的兄弟之情，激动的泪水再也控制不住夺眶而出。

一曲终了，龙吟之声冲天而起鼓风而至，其势威慑整个战场，数万人从清新悠扬的曲韵中醒过神来，齐齐转首望去——

只见漫天紫青异芒穿过虚空中片片雪花的空袭，化作一道奇魅无比的轨迹激射而来，在半空中俨然汇作一尾紫身青鳞的五爪神龙，神龙昂首睥睨，巨爪挥舞，疾驰而至。

龙首之上，一名少年男子卓立其上，白衫如雪，衣袂翻飞，仿若谪仙，一道清冷又不失爽朗的声音随之传来：“易某在此，谁人胆敢动我几位嫂嫂分毫?”

双方大军闻声俱是大震，目瞪口呆地望着眼前这有如神话传说般的一幕。

鬼方阵营中，利茸同样被倚弦的神龙之姿惊得骇然失色，气急败坏地大喝道：“给我截住他，别让他靠近!”

所有兵士登时筑成一道人墙，挡在利茸以及三女之前，然而倚弦身影如幻，当空收了龙刃诛神，在鬼方军还来不及反应之前便“风遁”而起，身影幻成一缕轻烟，轻逸无比地从成千上万的鬼方兵士头顶飞驰而过，身后箭雨如梭，更衬出其神人般惊世骇俗的姿态。

耀阳破涕而笑，从激动兴奋的心情中反应过来，掠身从旁边看得近乎呆滞的兵士手中取来两把弓与大批箭矢，反手递给金吒一把，金吒岂会不明其中意思，当即二人对视一笑，抬手之间劲弓搭箭，蕴足元能法力的利箭连珠射出，将试图靠近三女的鬼方兵士一一清除干净。

西歧兵士见主将跟大将军如此神勇，每一箭都必然射中寻常射程之外的鬼方兵士，尤其是耀阳的箭矢在贯注五行玄能之后，强劲无匹的一箭，竟能连珠射中几名鬼方兵士，更不用说此时在鬼方阵营上空有如天神下凡的倚弦了，所有的西歧兵士为此爆出阵阵喝彩声。

“龙刃诛神”挥出锋利无比的剑气纵横，仿若惊涛骇浪，剑光如华，绚丽异常。以倚弦之能，何人能阻，而且他与人儿的距离较近，转眼间就到了人儿等三女身边。所有欲阻他的兵将尽数被他扫除，好在他宅心仁厚，对这些兵士也只是小惩大戒，禁锢了他们的战斗力而已，并未伤其性命。

倚弦掠身上了战车台，站定身躯，微笑着看着人儿、妲己与梅若冰，道：“小弟姗姗来迟，让三位嫂嫂受惊了。”

三女闻言均面露羞涩之色，不好意思地垂下螓首，只有人儿与倚弦关系较熟，脸上虽然一红，但仍嗔道：“瞎说什么？还不快些解开我们的禁制！”

抬眼望向此时在城头连珠发箭的耀阳，兄弟俩再度重逢的喜悦在倚弦的心中激荡，心情格外的愉悦，闻言打趣道：“嫂嫂有令，小弟怎敢不从！”

人儿叱道：“再胡说……”话说到一半，正瞧见丈许外破空而至的元能突袭，忙大呼道，“……小心！”

倚弦已经感应到后方有几个法道好手接近，不过，他毫不担心，法诀默运之下，体内的冰火异能催生出“绝龙壁结界”，法道修为日进千里的他，现在使出“绝龙壁”远比以往更强，淡青异芒微闪，便已将他和人儿等三女全部护住。

有了“绝龙壁”的结界保护，倚弦反手擎出“龙刃诛神”，照准鬼方阵营方向激射而来的突袭元能便是一剑，“寒星变”发挥出惊人的威力，一片冰雪风暴伴着此时漫天飘雪呼啸旋出，寒气刺骨罡风如实，顿时将欺近的敌人迫离，那数个法道高手竟一时之间无法接近。

“破！”倚弦乘机挥出龙刃诛神，叱喝一声，剑光如七彩光芒四射，龙形剑气侵入三女周身禁制的封印之中，烈光闪现，电光激射，只听得电击雷鸣之声响起，冰火异能借着龙刃神力，瞬间将禁制封印彻底破坏。

人儿被困日久，早已憋了一肚子的怒气，这时恢复自由，挥手就是数道风刃气剑激出。几个鬼鬼祟祟企图靠近的鬼方兵士立即被风刃击飞，当即吐血毙命，骇得紧随其后的鬼方兵士大喊“妖怪”，吓得屁滚尿流逃回阵营当中。

倚弦知道人儿的小性子脾气，自不会感到奇怪，无奈道：“三位嫂嫂还是赶快回到城墙上去吧，小阳一定急疯了。”

“胡说什么……”人儿心中虽有一些欢喜，但表面上还是狠睨了倚弦一眼，跟梅若冰一起扶起受禁锢太久显得气虚体弱的妲己，道：“看不出你现在还挺厉害的，我们这就先回城，你小心了!”

说罢，人儿与梅若冰带着苏妲己施展五行遁法从容离去。

“放心去吧，这里就交给我哩!”

倚弦蓦地双眼爆出精光，仰天长啸，啸声冲破震耳的杀吼声直入云霄，龙刃诛神龙吟出声，剑光万丈，闪耀了战场上双方将士的目光。

剑气激出，早已受惊的鬼方兵将无一敢挡，纷纷抱头鼠窜。

两名黑袍魔道高手破开“寒星变”的阻拦，再度抢近倚弦身前，成左右夹攻之势，各自施展出魔能大法，幻出天罗地网之形，企图将倚弦方圆五丈内的空间尽数封住，明眼人一看便知，二人是向来配合无间的魔族好手。

倚弦深知对方为了对付耀阳早已有了深谋远虑的打算，而他的归元异能明显感应到这两位高手的魔能并不怎么高明，所以他猜测对方理应还有修为更高的高手在暗处窥觎，不过因为自己的插入而乱了阵脚。

想到这里，倚弦的嘴角洋溢出一丝微笑，掌中龙刃诛神斜里一拖，源自蜀山剑宗“凤鸣九天”上乘剑技的无匹剑势应运而生，光华四射，剑气排空，龙刃诛神的犀利加上剑宗秘技的威力，顿时破了两大高手的合围。

“龙刃诛神!”两名魔族高手大惊失神，终于看出对方手中的神兵来历，难以置信地望着面前的对手，想起了那一位最近声名震三界手持“龙刃诛神”名叫小易的少年。

倚弦一击得手，破了对方的天罗地网之势，却意外并没有继续出击，而是遁空而起，负手卓立冷眼旁观，道：“你等不过是受人所托的傀儡线偶，如若就此罢手，我不会追究两位任何罪责，如若不然，命丧龙刃诛神之下倒还算死得其所，只怕冥界收押灵魄置于轮转山苦狱之后，从此便生不得死不得！”

他自从经历元象兄弟之事后，才知道神玄二宗对妖魔二道的灵魄管束甚严，一般都会堕入轮转苦狱收押，对于恶名昭著的妖魔人物更是不留情，会选择流放十八层地狱受炼魂锻魄之苦，直至洗去每一个妖魔苦心修炼累世的本体灵元才允许重入轮回，所以元象兄弟当时恳求倚弦将他们兄弟灵魄收入法器留待后用，以免受此中折磨之苦。

两名黑袍高手相互对视一眼，看出各自眼中的惊骇神色，二人心思一动眼睛骨碌一转，各自晃身遁走，没敢再作丝毫逗留。

鬼方主将利茸勃然大怒，不甘心地歇斯底里大喝道：“快拦住他！杀他者赏万金，封世侯！”剩下几位妖魔高手也不肯死心，乘机全力联手向他攻出。

却见倚弦的身形没有任何停滞，龙刃诛神信手挥出，冰火异能席卷而出，凌厉无比的剑气如潮水般层叠翻涌，迎击而上，剩余那些魔道高手虽然一时贪恋权欲诱惑，但此时怎会不知龙刃诛神的厉害所在，纷纷大惊失色，狼狈闪开，不敢上前再作纠缠。

倚弦见目的达到，也不愿再多伤人，丝毫不再理会利茸的叫嚣，收起“龙刃诛神”，遁风直望西岐而去。

利茸见事已至此，哇哇大叫，气急败坏地挥舞手势，传令全军道：“全军即刻全力进攻西歧！”

战鼓声声，鬼方数万兵马在各个阵营的配合下再度向西岐城发动猛攻。

耀阳卓立城头，回头望了望身旁的人儿、妲己还有梅若冰，四人相视而笑，心中的喜悦可想而知，此时听闻敌军战鼓声声，嗤之以鼻，意气风发的挥手大喝道：“擂鼓，箭阵！——射！”

所有兵士见到主将恢复如常，士气信心大增，准备已久的箭矢顿时尽数飞射而出，满天都可以看到飞蝗般的利箭呈弧形向满地的鬼方大军落下，根本不需要瞄准，一批批人都自动成为了西岐弓箭手的靶子，一轮箭矢未落，第二轮兵士已经换位搭弓，又一轮箭矢铿锵离弦，丝毫不给敌军任何喘息的时间。

鬼方大军顶着盾阵缓缓靠近城墙，分别架起云梯擂木开始攻城……又是一场血淋淋的肉搏大战，双方兵士轮番攻守交替，战场上旗帜飘扬，喊杀震天，血雨腥风伴着初冬的大雪降临在西岐城内外。

耀阳见战场局势发展平稳，便行回将台就近，旁侧的三女早已忍耐不住扑向耀阳的怀中，哭笑闹成一团，一时间搞得耀阳手忙脚乱，他虽然心中早已酝酿了这久别重逢的情感，但起码又要顾及在周边众将面前的主将姿态，登时间感到有些忙于应付的头痛。

好在众将知趣，都装作浑然无觉一般纷纷离开将台，投身参与到激烈的守城战当中，耀阳这才大感松了口气，开始享受这乐也融融的齐人之福，然而此时他心中却更记挂着另一个人——

倚弦！

一念及此，耀阳的思感忽然一动，熟悉的白衫身影翩然而至。

拍了拍三女的粉背，耀阳的眼睛始终看向分别许久的倚弦，倚弦站在那里同样微笑地看着他，深深为自己兄弟能有如此艳福而感到高兴。

耀阳与倚弦二人眼中深深涵蕴的兄弟感情，已无需多说。

安抚了三女，耀阳快步到了倚弦面前，伸手就是一拳砸在倚弦胸口，那种血肉相连的至亲感觉令他略带哽咽地道："你爷爷的，臭小子，你终于回来了，而且是在这个时候……"

倚弦也掩不住心中的激动，回敬他一个久违的响头，眼中噙着泪花，大笑道："当然，打死不离两兄弟，咱们两兄弟怎么会分开哩？"

耀阳仔细端详倚弦，忍不住哇哇怪叫道："想不到你小子越来越俊了，老实交待，在外面究竟害了几家姑娘……"

倚弦抬脚还是跟往常一样踹中耀阳的大屁股，道："去你的！谁像你小子那么风流成性，警告你，我已经跟几位嫂嫂说好了，如果你小子还敢再去外面胡搞女人，你可要小心了！”

“嫂嫂……”耀阳挨了一腿，闻言一愣，回首再向三女望去。

三女登时齐齐羞红了脸，浑然不知该不该辩驳倚弦的话，如果辩解了便证明自己跟耀阳划清界限，不作辩解的话，岂不更助长耀阳的嚣张气焰，三女又是矛盾又是羞涩地站在边上，偏偏三张俏脸又充斥着又爱又恨的浓情蜜意，直让人艳慕感叹不已。

耀阳看到这一幕，心中的得意更是无以言对，大咧咧一笑，装模作样地躬身一礼道：“今日有我兄弟做个见证，耀某日后的起居饮食、小病小灾之类的大小琐碎事务都要交给三位夫人了……”

他话还未落音，立即招来三女的呸声，一句“去你的”后面飞来三条美腿，齐齐踹向他的大屁股。

哪知耀阳这次早有准备，闪身避开，躲至倚弦身后，促狭道：“好兄弟，你看看你做的好事，一回来就教这三只母老虎学会了这招‘红烧猪脚’，这叫我以后的日子怎么过啊……”

此言一出，更让三女羞涩难当，偏又当着倚弦的面不好发作。

“哈哈……”

兄弟俩同时开怀大笑起来，他们终于可以重聚了。

两人的欣喜神情感染了三女，让她们不禁笑逐颜开，为他们兄弟俩的重逢而高兴。金吒在一旁看得感动不已，虽不忍心打断他们，却不得不在这个时候打断他们道：“大将军，这个……虽然打扰你们，但李某认为还是等到打完这场硬战再叙旧，不知耀将军以为如何？”

“不好意思，有些忘形了，哈……”耀阳真挚地回望了金吒一眼，收起笑脸毅然点了点头，再一拍倚弦的肩膀道，“不管怎么样，还是要谢你刚才救出她们，否则我真不知道该怎么办才好，小倚，来，现在看我怎样把这些家伙赶出西歧。”

倚弦笑着摇头道：“你小子还是这么爱现。”

“知道了还说，总比你那么闷骚好一点吧？”耀阳传来传令官，拿出将令肃然道，“即刻调派城内所有可以调动的兵马守护南北城门要害，务必守住了，以防有所差池！如果我所料无差，圣祖母麾下应该有一批兵马，可以带我将令去恳请圣祖母出兵，全力围剿城内的鬼方余孽！”

传令官当即持令下了城楼而去。

“哈哈……来人，替我拿最强的弓来！”有了好兄弟倚弦在身边，耀阳的信心大增，既然现在人儿她们已经获救，他心中最大的担忧已经消除，战局陡变，此时当然应该趁热打铁，将鬼方大军一举击垮才是。

随身护卫不敢怠慢，马上将打造最为坚实的粗黑青铜长弓拿了过来。耀阳接过弓，首先拨动弓上的天蚕丝弦，试了试弓弦所能承受的元能限度，然后蓦地运足元能向着城外鬼方大军喝道：“鬼方小儿听着，尔等胆敢犯我西岐，今日，本将军誓要一箭将逆贼利茸射于马下，以示警戒。”五行玄能助威，只闻其声如霹雳，竟将这惨烈战场的惊嚣声盖住，传到敌我双方每个兵士的耳中，顿时掀起千层浪，经过战前耀阳的一矛击杀熊突之威，无人再敢怀疑耀阳这句话。

西歧城头上所有的兵士都为之壮声喝彩。

鬼方军顿时大乱，个个鬼方将领见识了耀阳之威，而且方才请来助威的几位法道高手已然尽数溜走，他们如何敢冒小王爷被杀之险，来试试耀阳是否能说到做到。鬼方几员副将不顾利茸的反对，立即指挥全军兵马全力攻城，意图能挽回局势，同时命数千兵马立即保护利茸向后退走，务必退得越远远好。

耀阳不料这鬼方主将竟果真会抛下数万大军，说逃就逃，怔了一下，搭弓上箭正待拉弓欲射。但是双方距离实在太远，此时已经远不止五百步，即使是他也力有不逮，除非手中有当日在陈塘关所见的乾坤弓，才有可能放手而为。

尽管目的已经达到，兵不血刃便将鬼方大将利茸吓退，但是这样也仅是鬼方士气受辱而已。而他此时在千万人的注目下，刚才把话说得这么满，耀阳怎肯轻易失信于西岐将士，当即运起全身五行玄能注入弓中，一手持箭以归元异能紧紧系住此时仓皇逃离的利茸。

然而无论耀阳如何催尽元能，却仍然感觉差了很多，他深知要么就此不射，要么就必须一箭射中利茸，否则必将导致威信大减，他不由大感为难，身旁的副将金吒看出其中的为难之处，暗自摇头大觉不妥。

倚弦与耀阳兄弟俩这么多年，耀阳的举动神色怎么可能瞒过倚弦的眼睛，他早已感应出耀阳的为难，心中略为思忖，微笑着故意插前一步，肩膀轻轻撞了撞耀阳，借此将刚烈的火魄元能传入耀阳体内。同时一把握住长弓，缓缓将柔韧的冰晶异能输入其上，意味深长地道："我从来都相信自己的兄弟一定行!"

耀阳得火魄元能之助，五行玄能顿时强大数分，尤其是那把青铜长弓在倚弦的冰晶异能浸洗下，弓身弹性和力度顿时增加了数十倍，耀阳轻松灌注加了料的玄能，归元异能终可锁定兵马丛中的利茸于射程之内。

"去!"随着元能运足，耀阳爆喝出声，长弓拉至极限，蓦地放开弓弦。"嗡……"箭矢划破虚空，发出短促而刺耳的呼啸之声，箭身化成电光，划出一道炫目的轨迹，仿佛流星一般没有了任何空间的局限，似乎刚一离弦就到了利茸眼前一般，没有让任何人有充分反应的时间。

"砰!"充盈归元异能的利箭越过人墙的阻隔，强劲元能甚至将数名兵士逼得站立不稳跌倒在地，然后没有任何阻隔地穿透利茸的心口，带着一抹殷红的鲜血，钉在他所乘驭的战车之上，箭身没入车身，只有不断颤抖的箭羽露在利茸强健的身躯外。

利茸骇然望着自己胸口激出的鲜血，喃喃道："这箭……怎么可能……"言罢苦笑一声，直欲最后长身而起，却只激得红色的鲜血落雨般从他胸前溢出，当场栽下战车没有再动弹。

围拢过来的一众鬼方将领没人能够想到，如此遥不可及的距离竟能射杀位列鬼方国少年才俊之首的主将利茸，事情的突然甚至让不少人还不知道发生了什么事情。鬼方大军上下立时全部陷入沉寂，没有一人发出声音，半晌之后，清醒过来的一个偏将下车扶起利茸，颤声道："小王爷死了……"

此时，耀阳在城墙上适时振声喝道："利茸已死，鬼方当灭!"此语一出，所有西岐将士都立时随声附和，当即这句话回荡在整个西岐城上空。

“哄!”顿时间像是炸开了锅一般，鬼方军发出喊声，各种混杂的吵嚷声混在一起，嚣闹震天，全军士气顿时低靡至极点，远远看去，所有鬼方大军的前沿攻城阵形已开始混乱，纷纷回撤。

利茸之死让本来就开始隐隐不安的鬼方兵将更是没有任何死战的决心，不少人的后退更引发连锁反应，越来越多的鬼方兵将再无战意，纷纷停止攻城，如此上下一心马上影响到全军，排山倒海般的撤退几乎形成溃逃。鬼方几员大将知道大势已去，无奈只能下达全军撤退的命令。

西岐城上下见到鬼方大军终于退走，无不发出惊天欢呼声，激扬欢愉的吼声震天，西岐城终于守住了。

看着满山遍野慌乱逃跑的鬼方军，耀阳终于舒了口气，知道自己完全赢定了。当然现在还不是放松的时候，城内还有胡兵作乱，南门南域大军的攻击也是很大威胁。特别是西岐城内有如心腹地带，绝对马虎不得。

耀阳立即下令道：“金吒将军听令!”

“末将在!”金吒抑止住欢喜雀跃的心情，跪前听令。

“你速率五千人马配合城内兵马将作乱胡兵尽数剿灭，不得有误!”

“是!”金吒轰然应诺，立即点齐兵马去平定城内胡兵之乱了。

耀阳又下令道：“文凯老将军，请率三千兵马即刻助守南门，散布鬼方利茸已死，大军大败而回的消息，相信过不了半刻钟，对方便会退兵!”文凯将军欣然领命而去。

三女也是欣然笑成一团，危机总算过去了。

倚弦看在眼里，暗自赞许地点点头，对于南域大军的弱点，他最是清楚不过了，所以耀阳此言一出，立时让身为兄弟的他对耀阳的判断都为之折服。

耀阳再又详细分派了各部将领的任务，这才使人将战况的好消息通知姬昌。

倚弦见耀阳在派兵遣将方面果然有一手，待他分派完任务，上前拍了拍他的肩膀道：“小阳，看不出来你带兵还真是有模有样的。”

耀阳苦笑着大发感慨道：“有什么错不错的，要不是你出现得及时，我恐怕已经遭到惨败，那时候想要守住西岐城是难上加难了！”

倚弦摇头道：“话不能这么说，咱们打死不离亲兄弟，我不来谁来？”说到这里，他又赞许道，“你小子现在身居万人之上，掌生杀大权，可独当一面，已经很难得了！”

耀阳笑骂道：“去你的，你小子什么时候也学会拍马屁了！对了，有点事你得帮我一下……”

倚弦奇问道：“有什么事尽管说，许久不见了，你小子什么时候学会跟我这么客气过？”

“嘿嘿……”耀阳不好意思地笑了几声，瞥了身旁的三女一眼，道，“现在战局还未完全定势，我自是不能撇开不管，但又怕因为我的原因，会再有人对人儿她们不利，所以还要你先帮忙照顾着点，我们做兄弟的，这点事情你总不会拒绝吧？”

倚弦毅然点头道：“放心，除非有像‘龙神’应龙这样的绝顶高手出现，否则我包管三位嫂嫂没事！”

耀阳先前看过倚弦惊天地泣鬼神的出手，怎会不信兄弟的话，小心地张望四周，凑过身小声问道：“看你刚刚那么嚣张的模样，估计一定是又学了几手绝活，对了，是归元异能令你重铸肉身的吗？”

倚弦摇头答道：“那倒不是，反正是两样很奇怪的东西，被玄宗的人称之为冰晶火魄，我估计应该是它们帮我修复肉身的吧，那你呢？”

耀阳也摇摇头，道：“我也不清楚，虽然妲己那个骚娘们说是她帮忙的，但我总觉得有鬼，偏偏搞不清楚状况！”

倚弦打断道：“这些问题，咱们还是留待日后找个时间好好聊聊，现在还是战况要紧，我可是有很重要的情况要向大将军汇报哦！”

耀阳不解的问道：“什么情况那么重要？”

倚弦面色凝重，肃容道：“其实，现在在南门配合鬼方攻城的兵马来自于南域，乃是南伯侯鄂崇禹与濮国的联军！”

耀阳大吃一惊，道："鄂崇禹的兵马？这么说来，崇侯虎已经与鄂崇禹，甚至一些边境小国联手一起对抗西岐了吗？"

"那倒不是！"倚弦说着将南域所见鄂崇禹的心态，以及此次南域联军统帅虎遴汉的心性脾气等等详细说了出来，道："现在商纣无道，四方诸侯都面和心不和，相信只要此次崇侯虎西征不胜，必将导致天下大乱、诸侯割据的局面！"

"小倚的眼光果然有独到之处！"耀阳点点头，然后感到颇为奇怪的问道："小倚怎么会对这些这么清楚的呢？"

倚弦苦笑连连道："我现在正担当的是南域联军的监军一职，试问还有谁能比我更清楚这些！"

耀阳差点跌破眼镜，惊道："小倚你做监军？"然后笑得前俯后仰，道，"这下倒好，没想到咱们兄弟俩一个做了西岐大将军，一个做了南域监军……如此一来，何愁大事不成呢？"

倚弦笑道："还有你更想不到的事情！"

耀阳有些丈二金刚摸不着头脑，问道："还有什么更想不到的事情？"

倚弦颇为神秘的一笑，道："恰好，今次那名濮国主将你也认识……"

耀阳想了半天，始终猜不到谁还是自己所认识的熟人，于是不解问道："谁？"

倚弦哈哈大笑道："老土，土行孙！"

"噗……咳咳……"耀阳硬是被口水呛得连咳不止，睁大眼睛露出难以置信的神情，道，"怎么可能，他一个三寸丁而已……"

"人不可貌相！"倚弦笑道，"有空我再跟你说说老土的趣事吧！"

耀阳被倚弦勾起好奇心，正准备问个清楚之际，忽听传讯兵来报道："禀大将军，金吒将军率兵平定城内胡兵之乱，我军死伤不过只有百数左右！"

"好！"内忧已经解决，耀阳自是大喜过望，完全定下心来，回头对倚弦道："现在只剩下你的南域联军了！"

倚弦道："放心，在现身搭救三位嫂嫂前，我早就传语给了土行孙，让他们稳住阵脚，非到万不得已不能与西岐交战，所以相信过不多时南域大军也会知难而退的！”

“我也这样想！”耀阳经过倚弦的清楚分析，更加肯定三万南域军在如今鬼方大军退走的情况下，根本不可能成其气候，退兵只是时间问题。

果不其然，时间过不多久，传讯兵有消息传来，南域大军得知鬼方已经退兵，就立即也退离战场，耀阳与倚弦相视一笑。

这个道理其实最是显而易见，南域大军在大将虎遴汉的统率下，战斗力虽然出众，但西岐军更是天下闻名的精兵，又有西岐城之固，舍去鬼方大军的主攻力量，南域大军想攻下西岐简直是难如登天。虎遴汉见势不妙，自然不愿冒险，他们本来就只是援兵而已，犯不着在这个时候让麾下兵将白白送死。

再据前方探子回报，鬼方敌军在撤退途中士气涣散，队形显得松松垮垮，耀阳明白这是主将已死所引起的必然情形，当即传令对传讯兵道：“速速通知城内清剿完作乱胡兵的金吒将军，此时再率五千战车兵马现在出城追击鬼方大军。但是记住穷寇莫追，只是将敌军赶离十里外后，顺道绕向南城门，驱赶剩余的南域大军，同样无需穷追，只是略施驱赶而已。”

耀阳看着传令兵接令急急下来城楼而去，心下大定。

稍顷，西岐城门大开，金吒率领兵马一路向败退的鬼方大军追袭而去。不久，失去主将指挥的鬼方大军被逼退至十里外重整队形，金吒这才不再追赶，立即率兵取道城南，却没想到南域大军来得快走得更快，此时早已脱出西岐城兵力控制范围，到了数里之外。

至此，西岐城终于脱离了重重围困的危险。此时鬼方主帅利茸已死，士气大落，军心涣散，南域大军接连退兵数十里摆明甚是忌惮西岐，而西岐城内最大的隐患也已被消除，身为主帅的耀阳再无把柄落在敌军手中，兼之西岐城内万千将士士气高涨，即便是此时鬼方再与南域大军联合攻城，也无所畏惧了。

雪停了，战事已经结束，但要做的事情还是很多，包括戒备、医治伤员、修理兵器战车、修建城墙、重整军队、维护治安等等，单是能够说出来的名目也会把人烦死，然而耀阳虽然是新人，却始终有条不紊地布置着一切，倒也算得上得心应手。

倚弦在三女的帮忙下，在城头上用《圣元本草经》上的医诀疗治并照顾一些伤兵，默默的将一切看在眼中，虽然他对于领兵作战所知甚少，但也能看出耀阳所说所做的无不深合兵法要旨，显已具备身为主帅所应该具备的能力。他心中大感高兴，暗自感慨不已：“小阳终于真正成了一个了不起的人物了……”

过了不少时间，借着金吒的帮忙，耀阳总算将一切分派好，回头见倚弦在忙着照顾伤兵，诧异地问道：“哇，小倚，你这么利害，什么时候学会医术的？”

倚弦轻笑一声，听到耀阳问起自己的医治之术，脑海中不由再度浮现出素柔临终前娇弱的脸庞，心中不免为之怅然，默然一叹道：“这段时间经历过许多事情，学到的东西也挺多，容后咱们兄弟俩好好聊聊的时候再说与你听吧！”

耀阳怎会看不出倚弦心中的失落，回想自己又何尝不是在患得患失中走到今天的呢，望着最亲的兄弟，他感慨着望着此时雪过天晴，夕阳垂暮的难得景致，点头无语，回首跟人儿三女轻言几句，然后轻拍了拍倚弦的肩膀，道：“小倚，咱们去战场上走走如何？”

倚弦回望城楼夕阳斜晖，与耀阳对视一笑，一手搭在耀阳的肩头，一如以往兄弟俩的亲密无间，欣然点头应诺。

第九十一章　龙吟三界

岐山上，云雨妍欢声雀跃起来，道："先生，想不到真有奇迹出现！"

姜子牙相反并没有任何惊讶的神色，而是陷入沉思之中，皱眉喃喃道："龙刃诛神？那名最近闻名三界手持龙刃诛神的易姓少年居然会横空出现？称耀阳的女人为嫂，看来他们俩应该是兄弟！"

云雨妍饶有兴致地说道："越来越有意思了，当今三界中最冒尖的两个少年高手居然是兄弟俩，试问如果他们兄弟俩联手闯荡三界的话，会是怎样的局面！"

说到这里，云雨妍脑中更是遐想无限，似乎越想越有意思，竟不自觉噗哧一声笑了出来，道："持龙刃诛神出冰火轮回狱、做客蜀山败剑宗首席大弟子、受妖魔道两名绝顶法道高手——'奇湖主人'陆压与'龙神'应龙围攻仍可生还、收服洪荒异兽'朱雀'解轮回集之危、以其骄人之姿受邀参加今次天庭'蟠桃盛宴'，成为千数年来首度被获邀请的少年法道高手、最近更因击杀魔族祝融氏宗主祝蚺而轰动三界……啧啧，如此历历可数的事迹，早已抢尽三界所有少年高手的风头，雨妍闻名已久，早想见识见识此子！"

"是啊！"姜子牙仰望雪后苍穹，喟然一叹道："只有看到他们的崛起，我才真正觉得自己已经老了……"言罢，姜子牙淡笑道，"最为奇怪的是，此二人皆非四大法宗的弟子，难道真是天生地养的散神地仙不成……但愿如同玄宗几大高人所猜测，希望他们兄弟俩能够真正为三界众生造福！"

云雨妍点头道："看方才那个小易对待几名魔族高手的态度，确实可算是有些玄门宗师慈悲为上的风范，想来定然不是妖魔族类！”

姜子牙若有所思地回道：“的确如此，看来此子颇得剑宗洪钧老祖的赏识，不仅仅是因为他手握剑宗神器‘龙刃诛神’的缘故，而是确有其过人之处！”

云雨妍怔了一会儿，忽然问道：“雨妍有个问题想请教先生，不知先生认为耀将军此时的法道修为到了什么境地？”

姜子牙有些奇怪地望了望云雨妍，显然不明白她为何会有此一问，不过仍然思忖片刻，答道：“耀阳的元能根基与别不同，似乎受过某个绝顶法道高手灌输道基，所以在他体内很自然的同时存在着分属不同的五行玄能，这如果让任何一个自认天资卓越的人潜心苦修，怕是没有五百年的纯粹修炼，很难达到这种地步！而他得天独厚偏偏就有这种异禀！”

“同时精修五行玄元？”云雨妍尚属首次听闻这种怪异，惊叹道，“怎么可能呢，雨妍曾听师尊说过，修持上乘法道，学阴阳难，修五行易，通阴阳易，并五行难！”

“不错，‘五行归一’乃是多少法道大家动辄花费千百年来完成的目标！”姜子牙叹道，“谁知在耀阳体内却似乎毫不费工夫便拥有了它，真是一件不可思议的事情，所以依此种种来看，耀阳的修为境地当是一日千里，没有人可以推敲出他的修为境地究竟有多深！”

“那倒是！”云雨妍恍然大悟地点头示意明白了，随之一句话脱口而出，“如果，耀将军与小易对战斗法一场，究竟谁会更胜一筹呢？”

姜子牙闻言登时哑然失笑，知道她少女心性总是好奇心比较大，但仔细一揣测，心中不免也有了些类似的疑问，当然他最感兴趣的还是那名自称小易的年轻人，他手中的“龙刃诛神”着实令人对其产生高深莫测的想法。

云雨妍俯视西岐城，道：“战况既然已经收尾，先生，我们可以回去哩！”

“嗯！”姜子牙点头，二人缓步循着积雪山径缓缓向山下而行，渐渐消逝在夕阳映雪的金光余晖之中。

夕阳晚照，大雪已然散尽，只剩下爽朗晴空，清冷寒风。

倚弦与耀阳两人如同儿时一样，头项相接的仰躺在西歧城外一处小丘之上，静静地看着不远处的西歧兵士拖拉一具具尸身，收集着散落在地的兵戟盾箭。

静静观望着战场硝烟冷酷的体现，谁也没有说一句话。

不多时，一位身披盔甲、满身血痕的将领策马来到小丘下，翻身下马，跪倒在地，大声道："禀报大将军，城外战场已然打扫干净，我军阵亡战士业已尽数收葬，并依照将军的吩咐，将鬼方所有兵士的尸身全部火化，葬入万人冢中。"

耀阳一跃而起，大笑道："刘将军辛苦了！哈，今日托我兄弟的福，靠我西岐战士的坚韧勇猛，不但将鬼方兵士击退，更将鬼方主将利茸射杀。所以即刻传我号令，今日军中将士不妨尽情放松享乐……"

话到此处，耀阳的神色转为严肃，道，"……不过，话又说回来，凡事绝对不可掉以轻心，今晚更要加派人手严加监视西岐城外方圆百里之地，以防对方卷土重来！"

那名将士见耀阳不但武功盖世，神威无敌，更难能可贵的是在获得胜利之后，毫不骄傲，并考虑周全细细提防，甚至毫不居功，直言承认今日一胜乃是靠了自家兄弟的缘故，如此似海胸襟，立时赢得了这名刘姓将领的尊敬，当即恭首道："谨遵大将军之命，末将先行告退！"

倚弦静静躺在那里，嘴角浮起一丝苦笑，想到以前耀阳口头上唱到的牛皮话竟然可以成真，今日一战不但将耀阳在西岐的地位变得更加牢固，如果再加上他自小圆滑，懂得察言观色，拉拢人心，相信如此下去，日后封侯拜相都决不是儿戏，更何况这区区'建功立业'的小小计划呢？

但倚弦也知道，如此功绩也将耀阳推向这乱世中最为凶险的高峰，想到日后自已的兄弟将会在战场上血肉横飞、刀光剑影里，宫廷中诡秘莫测的政治斗争中度过，一时间，倚弦的心中不知是该喜还是忧。

倚弦站了起身，说道："你小子如今倒是风光的紧，功成名就，也算对得起花子爷爷了，不但大权在握，而且还收了几位娇美的妻妾，怎么样，日后有什么更进一步的打算哩?”

耀阳偏头望了倚弦一眼，轻咦了一声道：“经过了七道轮回的锤炼，小倚是不是变老了?”

倚弦被这话说得一愣，道：“为什么这么说?”

耀阳大笑道：“只有老头子感怀岁月蹉跎时日无多，才会时不时问一些你有什么打算之类的话哦!”

倚弦见他打趣，习惯性地抬脚就踹，失笑道：“去你的，我可是为了你好，才会这么关照地问上一句!”

耀阳闪身早已避开这一击，长长地吁出一口气，仰望夕阳无限好，道：“或许是因为咱们兄弟俩从前混日子的时间太长，所以满脑子还是以前那种得过且过的想法，很少有过什么打算，唯一打算的是，你小子失踪那么久，再不见你我就打算去找你了!”

倚弦心中一阵感动，道：“其实，从碰上小仙他们开始，我就知道你在西岐了，只是很多事情一路来拖累的，使得现在才赶来西岐!”

耀阳心中一动，奇道：“你碰上小仙了？他们还好吗?”

倚弦笑道：“你的两个宝贝徒弟差点没把你捅出来，好在当时大乱将至，才能趁机逃过神玄二宗的追查！他们都还好，只是小仙的身子因为受了昔日蚩伯所种的魔符影响，有些虚弱而已，不过你可以放心，病根已经被我拔出来了!”

耀阳的心中涌起一阵愧疚，道：“只要他们现在还好就好，我总是感觉欠了他们很多，但他们已经不在身边，想照顾也照顾不到了!”

倚弦心中暗叹自己也是如此，不由轻拍了拍耀阳的肩臂，道：“很多事情原本都是这样，由不得我们选择的，所以只要想开了就没事了!”

耀阳点了点头，旧态复萌，促狭一笑，问道：“嘿，小子，说说最近过的怎么样，防风氏那个大美妞儿你后来还有没有见过?”

倚弦没好气的瞪他一眼，淡淡道：“见过几次，只是事情变得越来越糟！噢，我还见到了幽云……”说着，倚弦缓步踱下了小丘。

耀阳闻言一震，好一会儿才追了上来，问道："幽云？她不是已经……你又怎么见到她的？"

"嗯，她现在是玄门三宗蜀山剑宗的幽云仙子，洪钧老祖的关门弟子。"说着，倚弦便将遇见幽云的前因后果，以及分别之后的种种遭遇说了出来，当然将与幽云、月娇与姮姮两姐妹之间难理难断的纠缠匆匆带过，未加细表。

当倚弦说到九离晚宴云雨妍艳惊四座时，耀阳颇为赞同地大点其头。当说到倚弦与有炎遗女素柔相遇，直到炼狱顶上素柔身亡，耀阳不由睚眦欲裂，脸色阴沉，对申公豹的卑劣行径恨不得当场予以杀之。

当听说倚弦精魄离魂天肉身莫名成铸，巧得龙刃诛神，炼狱顶上一战震惊四大法宗，声名哄传三界之时，耀阳不由也直感热血沸腾。尤其听到轮回集惊险万分的遭遇，耀阳大为感慨，大叹自己未曾赶上这等好场面。

直说到倚弦将土行孙本命元根禁锢解去，救出有炎氏族人，更将魔宗五大宗主之一的祝蚺杀死之时，他又不由拍手叫好，大呼痛快。待到倚弦将近来诸般事情一一表完，耀阳才颓然蹦出一句话："为什么你碰见的事情都那么精彩，见到的老熟人都个个是绝世大美女，我却偏偏遇到那个姜子牙，然后还被人使唤孙子似的呼来喝去。"

倚弦听后登时顿住脚步，倒吸一口冷气，惊讶道："以你我的身份而言，姜先生怎会容你在西岐耀武扬威至今呢？"

耀阳皱眉道："我也不清楚，当时我一口否认魔星身份，姜先生只是后来隐约有对我说了句'虚实真假之辨，世上又有几人可以看透呢'，也许他是没发现，也许是看咱们兄弟可怜，故意放我一马也说不定。"

说到这里，耀阳缓缓将别后所遇到的事情都说了出来，倚弦静静听着耀阳的叙述，每当听到惊险之处，都深深为之感同身受。

当听到梦冢碰上小千三兄妹的经过，不免为之莞尔一笑。而他得知耀阳跌落万丈悬崖，心中难免随之一紧。尤其是听到耀阳为了寻他重返朝歌的遭遇，心中顿时感动非常，特别是耀阳那把火，他更是拍手称快。却在听到九尾狐用他的下落威逼耀阳的时候，心中悲愤莫名。

当听说耀阳义救西伯遭尤浑阻拦而受伤的经过，倚弦笑道：“我已经帮你报了仇，在我来西岐以前，尤浑就被我干掉了！”耀阳闻言大感快慰。

两人且走且行，继续听耀阳说他的光辉发迹史。

哪知耀阳说到中途，顿了顿摇头道：“他奶奶的，除了去朝歌之外，别的时候混在西岐在朝为官，都没什么好说的，日复一日都是老样子，闷得要死，所幸还有人儿她们陪着，尽管压抑的很，不过还算得上逍遥自在哩！”

“好一个在朝为官，逍遥自在！”倚弦大笑道，“看你的样子，倒还越来越有些官模官样了！”

“有官样吗？”耀阳好奇地摆弄一身的战甲，甚至附带整理了一下头盔，道，“我自认还算有模有样的，才不像那帮子庸庸碌碌的大小官员，你小子甭有事没事来打击我！”

倚弦轻笑两声，正色问道：“如今人间界大乱，四大伯侯，百镇豪雄，蠢蠢欲动，加上妖魔二道各方势力在后推波助澜，尤其是西岐这暗流波涌的帝王之争，着实已成为四大法宗争夺三界主控权的前沿阵地……小阳，你真的决定要走这条路了吗？”

耀阳无奈的摇头叹道：“其实，我也不是很想踏足这个泥潭，现在各方面的关系已经搞得我焦头烂额……只是一旦想到从前那般浑浑噩噩的生活，倒还真是比不上现在来得多姿多彩，应该说现在的生活更有意义吧！”

倚弦默然，他知道三界是个大染缸，迟早会让人深陷其中无法自拔，尤其是他们的隐秘身份，一旦被神玄二宗得知，即便兄弟俩并未行凶作恶，最低限度也必会遭至禁锢自由。

倚弦虽然很想劝耀阳打消这个念头，但又素来知道耀阳心性从来要强得很，一旦认定的事情便很少去改动过，而且耀阳自小就有建功立业的梦想，而他现在既然已经非常好的朝这个方向走了，自己为何还要横加阻拦呢？

耀阳一手搭在倚弦肩背上，大大咧咧地说道：“咱们兄弟俩好不容易又在一起了，我们以后可要好好打出一片属于自己的天地，才对得起花子爷爷当年的教诲，让他老人家在九泉之下可以为我们感到骄傲！”

倚弦想起花子爷爷，心中甚是怀念和神伤，笑着点了点头，道：“不过，我不好与人交往，所以人前那些烦琐的事情就由你去交涉了，我呢，只管尽量帮忙就是！”他现在心中最大的愿望便是帮助耀阳完成他的梦想。

耀阳看了倚弦一眼，笑道：“你还是跟从前一样，羞答答的跟女孩子似的！”

倚弦对耀阳的打趣早已习以为常，道：“只是因为这世间的纷争是非难断，纠葛不清，特别会遇到不少你不喜欢之人，还要迫不得已跟那种人打交道，你不觉得不舒服吗？”

耀阳哈哈一笑，道：“老实说，虚与委蛇这一套跟那九尾狐用得多了，所以用来对付其他诸辈还是轻松自如的，在我感觉里面，这就像是一个比较容易的游戏而已，对手各有强弱，哪有什么不舒服的？”

倚弦又好气又好笑道：“跟九尾狐虚耗是真的没办法，毕竟保命重要，现在我们单打独斗或许仍然不是那妖妇的对手，但若要说到逃生，料想应该还不是难事，而且我们两兄弟联手即便是那妖妇也未必是我们对手。所以从今往后，我们不必再去做这些虚伪之事？”

耀阳道：“说来人世间的各种礼节也不尽是虚伪之事，其实都相差不大，我应付得多了，自然没有问题。若说与妖妇动手，我还是有些顾虑的，万一被妖妇说出我们的身份，就算是人儿她们也有可能受到连坐的威胁。”

倚弦说道：“这个又有何难，我们若隐身三界中某个秘地，保管天下没有几人能够找到我们！”

耀阳不甘道：“但我辛苦创下的事业岂不就此毁于一旦？再则说来，西岐城的安危我岂能不顾？”

倚弦满面忧伤地看着此时满地狼藉的战场，终于忍不住语重心长的问道：“看看这满地疮痍，想想又有多少性命葬送于此，你难道想更多的人为了你的理想而牺牲？建功立业，你真的看得那么重吗？”

耀阳闻言陷入沉默中，过了许久他才转头深深地看向倚弦，反问道：

“小倚，你还记得王奕大哥他们吗？那些跟从前的我们一样，仍然在每日鞭挞压迫下苟延残喘的下奴兄弟们！”

倚弦点头道：“当然记得，我怎么可能会忘记他们哩！”

“我当日在朝歌见过他们！”耀阳脑海中再度浮现当日在朝歌相见的事情，莫名的悲伤涌上心头。

倚弦眼中流露出怀念的神情，道：“真的吗，他们现在还好吗？”

耀阳将当日的经历细细说了出来，语带苦涩地说道：“以他们现在的身份，你想会好吗？可恨当时我没有能力改变这一切，无法救他们出来。即便救出他们以后呢？是任他们继续挨饿受冻还是带着他们修行法道，你应该知道并不是所有人都适合修炼法道。”

耀阳接着道：“小倚，你可想过王奕大哥他们过得是什么生活？我们帮助了王奕大哥他们又怎么样？整个天下何止只有王奕他们这些下奴在受苦，其他平民何尝有好日子过。我答应了王奕大哥一定会让他们重获自由，以前没有这种本事，现在我有了一定的实力怎么能放弃呢？”

倚弦微怔看向耀阳，讶道：“没想到这些问题你想得这么深，不过这些问题的确需要担心，但你有没想过，这场纷争已经够复杂了，若再加上你不知又会导致形势向什么方面发展？此纷乱天下对百姓加害太深。”

耀阳毅然道：“正如你所言，所以我才不能独善其身，我会跟西伯侯提出推翻殷商王朝的建议，务必尽快结束这乱世，重还天地一个清明，还千万百姓一个安定。还有就是我不想让神魔玄妖四宗出手干预天下大势，尘世间的事情就只有尘世中人做主，那些在背后操纵的家伙要不就亲自出场，要不给我滚回鬼窝缩着去，少在一边瞎掺和。这群家伙明明想控制天下大势，却又装作对尘世不屑一顾的模样。”

倚弦没想到耀阳对神魔玄妖四宗的成见如此之深，道：“你不是想要凭一己之力来跟四宗作对吧？”

耀阳撇了撇嘴道：“我才懒得跟他们闹，只要他们别再来瞎捣乱就行。从我们遇到那些四宗人马来看，他们差不多都是那副嘴脸，真让人不舒服，唯独就姜先生和云雨妍好一点，嘿，特别是雨妍姐……”

倚弦笑骂道："臭小子，你已经妻妾满堂了，又想打人家什么主意呢？"他心中反倒想起上次牛头山有炎氏的事情，再加上幽云本身也属玄宗弟子的缘故，他的心中对神玄两宗没有很大的厌憎感了。

耀阳少见的面色一红，嚷道："你胡说什么，她可是真心关心我的好姐姐，别用你的龌龊思想来度我君子之腹。哼，小子，为了这句话我便要与你一较高下，看看你近来到底有什么长进！"

"我也正有此意！"倚弦大笑出声，顺手从地上抄起一把长矛在手，他知道耀阳并没有神兵相助，他自不会用出龙刃诸神，不过自得龙刃诛神以来，修为一日千里，学灵悟剑诀、悟八卦玄法，加上元能深厚，哪怕每一样最寻常的利器到了手中也不亚于任何上等法道利器。

耀阳玩心大起，更何况历来修持玄法，身旁便无良友相伴，缺乏法能熟练的经验，此时难得好兄弟重逢，岂能放过这个难得的机会，当即喝道："我来哩！"话音刚落，耀阳足尖从地上挑起一柄长戟，随手开立，戟尖直指倚弦。他何尝不是信心十足呢？得《幻殇法录》以后，他进步神速，直到独龙潭悟道杀祟黑虎，让他的修为难以估计地大进一步，现在的修为已非常人可比。

旁近负责清理战场的兵士见到主将兴致这么好，都闪到一旁鼓掌欢呼起来。

耀阳与倚弦正面对视，锐利的眼神在空中相触，异能相互锁定对方的身形，爆出一连串看不出的火花，兄弟俩发出撼人的无匹气势，晃若实质一般地对撞在一起，各不相让。

凄寒冷风卷起，吹过一片凄凉的战场，带着一阵逐渐减淡的血腥味，随着前进，风势不断变强，慢慢地形成刚烈的劲风。但风势再强却始终无法减弱战场上两兄弟所发出的悍然气势，更令旁近的兵将直欲窒息。

耀阳的刚烈霸气，倚弦的凌厉飘逸，两人皆已非昔日无力之辈，一身法道修为足以驰骋天下，傲视同辈高手。两人均知道眼前的好兄弟已不是当年任人欺辱的角色，而是叱咤风云、能纵横三界谁都不敢看轻的人物。

无论是耀阳还是倚弦，想起以往的悲惨日子和现在终于有所成就，心酸之余都不免为对方感到欣慰，相视一笑。

“哈，看样子不错啊。那我就先来吧，小倚看招！”耀阳蓦地大喝出声，持戟一抖，顿时火气四溢，狂猛的热力瞬间四处散开，炽热的五行玄能幻化出燃焰巨兽，对倚弦虎视眈眈，作势欲扑，浑身焰火窜起狂涨，凶态暴露无疑。

倚弦长笑道：“来吧！”挥矛连震，依然淡然卓立风中。

耀阳说来便来，长戟划空而起，划过一道长旋的轨迹，向前击出，远远望去，仿佛那只烈焰巨兽蓦地张牙舞爪开始扑向倚弦，势若焚天。

“好家伙！”倚弦微微一惊，心中不由为自己的好兄弟有如此成就而感到高兴，目光中除了赞赏之外，丝毫不惧，手中长矛一挑，寒气崩然而出，新近悟出的“回龙旋”，以“寒星变”之势疯狂旋出，在临近攻势之前霍然集中，合扑冲向那股炎能巨兽，寒罡如刀，仿若暴风雪中无数冰刀齐齐斩出。

耀阳见势大声叫好，挥戟成圈，炎能巨兽跃起而啸，竟避开“回龙旋”的寒罡席卷，再度再袭倚弦而去。倚弦飘身急退，冰火异能加速摧发，长矛急展，“回龙旋”遽然回驰，同时倚弦手捻“灵悟剑诀”，看似毫无章法的一矛刺出。

寒星闪现，这一矛蕴足冰晶异能，凭空刺出，没入耀阳所发的炎能漩涡之中，耀阳已挥戟再变，巨兽化身闪电般直击倚弦，却正迎上倚弦这一刺。耀阳一惊，没想到倚弦竟会有此诡妙一招，急忙舞戟牵动炎能闪避。

谁知倚弦长矛转圜间，竟产生一种莫名的牵引之力，其力生生不息，转换变化，却是暗含八卦变幻，硬生生将烈焰化成的巨兽困在原处。

耀阳自有办法能让本身炎能脱困，却并未依法施为，反而乘势身如瞬电，转眼就到了倚弦面前，戟柄如勾扎实地砸出，其中蕴涵天火燃烧的五行玄能足能烧熔一切。

倚弦的“回龙旋”早已吞噬了炎能巨兽，两者同化为虚无，不过他对耀阳大为佩服，没想到耀阳在这片刻之间就断定炎能虚形必灭而果断放弃，早一步抢得了先机。

此时耀阳袭来，倚弦又落于下风，但他没有任何迟疑，长矛震出冰寒烈劲，有如活了一般，矛尖丝毫不差地正点中袭来的戟柄。

“铿!”冰屑火星同时飞溅，冰火二劲狂猛迸发，两人受反弹之力所震，身形不由自主同时向后跌退。

倚弦一退不止，顺势身形后移。

耀阳却截然相反，在空中堪堪稳住就立即催发五行玄能，“风遁”全速而进，当中暂缓的时间不到半瞬。耀阳趁机朝倚弦魅幻一笑，手中长戟没有任何保留，舞空击向倚弦。

倚弦临变不乱，随风而动，长矛晃若无迹无踪，凭着归元异能的牵引，每一次的动作，没有任何征兆，却刚好抵住耀阳的攻击，架住了这一戟劈落——

“锵!”异响震耳欲聋，旁近兵将尽不能忍，急急再避数丈之外。

兄弟俩的身形一触即离。

耀阳已经对倚弦之能有了较深的认识，身形稍顿，笑赞道：“小倚，想不到你的元能修为这么精湛，而且跟我的玄能禀性完全不同，果然好生利害!”

倚弦长矛横胸而立，微微一笑道：“小阳的本事也不弱啊，五行玄能与别不同，威力更是不同凡响!”

耀阳吁出一口气，大笑道：“小倚，我方才并未使出全力，今趟可不同了，你要小心了，准备好了吗?”

倚弦含笑点头道：“尽管放马过来!”

耀阳大喝一声，再蕴足五行玄能，足能焚毁天地万物的天火暗劲行经长戟，戟身顿时变得通红，转眼间挥出成一个半弧，以难以言喻的优美之势砸向倚弦，但其势狂猛却如大海惊涛，不过一戟简单砸出，却以狂霸之势将倚弦所有可以反击的可能压灭，完全锁定了倚弦的所有方位。

倚弦暗暗心惊，料不到耀阳竟有如此成就，心念急闪，长矛自然按八卦妙法递出，由死转生化惊变杜，配合独特的脚下步法，长矛掠空，四平八稳，准确无误地将耀阳这一戟的攻势挡住。

“好！”耀阳没有丝毫迟疑，一戟之后便是铺天盖地的攻势，五行归一的元能催发长戟有若铜龙冒着炽白的火焰，以势不可挡之威吞噬倚弦。耀阳之势强如涛海威岳，若泰山压顶，强悍无匹，若非倚弦新悟八卦妙法，初遭此击恐怕已是手忙脚乱。

耀阳没有片刻停息，展开狂野攻势，攻得痛快淋漓，毫不拖泥带水，也无任何阻隔。但倚弦却亦是守得飘然潇洒，长矛闲点无不怡然自若。

战场之上，烈焰冰雪同时呈现，诡异而浩荡的威势让凌厉凄烈的寒风不敢接近。耀阳和倚弦不需要只词片语，对招间毫不保留的攻防，让同出一源的两人都能清楚地感觉到对方一举一动的妙处。

那种感觉奇妙无比，却让两人如海绵吸水般尽数将之吸收，一招接着一招，每一招都有新的变化，每一招都有新的进步。

两人全力而为，不知对了多少招，最终倚弦喘气道：“好了，我们可以休息一下了。”

耀阳何尝不是全身疲累，而且对招中所学的并不是一时就能融会贯通的，他深知若是纯粹相较法道修为而言，他仍是稍逊倚弦一筹，闻言立即停手道：“小倚，算你行，我认输了！”

倚弦一愣道：“我们还未分出高低，你怎么就轻言认输呢，这可不像你，记得小时候我们俩玩摔跤，你从未服过输！”

耀阳弃掉长戟，道：“小时候难免争强好胜，再说，你我兄弟，又不是外人，输赢自家事，有什么丢人的！”

倚弦心头大慰，两人对视大笑起来，转而同时忍不住仰天长啸，将心中的兴奋与畅快表露得更加痛快淋漓，仿若重又回到少年时光一般。

耀阳与倚弦一起回了将军府，三女远远出迎。

倚弦对着三女拱手行礼，又是一番称呼上面的纠缠不清，好不容易入了府，耀阳蓦地想到应该入宫亲自禀报战况的事，正待动身之际，忽听府外快马蹄声，片刻后，金吒入得厅来行礼落座。

耀阳一惊，问道：“金吒将军，难道有何重要军情不成？”

金吒忙摇头道："大将军不要误会，鬼方忙于利茸的灵丧之事，哪有闲工夫来扰我西岐安宁，南域联军势单力薄长途劳顿，躲我们还来不及，哪还敢来自取其辱！末将此来，是为了替侯爷传个口谕！"

耀阳的心这才定了下来，问道："哦，是什么口谕，想不到我正准备入宫，侯爷就急着给我来口谕了！"

此时，一名婢女端来盅茶，金吒端起一口饮尽，道："其实也没有什么，只是侯爷体恤你今日征战大功，又知你刚刚与妻妾见面，便命我通知你，而是特许你今晚可尽享团圆之乐，明日再入宫禀报战况。"

耀阳大喜，招呼金吒在府上吃过饭再走，金吒憨厚地笑了笑，道谢道："大将军如今不在城楼之上，末将便要一力担当将责，所以先行告退了！"

耀阳想想也是，只能准了金吒离去。

看着金吒离去的背影，倚弦点点头道："陈塘关李家果然不同凡响，三个儿子都是人中龙凤，非比常人！"

耀阳对此极为赞同，笑道："咱们俩都见过金吒和那吒，就差个木吒了！"

倚弦想到那个鬼方公主的事情，便问道："耀阳，你知道那鬼方公主玉璇现在还在西岐城吗？"

耀阳心中震了一下，想起昨晚与玉璇一夜风流，不由回头看看笑语吟吟正在一旁闲聊的三女，心中暗有愧疚之感，但又奇怪倚弦怎么会知道玉璇，甚至还有意问起呢？他有些忐忑不安地道："你怎么会知道玉……鬼方公主之事的，难道她有什么问题吗？"

倚弦正色道："问题大了，你可知道致成落月谷藏兵，鬼方、南域联军包括胁持三位嫂嫂的主谋是谁吗？"

耀阳已经大感不安："是谁？"

倚弦缓缓将初次在南域大军营地中见到玉璇和跟踪玉璇到落月谷、谷中秘洞巧遇三女的事情说了出来，然后道："这鬼方公主隐藏很深，看样子也很有些手段，我怀疑这次城北胡兵作乱之事，十之八九也是她搞的鬼。”

旁边的人儿、妲己、冰儿三女连声称是，梅若冰更微皱纤眉道：“当日就是她派人谎称你有事要我们过去相见，我们才没有防备跟了过去，谁知进入她一早布下的陷阱，受法阵控制而无力还手，被她使了封印掳掠过去。”

“怎么可能?”耀阳更是心中大震，不由大惊失色，脸色变得很是难看。他当然知道，这种事情经过自家兄弟和女人嘴，便绝对不可能骗他，但他仍是很难接受这个玉璇便是从前那个鬼方胡女的事实。

尤其是当他们发生关系以后，他对这个玉璇更是多添了一份说不清道不明的情感，这种感觉说不清楚，却让他甚为挂心，此时突然闻言玉璇一直都在欺骗他、利用他，无论从哪一方面，他都难以接受这个现实。

但事实摆在眼前，不容得他不信。

人儿嚷道：“怎么不可能，她还害得我们被关了这么久的时间，想起来就恼火，如果她现在胆敢在我面前出现，我一定要将她挫骨扬灰，然后将其灵魄堕入十八层地狱饱受酷刑，否则不足以消我心头之气!”

耀阳前思后想，联想到的确自从玉璇来到西岐后，西岐大军就处处落于下风，不由黯然道：“想不到玉……这个女人真的是鬼方的奸细……”

倚弦看出耀阳异样的情绪，道：“不如现在派人去她常住的地方找找看，如果她已经离开了，那就表示这一切的确是她所为!”

耀阳迟疑一下，略为有些不情愿地点了点头，传了随身一名刘副将带齐兵马前去“骊园”验证事实真相。

倚弦对刘副将道：“刘将军切记要小心，只因那鬼方公主乃是懂得法道妖术之人，你们一旦遭遇她，尽量小心行事。”

人儿正愁心中闷气无处发，闻言喜道：“我也觉得应该小心一点，这样吧，我跟刘将军一起去吧。”说完就跟随刘副将跑了出去。

耀阳苦笑一下，不知道等会儿如果可以见到玉璇的话，自己该有什么反应?

做了这么多年的兄弟，共历生死，倚弦如何看不出他的神情，虽不是很清楚，但仍可以非常确定他有心结，便淡笑道：“那鬼方公主见攻城失败，又知道三位嫂嫂已经被救，定不会坐以待毙，现在应该早已离去，刘将军此去恐无所获。”言下之意颇有宽慰的意味。

耀阳知道自己关心则乱，否则怎么可能会想不通这个浅显的道理呢？此时见到妲己和梅若冰投来的狐疑目光，耀阳更是不敢正面对视，转身避开她们的眼光，却只能看着倚弦苦笑不已，表示无奈。

倚弦安慰地对他微笑一下，气氛有些怪，耀阳为了打破这个僵局，随口问倚弦道：“你刚才说过是杀了尤浑，对吗？”

倚弦知道他为的是岔开话题，也顺着他的话道：“没错，怎么了？”

耀阳吃惊道：“你不知道，那家伙的真实身份可是妖君厉煞，你小子能杀他，真是乖乖不得了，不过老实说，你小子没有用什么阴谋诡计吧！”

倚弦知道他无话找话，不过也只能顺着他的意思往下说，道：“你以为我像你一样啊？”

耀阳摆出一副不解气的样子，道：“嘿，上次那家伙打得我那么惨，本来我想趁现在修为大进去找他报仇，谁知被你这小子先下手了，现在你叫我找谁去啊？这笔账先算在你头上了。”

倚弦笑骂道：“臭小子，我帮你报了仇还不好吗？你小子别恩将仇报。”

两兄弟自是笑骂一番。

第九十二章　生死抉择

在耀阳有些不安的焦急等待中，时间慢慢过去，几刻钟后，刘副将和人儿失望而归，玉璇果然已经不见。耀阳叹了一声，神色黯然，由此可以完全肯定方才城中之乱是她所为，那种被欺骗的感觉难受极了。

哪知刘副将拿出一封由薄绢而制成的信，道：“禀报大将军，我们虽然没找到鬼方公主，但在骊园寝宫中搜到这封信，上面写着好像是那鬼方公主特意留给大人的！”

“哦，信？”耀阳听得精神一振，正欲伸手接了信封，谁知旁边的梅若冰比他还快一步，先将信抢了过去，哼道：“这妖女的信有什么好看的？”

人儿也嗔道：“不错，她一定又是施了什么诡计，把信扔了吧。”

耀阳心中不悦，却还是和气地道：“冰儿，别闹了，把信给我！”

梅若冰神色很不高兴地道：“我这是在闹吗？”

耀阳知道自己话说重了，忙柔声道：“好了，把信给我。”

梅若冰脸色更是有如寒冰，冷道：“你为什么这么紧张这封信，难道你跟这个妖女有什么关系不成？”

人儿一听也急了，叱道：“这妖女有什么好的，别忘了是她把我们抓走的。也是她令耀大哥差点功败垂成，你可千万不能跟她有什么。”

梅若冰微怒道：“今天你不将这事说清楚，就别想拿信。”

耀阳心中本就有愧，又对玉璇之事烦恼得很，听到这话不由脸色一紧，心头一阵火起，双眼利光闪出，喝道：“你要跟我讨价还价，要挟我，是不是?”

梅若冰没想到耀阳会因此发火，不由一时间呆住了，人儿也怯生生躲到妲己身后，不敢再说什么。冰雪聪明的妲己见状忙拉住梅若冰，从她手中拿了信递给耀阳，宽慰道：“冰儿，你别理他，他也只是一时气头上罢了。毕竟那个女人太过狡猾了，耀大哥说笑而已，看他还真敢拿你怎么样?”

“你……你好……”梅若冰这才反应过来，环视厅中略显尴尬的刘副将以及倚弦等外人，突然掩面哭着转身出了客厅。

倚弦一早在旁观望，见是耀阳家事一直不便插嘴，此时实在看不过去，走近耀阳，轻拍了拍他的肩膀，道：“小阳，你醒一醒!”

耀阳也很是后悔刚才发火，接过信后怔怔看着梅若冰离去，不知该怎么办？直到倚弦走出来，将一丝寒冰异能一掌拍在肩上，他灵台一片清明，这才恍然大悟，人儿喊道：“耀大哥，冰儿姐姐都被你气跑了，你还不去追她回来。”

妲己扯了扯他的衣袖，轻声道：“在这个关键时候，冰儿如果一个人被气走，一定很危险的，如果恰恰中了那个妖女的计谋，岂不更糟，你赶紧去把她追回来吧。”

倚弦点点头，道：“妲己说得没错!”

耀阳想到许久以来冰儿为自己所受的委屈，自己倒是对不起她不说，还为了利用他的玉璇而凶她，实在是太过分了一点，忙向倚弦和金吒尴尬一笑，随后紧跟冰儿后面追去。

梅若冰毕竟法道修为不是很够，或者本来就没想过真的跑远了，而是在府中后园一带徘徊，不久就被耀阳追上了。

“冰儿，冰儿……”耀阳将她拦住，呐呐道，“对不起，冰儿!”

梅若冰俏眼通红地白了耀阳一眼，冷冷地道：“你来干什么，你干脆永远也不用管我了?”

耀阳忙拉住她的手，柔声道歉道：“刚才我不该发火的，是我错了，冰儿，你就别再生气了，我也是被气的……”

“是吗?”梅若冰睨了他一眼，从他的手掌中拉出玉手，淡然道，“我生什么气啊，又哪来的资格生气?”

耀阳连忙涎着脸道：“你是我的老婆，当然有资格生气。”

梅若冰闻言脸上一红，嗔道：“谁是你老婆，谁愿意做谁做去?”

耀阳一见她娇嗔，立知有戏，马上趁热打铁，再次抓住她纤白的小手，道：“冰儿不是耀阳的老婆，那还有谁是呢? 好了，你别再生气了好吗?”

梅若冰胸中的气还是不肯消，哼道：“你为了那个抓我们威胁你的妖女跟我发火，哪有认为我是你的什么人嘛……干脆你去找那个妖女跟你做老婆好了。”

耀阳连连道歉：“怎么会?”见冰儿仍然不肯相信自己，忙拿出罪魁祸首——那封信，对冰儿道，“你不信，这封信反正也不会有什么好事，我不看了。”说完“天火炎诀”蓦地发出，火光闪动，信在他手中立时化为烟尘。

梅若冰看了破涕为笑，娇声道：“你就会哄人。”

耀阳一把搂住她，道：“我不哄自己的老婆还能哄谁呢?”

梅若冰满脸甜笑着依偎在他怀中，突然道：“耀大哥，我出来很久了，所以想回去看看爷爷!”

耀阳立即反对道：“不行，你一个人到处走太危险了。这样吧，过些日子等我闲下来的时候，陪你一起去吧。”

梅若冰摇头道：“不用了，耀大哥你现在这么忙，哪有什么时间，也不好为了我的这点小事而耽误正事。你放心好了，我已经施法通知了爷爷，他会接我的。”

“既然有梅老前辈在，我就放心了。”耀阳放心地点头同意，对于梅若冰的爷爷梅清远的能力他还是不敢小看的。

梅若冰听他同意，反而又嗔道："你是不是很想我走啊，一听我回去就一副乐不可支的模样。"

耀阳自然大叫冤枉，两人就这样笑闹着回了内厅。众人等待多时，见两人和好归来，俱是大为高兴。

此时，府门外传来一声吆喝："侯爷驾到。"

话声未落，只见西伯侯姬昌在众护卫的保护下，出现在厅门前。

耀阳赶忙让人儿等三女先行回房，自己和倚弦以及刘副将等人迎上前去，跪礼相迎。

姬昌进厅就大笑数声，道："起身吧，无需多礼！耀将军此次可真是立了天大的功劳，此次保我西岐不失之功，本侯非得好好重奖你不可。"

耀阳领着大家起身，忙道："这是多托了侯爷天威以及西岐将士之勇，耀阳哪有什么功劳可言？"

姬昌点头道："耀将军就不要谦虚了，本侯已经听闻整个战况过程，自是非常清楚你这次的功勋非以往可比。若此功不奖，还有什么可以奖励的？"

耀阳恳切地说道："能够守住西岐，耀阳并非全功，最大的功劳应该是为我西岐浴血奋战的将士们，侯爷不如先行奖励抚恤他们为重！"

姬昌叹道："这个当然，本侯岂会不赏赐拼死保卫西岐的万千将士？但是耀将军身为主帅，在如此内外压迫的困境下能够力挽狂澜，本侯若是不重赏，岂非显得我西岐赏罚不明？还望耀将军万勿推辞。"

姬昌的话都说到这分上了，耀阳再推辞反而不妙，当下便道："侯爷言重了，那耀阳就只能先行谢过侯爷赏赐了。"

姬昌身后的宫奴蓦地行出，双手恭敬地捧着一卷简帛，肃然道："龙翼将军耀阳听候圣谕封赏！"

一听圣谕，耀阳与身后一众人等立即跪低下来，耀阳肃容回道："龙翼将军耀阳在此听候圣谕封赏！"

宫奴展开简帛宣读："奉圣祖母谕诏，龙翼将军今次守城苦战功高，特赐黄金千两、明珠百颗、缎帛千匹，官职连升三级，拜虎威大将军，俸禄同升三级，以资奖励！此谕。”

耀阳虽然在守城作战中暂代大将军之职，但还是没想到圣祖母竟果真封了他做大将军，他微微怔了一下这才领谕谢恩，道：“多谢圣祖母、侯爷赏赐。但此战之胜，更有一人比耀阳更有功劳，若非他在最危急的时候出现，助我军大获全胜，耀阳早已无脸再见侯爷!”

倚弦苦笑连连，暗暗叫糟，知道自己即将被耀阳出卖，但是当着在座众人，尤其还当着西伯侯面前，他又不便警示耀阳，只能硬着头皮听任耀阳摆布了。

姬昌闻言也是兴奋不已，道：“耀将军说的高人，是否就是中途出现解救你妻妾，天人之威震撼鬼方的异人吗?”

“不错!”耀阳点头道，“此人便是我的兄弟小易。”

倚弦见自己终于被拖下水，只能背着姬昌狠狠瞪了耀阳一眼，无奈地起身向姬昌行礼道：“草民小易拜见侯爷。”

“快快免礼!”姬昌连忙扶起倚弦，端详半天，倍感惊异道，“今日早早便听说有先生的出现，想不到易先生小小年纪，竟有如此神威!”

耀阳立即驱前将之前的事情添油加醋地说了出来，当然有些事自是不会说的。当姬昌听到倚弦一人在敌军中来去自如，大发神威，不由连叹“高人”，害得倚弦不停在旁连声谦让。

等耀阳说完，姬昌立即道：“易先生真奇人也，此次助我西岐更是大功一件，本侯可赏先生千金，官封将军之职，尚请先生留下助我西岐成事如何?”

倚弦大感为难道：“还望侯爷见谅，草民生性随便，不是为官的料子，而且一身又为琐事脱不开身，恐不能替侯爷办事。”

姬昌不肯气馁，再次劝道：“先生高才，岂可埋没。先生不妨先将琐事办完，本侯必会重用先生。”

倚弦如何会肯，神色间甚是为难。耀阳知道倚弦的性子，刚才只是恶作剧而已，当然不会真的令倚弦难堪，此时便替倚弦解释道："禀侯爷，小易非是不愿为侯爷办事，但他所处之事并不是在人界范围之内，绝非一时半刻所能结束的，侯爷恐怕等不了这么多年。而且小易他已不适合在尘世浮沉，这有碍他的修为，所以恐怕不能帮到侯爷。"

"原来如此，那本侯也不为难易先生了，若先生什么时候有心于此，本侯定虚位以待。"姬昌虽然失望，但是还表现得甚是大度，并未因倚弦的拒绝而懊恼。

倚弦心下实在不忍令一位明君失望至深，道："其实，我与耀阳乃是兄弟，西岐有事便是耀阳有事，我岂会置之不理，所以还请侯爷放心！"

姬昌闻言大慰，更赏赐了耀阳身边的几员副将，并下令明日犒赏三军。

当晚，众将就在耀阳的将军府聚餐一顿，庆祝此战大获全胜，姬昌再次露面，大肆赞扬他们此战英勇，众将无不热血沸腾地表示，愿意用自己的血肉来捍卫西岐安危。

对这方面，两兄弟是明眼人，知道姬昌此番行为虽不是做作，但难免有收买人心之嫌。私下里，耀阳叹道："看来姬昌这西伯侯可不是做假的，就这简单的几个神情动作言语，想不抓住众将官的心都难。"

倚弦点头道："此话倒是不假，姬昌能有如此魅力，又能将西岐治理得如此之佳，难怪朝歌那边如此忌惮他。"

耀阳道："不错，朝歌那边早就想找个机会除掉西岐这个眼中钉，可惜有我这个福星在，让他每次都会化险为夷。"

倚弦笑骂道："就你这小子会吹！"

耀阳自豪道："我哪是吹呢，你不想想是谁帮他将西岐稳住了，说到底你可是我的兄弟，不是我你肯帮西岐吗？所以没有我，西岐早破了，姬昌哪有现在这种好日子过。"

倚弦当场浇了他一头冷水，道："虽然不能完全说没有你的功绩，不过，你不想想今日的景况多危险，西岐城差点被攻破，你难道还不接受教训吗？”他不想耀阳始终得意忘形而最后惨遭失败。

耀阳老脸一红，讪讪道：“这是意外，意外……”

“别闹了，说点正事。”倚弦低声道，“还有一件事，南域此次过来其实也是无可奈何，只是因为鄂崇禹尚未完全准备好，不敢马上与朝歌翻脸，所以才不得不派兵来攻西岐。或许我们可以从这点入手，让南域大军主动撤兵，如此西岐就可以高枕无忧了。”

耀阳愕然看了倚弦半晌，道：“你不会是说，你愿意回去做这个说客吧？”

倚弦点头道：“虽然我不敢作出保证，但是我会尽量去尝试一下，不过还是很有希望的！再说濮国兵马一日未动，虎遴汉定然会有所怀疑，如果这个时候我不回去的话，恐怕会对老土他们不利。”

耀阳沉思点头道：“不管能否成功，此行确实都是势在必行的，尽管现在西岐已脱离困境，但仍然处在鬼方和南域大军的夹缝中，一旦双方纠集兵力继续与西岐角力，始终对西岐不利。”

倚弦点头道：“不错，若是南域大军肯退兵，西岐之危自解。故而此去非常必要，若能说动虎遴汉，此次西岐之危就可以完全解除。”

耀阳道：“说得是，这样吧，不如等会儿我和你同去南域大军驻扎处，去劝降虎遴汉，如何？”

倚弦却摇头道：“不妥，现在双方初次交战完毕，西岐军刚胜，你身为西岐军主帅这时过去难免会有示威之嫌，虎遴汉在南域本是尊贵之人，怎么也会有几分自傲，岂肯受到胁迫，若你同去，反而容易搞砸事情，所以由我一个人去足矣。”

耀阳皱了皱眉，想想也是，只能放弃。

倚弦跟耀阳交待了几句，便乘着夜色出了将军府。

夜色中，倚弦的身影有如流萤划过，快接近南域大军营地之时，却突然消失无踪了。

倚弦使出“千符隐”暗中遁入南域大军，唯一的法道高手——化名尤浑的妖君厉煞已经被他所杀，余者法道修为浅薄，根本无人能察觉。其实即使如祝蚺甚至于陆压此等高手，若非刻意搜索也难以发现他的所在，常人又怎么可能感觉得到他的所在。

倚弦仔细查看了营地布置，找到濮国将士驻扎所在。倚弦找到土行孙主营所在，悄然遁入其中，但营帐内空荡荡的，土行孙那家伙居然不在。若非有土行孙穿的金麟战甲，他还以为自己找错地方了呢?

倚弦心忖道：“现在已是晚上，土行孙怎么会不在自己营地中，难道自己出手救人助耀阳守住西岐城之事已被虎遴汉查知，所以连累了土行孙?”

正焦虑思忖间，倚弦听得帐外远处有脚步声传来，是两个人的声音——土行孙和紫菱。紫菱一直念叨着倚弦什么时候回来，土行孙看来是一直打着哈哈，推托着应付。

到了土行孙的营帐外，紫菱道：“我先走了，什么时候有易大哥的消息，记得马上通知我!”

土行孙连连称是，紫菱正转身欲回自己营帐，倚弦已经掀开帐帘，道：“你们两个都进来，我们有事谈谈。”

紫菱一愕，立即惊喜道：“易大哥!”

“易大哥，你回来了。”土行孙也是大喜，指了指紫菱，故作无奈地耸耸肩。

倚弦岂会不知紫菱丫头的缠人功夫，理解的一笑，道：“好了，进来再说吧。”

土行孙和紫菱进了帐，紫菱立即黏在倚弦身边不肯离开，倚弦拿她没办法。倚弦等土行孙坐下后，问道：“你们刚才怎么出去了？吓了我一跳，还以为出了什么事哩。”

土行孙道：“刚才被虎遴汉拖住在全军议事，所以实在没办法。”

倚弦点头道：“这也是，我怎么没想到这点，大战刚刚暂停，既然还未退兵，当然要开一个议事会。”

紫菱马上跟着说道：“我知道这是易大哥关心我们，怕我们出事嘛，是不是?”说罢，她很是高兴地拉住倚弦的衣袖撒起娇来。

倚弦无奈地摇了摇头，这时却又有另外一个小东西“扑通扑通”跑了进来，正是紫菱一直爱不释手的“紫龙神兽”。只见那个小东西很明显已经发现了倚弦的存在，噗哧噗哧地飞跑到倚弦脚边，用可爱的小嘴叼了叼倚弦的袍角，水汪汪的大眼睛亲切地看着倚弦，显得很高兴的模样。

倚弦捧起小东西，笑问道：“小家伙，还好吧?”

小东西高兴非常地在他双手掌心中凌空翻了滚，一副无辜又无奈地眼神望向旁近的紫菱，看来它虽然过得开心，却也有些受不了紫菱。紫菱见了小东西的神情，哼了一声，低骂道：“忘恩负义的小东西，看我以后还喂不喂你!”

小东西忙又吐了吐小舌头，极为委屈地看了看倚弦。

倚弦笑了笑，安抚着小东西，并将它放在肩上，对土行孙与紫菱道：“我们来谈点正事!”

土行孙立即正襟危坐，紫菱也不好意思地放开倚弦，安静地坐在一边。

倚弦看了看四周，异能感应中并无丝毫异样，问道：“土行孙，今日一战，濮国大军可有什么损伤?”

土行孙自信地笑道：“除了行军时不小心有人自己弄伤脚腕之外，其他的一个都没有。”

“没有?”倚弦虽然跟土行孙打过招呼，不让他们参战，但毕竟虎遴汉是主将，随时都有调派兵马的权力，所以对于没有抽调濮国兵马上阵，倚弦多少都感到有些讶异。

土行孙点头道：“不错，今日我军兵马一直被虎遴汉将军调派在后营负责粮草督管，所以尽管战况激烈，却因为时间并没有拖得太久，南域大军就开始撤兵了，所以根本没有参与其中，当然是毫无损失了。”

倚弦大喜，心中也知道是虎遴汉认为两军还不能很好的调和参战，如果加上濮国兵马反而会拖累他们，所以不到万不得已，自是不肯让濮国兵马加入战场。

倚弦又问道："那虎遴汉可知我不在营中？"

紫菱抢着摇头道："他如何可以得知？白天战况激烈，虎遴汉忙着调兵遣将，根本顾不着什么监军不监军的。他不见易大哥和那讨厌的尤浑，可能更加高兴，免得绊手绊脚的。"

倚弦一想也是，正所谓监军历来不过两种用途，一是限制主帅的权力，或者监视主帅，防止他做出越权之事；二是平添的虚职，不需要出力就能抢得大将军功，以防止功高震主。

他和尤浑都属于第一种的，尤浑是朝廷的眼线，也是限制虎遴汉权力的一把剑，而倚弦则表面上是为了濮国的利害而随行，实际上只是尤浑的随从而已，又或是濮国的人质。所以无论是谁，虎遴汉也定然不希望他们真的干涉战事。

"那虎遴汉今晚又有什么表示没有？"倚弦继续问。

土行孙道："其实也没有什么特别的，跟以前一样，统计一下伤亡人数，讨论这一战的得失，分派各将任务，以及要求各自戒备等等，并没有其他的表示。"

倚弦略加思索，问道："那他有没有表现出什么时候要反击的想法？"

土行孙和紫菱都细思一会儿，齐道："没有！"

倚弦沉吟道："这样说来，连他也没想过主动出击了。"

土行孙纳闷地问道："这话是什么意思？"

倚弦但笑不语，站起身来道："我去找虎遴汉将军谈点事情，你们先等一下，过会儿我有事跟你们说。"于是将肩上昏昏欲睡的小东西抱给紫菱。

紫菱接过小神兽，与土行孙似懂非懂地点了点头。

倚弦顺便问了虎遴汉的营帐所在，便径直过去了。

虎遴汉见到倚弦，微微皱了皱眉，道：“龙使节怎么有空来看虎某?”

倚弦装作叹了一声，挤出一副笑容道：“白天激战如此激烈，而后情况又有所变，龙某自然要与将军讨论一下以后的事情。”

虎遴汉笑了笑，请倚弦坐下，问道：“龙使节不知有何见教?”

倚弦故作疑问道：“本来我军与鬼方公主已经有了足够的准备，应该能一举破敌，但如今为何会惨败而归，而且还是鬼方大军先行退走的呢?”

虎遴汉苦笑道：“战场之中，瞬息万变，岂有定数? 虽然我军与鬼方突然联手出击，打了西岐城一个措手不及，玉璇公主更在城内埋下伏兵，还以人质要挟敌将，本是万无一失之计。谁知半途冲出一人救下人质，让形势陡变。其后，敌军主帅更一箭射杀鬼方小王爷，致使鬼方士气大落，溃不成军。西岐也得以有时间剿灭城内胡兵，我军单军作战并无多大胜算，所以不如退兵。”

倚弦心中一动，皱眉问道：“本来鬼方说得好好的，似乎很有把握，哪知这么没用，只是出现了一个人就让战局优劣翻转，实在很难让人相信他们还有什么能耐? 对了，将军可知哪横空出现的人是谁?”

“不知!”虎遴汉摇头叹道：“这只是一个难测的变数，谁都未能想到事情会变成那样的，或许他们还有别的手段也说不定。”

倚弦冷笑道：“他们现在还能有什么办法? 龙某此时替我濮国一万大军和南域的三万大军担心，谁知是否会被鬼方拖垮?”

虎遴汉沉默不语，显然也在担心这个问题。

倚弦继续道：“从我国立场考虑，此战若胜也无很大好处，若败也是苦战之后，更是实力大损，若非因为看在鄂侯的面子上，我军决不肯出兵的。如今战局导向不利我军的方向，龙某真不知如何向敝主交代?”

虎遴汉心中暗思，当初如不是你们看中有利可图又怎么会答应，现在一旦战局不利就说得如此委屈? 当然他不会说出来，只是道：“龙使节还是耐心等待为好，现在鬼方与我军兵力仍然明显占有优势，再次合击仍有击败西岐的可能。”

倚弦摇头道："我看未必，西岐兵将之勇素是闻名天下，而西岐城天生易守难攻，城内粮草物资囤积无数，姬昌又素得西岐民心，现在大胜之下，更是士气高涨，此战我军难胜。"

虎遴汉一愕，没想到倚弦竟然对西岐城也是这么了解，不敢再小看眼前这个清清秀秀的龙使节，但还是道："龙使节有些过虑了。"

倚弦一笑，突然转口道："将军可曾想过撤军?"

虎遴汉周身一震："撤军?"

"不错!"倚弦十分肯定，细细分析道，"此战西岐城已脱离险境，我军无论如何强攻，短时间都无法攻下西岐。若西岐城内兵民一心，囤积了大批粮草物资的西岐城根本就是固若金汤，恐怕我们即使耗光粮草也难以攻下，到时我军进退维谷，又跟西岐结下难以解开的仇怨，对南域极为不利。再则说来，崇侯虎被挡在金鸡岭外，根本无力西进，对我们更半点好处都没有!"

虎遴汉陷入沉思，并没有辩驳倚弦。

倚弦知道虎遴汉也绝对清楚这些，于是进一步道："退一万步来说，就算攻下西岐城，西岐仍然还有'望天关'的十数万兵马，到时纠集各方兵马，必定回马先来这边收复'西岐城'，我们那时早已人疲马惫，还不知能剩下多少人马，怎么能挡住十数万兵马的攻击，届时我军还能支撑多久呢?最终胜果还是落入鬼方手中。且不论鬼方，南域大军大损，崇侯虎却是大为得益，以后对南域的危险定不会小。而这一切还是在能攻下西岐城的前提之下。但以龙某所见，要攻下西岐城，凭我军和鬼方这些人马还远远不够。无论如何，若不退兵则绝不利于南域，也不利于我国，所以窃认为何不趁早抽身，保留实力?"

虎遴汉为难道："龙使节所言也是有些道理，但鄂侯已下令我军襄助鬼方，而且我军亦参与此战，即便此时战局不利，也不能擅自袖手离去。所以也请龙使节站在虎某人的角度想想，还望见谅!"

倚弦叹了一口气，道："今日将军并未让我军参战，这一点龙某感激不尽，但是如此下去，对我军仍是大为不利。将军难道愿意南域将士都尽数殒命于此？”

虎遴汉叹了口气道：“虎某亦知如此，奈何君命难违。”

倚弦看说不动他，便转了个话题，问道：“倘若鬼方现在撤军的话，将军还会再继续坚持攻城吗？”

虎遴汉眼中精光一闪，断然道：“我军此战非是主力，乃是援助，若鬼方撤兵，我军也没有理由再行坚持，自无道理再纠缠下去。”

倚弦这才知道这虎遴汉也是年老成精，推说了半天，原来是想等待鬼方先撤军，然后再退兵，以免落人口实。

倚弦转而又道：“鄂侯面对这些问题，似乎总有些犹豫不定，难以下定主意。甚至多会听取旁人意见，不知将军如何认为呢？”

虎遴汉身躯微震，很快就恢复冷静，冷眼看向倚弦，语气坚决道：“鄂侯对虎某有知遇之恩，虎某无论如何都不会有负于他，故而只要是侯爷的决定，虎某都会支持到底。”

倚弦见他信念如此坚定，便不再多言，微微一笑，道：“将军对鄂侯果然忠心耿耿，鄂侯有将军此等臣子，实是南域大幸！”

虎遴汉淡淡道：“为人臣子，自当忠心效力。”

“既然如此，龙某已知将军心意，也不再打扰。将军好生歇息，龙某告退。”确定了虎遴汉的意思，倚弦觉得也没有必要再说什么。

“龙使节慢走！”虎遴汉目光闪烁，送了倚弦出帐。

倚弦回到土行孙营帐之中，两人早已等候多时，见到倚弦忙迎上前问道：“易大哥，发生什么事了？”

倚弦摇头说无事发生，然后随口道：“你们回去随便准备一下，因为随时都有可能撤军，免得到时候手忙脚乱。”

“撤军？”土行孙和紫菱两人同时一愣。

“不错。”倚弦点点头道，“此次战败，我敢说鬼方不日即将撤兵，而鬼方一撤，南域大军自没有理由还要待在这里，除了撤兵没有别的选择了。”

土行孙有些不敢相信道：“但鬼方如此辛辛苦苦偷袭西岐，更何况有南域联军相助，即便因为主将身死，也没有理由说撤兵便撤兵啊？”

倚弦淡笑道：“你也知道鬼方是偷袭啊，他们本来有不少手段认定能一举攻下西岐城，谁知此时不只兵败，更且主帅被杀，士气大落，以前所有布下的局全都没了，现在他们哪有什么信心攻下西岐？再说，主将一死，兵马内部便会出现无法统一的意见，内乱一旦出现，再强的兵马都会土崩瓦解！”

“哦，原来如此，易大哥说得对！”土行孙恍然大悟。

紫菱在一边不屑地道：“你现在才知道易大哥才智过人吗？真是笨得无药可救了。”

土行孙知道紫菱的厉害，不敢惹恼紫菱，只是低声嘟囔几句，没有话说。

倚弦没有理会他们之间的瞎闹，继续道：“我这几日恐怕都不会在，而且我迫不得已将那监军尤浑杀了，恐怕虎遴汉多日不见他会见疑，只能麻烦你们小心点，替我好生遮掩一下我的行踪，千万别让他看出破绽，免得再生事端，怎么样，没问题吧？”

“放心，保在我老土身上。”土行孙拍胸口自信地保证，顿了一下又问道，“易大哥怎么会将那混蛋杀了？难道他有什么特殊身份吗？”

倚弦暗思这老土近来也有些长进，能想到尤浑有问题，笑笑道：“他原本的身份是妖君厉煞，我昨晚被他瞧破行迹，若不杀他，我们和西岐都有危险，所以迫于无奈只能除去他了。”

“易大哥竟能将这等高手干掉，厉害！”土行孙倒抽了口冷气，他自然知道这妖君厉煞的厉害。

紫菱再次不屑道：“这有什么了不起，你别忘了祝蚺那老贼可也是易大哥干掉的。”

土行孙一愣，傻笑道：“也是，也是，厉煞再厉害应该稍逊祝蚺那老贼几分，又怎么会是易大哥的对手。”

倚弦对于背后出手杀祝蚺之事，虽不再钻牛角尖，但始终还是有些牵挂不安，不想再提这个，便道：“我要先回西岐城去见我的好兄弟，你们自己小心一点，留心一下附近是否会有妖宗高手出现。记住，不管有什么高手出现，你们都不要出手，只要小心戒备，等我回来。”

土行孙和紫菱点头称是。

“不知那耀阳现在怎么样了？”土行孙倒有点想念耀阳。

紫菱却甚不留心，只是有些不舍地倚弦离去。

“他现在很好，相信很快就可以跟你们见面了。”倚弦摸了摸沉睡在紫菱怀中的紫龙神兽，紫菱依依不舍地送他出了营帐。

乘着夜色，倚弦无声无息地回到西岐城的将军府，倚弦想到耀阳与三女分开日久，定是跟三位嫂嫂已经休息了，于是也没去找他，自己先回了耀阳替他准备的厢房中休息去了。

第二日清晨，天还蒙蒙亮，倚弦就已经起床了。

出了房门却发现耀阳迎面走来，讶道：“你小子怎么这么早就醒了，还以为你一定会睡到大天亮呢？”

耀阳苦笑道：“现在都什么时候了，哪有什么时间睡觉呢？”

两人并排走到后园，耀阳兴致勃勃地叫嚷道：“来来来，什么也别说，先来比划几招醒醒神，如何？”

倚弦丝毫不甘示弱道：“怕你不成，来就来！”

“那就来吧！”耀阳说完腾身而起，照准倚弦就是一记手刀斩出，炎热的刀气飞旋而出，向倚弦迎面而去。

“臭小子，竟敢偷袭？”倚弦喝骂着，身形回转，挥手一道冰寒的旋风“寒星变”破出，将袭来的刀气击破。

“这叫作出其不意！”耀阳丝毫没有脸红，默运“乾天龙炎诀”双手挥舞，两条奔腾狂舞的巨大炎龙呼啸而出向倚弦合围包去，以双龙夺珠之势欲要将他吞噬。倚弦自不会轻易如他意，身子忽地窜起，“回龙旋”环旋挥出，一片冰雪扬出，瞬间将周围冰封起来，仿佛形成了一个冰雪天地，两条炽热的炎龙一入冰寒极地，顿时威力大减，然后被倚弦轻松再加一掌击散。

耀阳早就窜身而起，紧迫而上，燃着炽白色烈焰的双拳如狂风暴雨般尽展而出，烈焰在空中舞出满天白影，瞬间白影落下，化成无数焰火，就如天空之中落下狂猛的流星火雨一般。这招是“幻殇法录”中记载的火神祝融的绝招之一“天火陨落”，耀阳以往就有所领悟，但并不熟练，还有很多不足之处，在死战中自不敢贸然使出，容易被敌人瞧准破绽，不过跟倚弦切磋的时候就没有这种顾忌了。

倚弦叹为观止，笑道：“还有这招？不错，就是好像有些破绽。”身影幻起，在火雨中任意穿驰，游刃于火雨不大的空隙中，毫不为满天火雨所阻。

耀阳既知这招并没练成，又怎会没有准备，挥手轻轻一指，五行玄能迸发，随之天空中飞逝而下的火雨突然停住，竟全部旋在半空中，围着倚弦在空中飞旋起来，所有的焰火都织成一片，形成一个以充满元能的焰火囚笼。

耀阳得意地笑道：“那这招‘困兽烈焰咒’怎么样？”

倚弦淡笑一声，道：“看来我不来点新玩意也不行了？看我的‘万剑旋舞’。”以指代剑，剑气纵横而出，刹那间剑光闪耀，无数剑气横冲不止，无坚不摧的剑气猛地逆转飞旋，利锋划破虚空，发出尖锐刺耳的厉啸声。

“噼噼啪啪……”骤然爆起脆声连响，空中倚弦的身子周围爆出了红白之光，剑气与焰火相撞的结果是一触即爆，形成一团团逐渐消融的火焰在空中消逝。

“好家伙……”耀阳吒喝一声，双手挥舞连连，无数条炎龙尽数挥出，满天都是燃烧着的炎龙，怒啸着向倚弦吞噬而去。

倚弦低笑一声，指剑舞动间，冰寒剑气崩出，剑气刚出就凝结成冰剑，冰剑舞出冰霜连天，晶莹的雪花飞舞，冰剑卷舞着炎龙化为虚无。

两人没有任何顾忌，都试验着刚刚学会或者还未学成的新招，一时间各种招式尽出，冰雪烈焰满天而舞，但在两人的控制之下，所有的攻击都只限定在一定的范围之内，无法逸出十丈的范围。

两人比拼，各自拿出所能拿出的法术招式，都奈何不了对方。两人同出一源，又所学各异，同是以强悍无匹的归元异能和浩瀚玄奥的《轩辕图录》为基础，都具有能压倒一切的威势，但耀阳多了分睥睨天下的龙脉霸气和变幻莫测的《幻殇法录》之助，虽然各自擅长范围不同，但还是以磨合“龙刃诛神”后的倚弦稍高一筹。

冰火消融，倚弦和耀阳再拼一招，耀阳倏地后退几丈，大笑道：“好好，真是爽快，今日有事，就此作罢，下次真跟你分个高低。”

倚弦微微一笑，飘然落下。

耀阳喘口气，奇道：“小倚，不知为什么，我总感觉自己的招法仿佛都在你灵觉映射范围之内，徒然让我生出无法把握你的高深莫测感！”

倚弦思量片刻，道：“或许是因为‘龙刃诛神’的缘故！”

“龙刃诛神？”耀阳眼前一亮，道，“只听这个名字就知道一定是个非常棒的神兵利器，一定是你昨日在鬼方阵营施展出来的紫芒宝物！”

“是的！”倚弦点了点头，思感一动，“龙刃诛神”立现，顿时紫芒横溢，龙吟作响，淡淡的冉冉紫色光晕中，依稀可见一柄六尺宽刃长剑的绝世神兵模样，尤其是倚弦挥舞间流泻出的灵光乍现，更让耀阳羡慕不已。

耀阳苦笑一叹，道：“如果你用这玩意与我相搏，想来不用三两个回合就会被你彻底摆平了”

“没有你说得那么夸张！”倚弦淡笑道：“这是我机缘巧合之下所得，我估计你方才所说的现象就是因为龙刃通灵日久的原因，在我跟它之间似乎总有某种说不清的联系，我也弄不明白这叫什么现象！”

“乖乖……”耀阳忍不住伸手过去想触碰一下，哪知当他的手靠近“龙刃诛神”不到尺余距离，龙刃诛神居然无来由的自振嗡响，其音清脆悠扬，竟不似有敌意一般。

耀阳更是感慨道：“奇怪，它难道也知道我们是好兄弟不成！”

倚弦也不明白怎么回事，摇头道：“不清楚怎么回事，我虽然是个主人，但是对它却是丝毫不知，真是一点也没有办法！”

耀阳无限羡慕地说道：“有总好过没有啊，唉，我现在就缺像这样的神兵利器在手……算了，小倚收起来吧，免得我看了嫉妒！”

倚弦灵觉一动，便收了“龙刃诛神”，兄弟俩歇了口气，倚弦便将昨晚虎遴汉的意思说了出来，道：“以我所见，老谋深算的虎遴汉绝对不愿意被拖在西岐，只是碍于君命，不可能在鬼方退兵之前撤军。”

耀阳点头道：“不错，如果是我也不可能跟西岐死战，没一点好处，虎遴汉不是笨蛋，他绝对不会做这样的蠢事。”

倚弦道：“所以只要鬼方退兵，南域军自然也不可能再跟西岐纠缠下去，西岐即可无忧。”

耀阳道：“的确，现在首要任务就是逼鬼方退兵。”

倚弦大有深意地看了耀阳一眼，道：“其实此时要让鬼方退兵，有个至为关键的人物！”

第九十三章　重临武库

“谁?”耀阳低声问了一句，但他其又何尝不知倚弦所说的是何人?

倚弦笑了笑，道：“你别告诉我不知道，除了鬼方玉璇公主还会有谁?此女是以鬼方公主之贵，拜‘奇湖主人’为师，身份地位之高更在那已死的利茸之上，兼之其才智过人，又懂兵法，现在身份暴露后，除她之外还有谁能担当鬼方主帅?”

“但是她毕竟是一个女流之辈……”耀阳一旦想起她的感觉就非常古怪，分不清是喜是恼，是爱是恨。

倚弦继续道：“只要我们能控制玉璇公主，如此不利的情况下，鬼方退兵就成定案，我们再也不需要多行杀戮战伐之事。”

耀阳苦笑一下，道：“我知道!”

倚弦安慰地拍拍耀阳的肩膀，道：“我相信你一定能办到的!”

耀阳苦笑道：“能不能换个其他办法?”

倚弦拍了一下他的头道：“胆小鬼，怕什么，该面对的始终是要面对的，还真怕她吃了你不成?”

耀阳嚷道：“你说的轻巧，这种事哪是胆大胆小的问题?”

倚弦笑道：“好了，凭你耀大情圣的本事，这点小事还办不成吗?”

耀阳笑骂道：“你小子就会说。”

是夜，耀阳与倚弦二人遁至鬼方阵营范围，隐遁进入营中。以两人的强势修为，鬼方军中自是无人能看破他们的行踪。

鬼方上下兵将都是一身缟素，显然是因为主将利茸之死所致。两人摸索着进入阵营中，转了几个圈才找到主帐所在。主帐里面有不少人，正在窃窃私语不停，虽然倚弦和耀阳对自己的修为有足够的自信，但他们现在既然在帐外亦能清晰听到里面的一切，自然没必要冒险进去。

从营帐缝隙中看去，利茸的灵柩静静地放在主帅的位置上，众将虽然跪在地上，但此时显然并不是为了利茸之死而感到悲切，反而大有忿忿不平之色。

其中一名年长的将领说道："我等堂堂七尺男儿岂能听一名无知女子之言，她名义上虽是公主，但女子岂能参与政事？当时利茸大将军对她言听计从，我等就觉得不妥，如今将军阵亡，导致我军大败，末将认为其责在她！"

帐外的兄弟俩有些奇怪，原来鬼方议事居然会说中原汉语，而且听这位将领一席话说来，还很是流畅，更让兄弟俩惊诧不已。

另一将领也随后说道："不错，西岐历经数百年而存在，为殷商之四大诸侯之一，如今西伯侯从朝歌生还西岐，更是实力大增，我军选择与之交战本是非常错误的举动！"

倚弦和耀阳对视一眼，看得出对方都有讶异之色，看来玉璇想要控制鬼方大军也有难度，毕竟身为女儿身直接干涉军政，本来就是惊世骇俗之事。不想想以太姜的能力和威望也从不在西岐君臣台前出现，更不用说九尾狐也要靠纣王下命才能为所欲为。不过他们也奇怪，这个关键时候，玉璇怎会不在鬼方阵营？

这名将领继续道："真不明白，为什么一定要去攻打西岐。鬼方与西岐素来交好，为此而得罪西岐，实在不值得。甚至公主如果真的结亲西岐，那才的确是为鬼方造福！"

众将议论纷纷，无不随之表示不愿听从一女子之言。

此时，帐外有脚步声响传来，顿时帐内变得鸦雀无声，再无一人吭声。

果然，玉璇此时施施然进了军帐，丝毫没理会一众将领，先是在利茸灵枢前拜了几拜，接着赫然转身，俏目含煞，冷眼观望众将。众将不敢言语，无不暗有森冷之感，冷汗直下，毫无刚才的不平之色。

“谁能告诉本公主，为何你们胆敢擅自做主，带兵从战场中撤走，坏我大局？本公主早就严令此战不胜不退，谁给你们权力退兵的？难道你们想造反不成？”玉璇淡淡的口气中露出强烈的不悦。

众将皆敢怒不敢言。

玉璇冷眼扫过众将，突然厉声喝道：“你们竟将我的话当成耳边风了？一退数十里，你们究竟还算是我鬼方将士吗？不守军令者，该当何罪，你们自己说。”厉喝中，无形中魔能散发，威慑着在场众将。

众将冷汗浃背，完全不敢吭声。

倚弦和耀阳是何等修为，立即看出玉璇竟是用魔能在压制众将，达到自如控制他们的目的，不由感到悲愤填膺。

此时，一阵干咳声蓦地响起，同时一股无名玄能应运而生，异常强大的元能力量透体而出，竟将玉璇释放出的魔能尽数顶住，甚至还压过了玉璇。

“公主此言差矣！此战主将并非公主，乃是利茸将军。公主虽是尊贵，但是并不能代行军令。利茸将军既死，我军自要根据当时形势做出正确的选择。”随着语声响起，角落旁一名少年将领缓缓站起身来，双眼精芒迥然，傲然与玉璇对视，毫无退缩之意。

两兄弟大愣，那少年生就一脸方正刚直的面相，乃是中原人的长相，与鬼方生就粗犷飞扬的其他鬼方将士比起来，自是多了一股刚柔并济的英姿，给他们一种很是熟悉的感觉，感觉应该是以前见过的熟人，但是却怎么也想不起来此人究竟是谁。两人互相传音相问，都表示有同感。

玉璇愕然，斥道：“胡杨，你不过是一个汉人，戴罪之身立功受封为将，有什么资格在这里大呼小叫，凭什么认为本公主连让你们办事的权力也没有？”

帐外的耀阳与倚弦此时才明白，原来鬼方众将以中原汉语交谈，是因为他们其中有汉人将领的缘故。

“非也!”胡杨完全不惧玉璇的责怒，振振有辞道，“公主欲让我等各人做什么事，我等自不会违逆，而且乐意之至，但是既然牵涉到军国大事，自然不能由得公主乱来!”

“乱来?”玉璇脸如寒霜，显是恼怒异常。

胡杨双眼精光闪烁，盯着玉璇道：“胡杨很想请问公主一个问题，不知公主可否见教?”

玉璇冷冷道：“什么事情?”

胡杨毅然道：“我鬼方倾尽全国之力不过十万将士，守国尚可，但远不足以向外扩张。而吾国鬼方与西岐素有交情，本不应为图蝇头小利而刀戈相见。既然出兵西岐，也要查看形势，若西岐势弱，自可以乘火打劫，以争取我鬼方最大的利益。但现在西岐势强城坚，姬昌更甚得民心，新有大将耀阳，实力强悍，远非我鬼方可比。我军一战而受挫折，利茸将军阵亡，士气大落，若与西岐再纠缠下去，必定死伤惨重。到时就算破了西岐，最后得好处的也只是殷商朝歌和崇侯虎，对我国一点好处也欠奉，还会导致我国实力大损，更有受制于人，甚至有灭国之危。此等损人不利己之事，公主硬要行之，其导致的后果严重，不知有何居心?”

玉璇闻言一愣，她记得以前见过胡杨几次，他理应不可能像现在这样侃侃而谈，更不应该有今日足以对抗自己的这般修为。

“胡杨，你敢侮蔑本公主?”玉璇怒斥，压住心中疑问，俏目精光隐闪，负手背后玉指轻拈魔功，暗中一股强大的魔能向胡杨涌去，周围各将皆因此而被迫退步。谁知魔能一到胡杨周围三丈左右，就再也无法寸进，看来胡杨已经默不动声中布下了坚固非常的结界，任她将魔能如何变化，都难以侵入胡杨身前三丈范围之内。

胡杨丝毫不受魔能攻击的影响，依然淡笑如常道：“公主此言差矣，胡杨从未侮蔑过公主，只是就事论事。也许，公主另有妙策也未可知。只是我等不如公主这般智慧，无法看透公主的想法。为了保住我鬼方万千儿郎的生命，只能用最稳妥的方法。主将即亡，攻城不利，敌军大勇，不退更待何时？我鬼方将士可以为国捐躯，但不应该白白送死。公主毕竟身不在军中，自是无法知道我军情况，做出与我军大局不同的决定也甚是正常，然而，公主的决定也不应威胁到我鬼方一国的生死存亡。”

玉璇大怒，喝道：“你就会胡说八道，别以为这样就能摆脱罪名，想不到你身为鬼方大将，竟如此推脱责任？真是丢我鬼方大军之脸。”她当然知道胡杨肯定是来意不善，奈何刚才无法压倒胡杨，而且当着反对自己的众将面前，她又不便使出破坏力更强的法道秘术。

胡杨朗声道：“败军之责，胡某不敢推脱，其他罪名任由公主说。但胡某宁可被公主惩罚，回鬼方请罪，也决不会让我鬼方将士白白送死。胡某成为千古罪人事小，重要的是吾国鬼方日后之安危。这一点还请公主原谅。”

“你……哼，本公主现在不会为难你，但是回到国中，你别想再借词搪塞，此战之罪，以你为最！”玉璇自不可能真的出手，以胡杨表现出来的修为，她也未必能奈何得了他，实在没必要为此再落下一个私自降罪的坏名。

胡杨不卑不亢地道：“只要我鬼方大局向有利方向发展，胡杨可领败军之战的主责，虽死无憾。”

“这样就好！”玉璇无法用魔能压制胡杨，虽有辩才，但事实上的情况都不足以支持她跟胡杨再争辩下去，何况旁边还有那些一直有抵触情绪的众将，无论如何，她绝不可能在口头上讨得了便宜，以她的才智自然知道不应该再纠缠下去。

鬼方众将见胡杨竟将公主的气焰压下，大是兴奋，隐有得意之色，相互间也开始私语不断。

“安静！”玉璇脸色一黑，双目含煞扫过众人，喝道，“你们不要高兴得太早，我表哥利茸败亡，我军大败，西岐城长攻不下。这等罪责，岂是轻易可消的？你们还不如想想如何将功赎罪才是。”

玉璇喝声严厉，一班将领竟噤若寒蝉，唯唯诺诺地不敢多话。

胡杨看得浓眉一皱。

玉璇脸色阴沉，哼道：“我会即刻修书一封回去请示父王，你们最好等我父王的旨意下来再做决断，否则，哼，后果自负！”魔能蓦地一发即收，转身拂袖，离帐而去。

帐内众将见玉璇离去，对胡杨大是赞赏，纷纷称道胡杨乃是少年英才，鬼方国未来的栋梁，前途不可限量。胡杨只是浮起淡淡苦笑，道：“各位将军过奖了，胡杨不过小子一个，哪比得上各位将军。不过，现在我们应该拿个主意，究竟之后该怎么做？”

“这个……”几个将领苦思，然后提出不同意见，然而很快被其他人轻易驳倒。一时议论纷纷，喧闹之声越来越大，争执此起彼伏。毕竟主将已死，没有人可以拿定主意，或有较好意见，但其他人未必肯服。

一时场面杂乱不堪，建议虽然不少，但是废话更多，甚至还有人相互攻击，又有人想将败军责任推到别人身上。这样的情况连帐外的倚弦和耀阳看了都不由摇头不已，深知鬼方已乱，是否退兵都已经并不重要了。

看着眼前的一片混乱，胡杨虽然很想出声阻止，却没人理他。以他的资历，在这些将领面前说话哪有什么分量。胡杨一脸失望的表情尤甚，禁不住若有所思地叹了一口气，对他们现在的境况，或许只有用像公主这样的强硬手段才能行得通，可惜她意图不轨，对鬼方大局影响不好。若他胡杨学公主，无论从他的身份、地位还是资历来看都是不可能的，毕竟玉璇公主乃是鬼方王之女。

没想到两兄弟要做的事情，现在被这个胡杨搞定，倚弦和耀阳都松了一口气。倚弦思感灵识对胡杨尤其熟悉，正想细细探究他到底是何人，却早已被耀阳一把抓了过去，远远地追在玉璇后面。

“你干吗？既然鬼方大军不再行动，事情就已经基本解决，我们何必还要跟着鬼方公主。不如先回西岐城去，那里战后应该还有许多事情要做。”倚弦纳闷地说道。

耀阳语出惊人，沉声道：“我要杀了她！”

倚弦吓了一跳，问道：“什么？你要杀她，你现在怎会突然想到杀她？”

耀阳无奈一叹道：“你刚才也看到了，鬼方诸将都不想再攻西岐，但是在玉璇威慑之下，他们还是不得不为之。而且鬼方王是玉璇之父，谁知会不会一下子利令智昏，听从女儿的话强攻西岐。留着玉璇始终太过危险，不如趁早除去这个后患。只要玉璇一死，鬼方大军必退，南域大军也就没有理由继续留下。西岐之围不战自解。”

倚弦看向耀阳，疑惑的问道：“你真的下得了手？”

耀阳毅然点头道：“当然！”不过，说话之际，他的脸却扭到了另一边。

“这样就好。”倚弦一拍耀阳的肩膀，叹了口气。其实他又怎么会猜不到好兄弟的心思，以耀阳的性格虽然对敌人可以出手无情，但绝不会真的向一个对他有感觉的女人痛下杀手。这也不过是搪塞之词，不过做兄弟的当然不会在耀阳心烦意乱的时候拆穿他的想法。

既然不能拆穿，倚弦当然只能跟着耀阳跟踪玉璇了。

出了鬼方军营，玉璇没有任何的犹豫，风遁快速前行。

耀阳奇道：“她这是去哪里？”

“不知道！”倚弦摇摇头，突然想起她与“奇湖主人”幻面人在落月谷见面的事情，疑道，“难道她是去‘落月谷’，但这又不大可能，‘落月谷’现在已是人去谷空，她这个时候去干吗？”

耀阳推测道：“的确，这个时候她去‘落月谷’根本是没必要的事情。但有无可能她是去找南域联军大营呢？如果她还想继续攻打西岐，这不无可能。”

倚弦神色一紧，担心道：“我怕的就是这个，现在紫菱和老土还带着濮国兵马置留在那里，一旦这鬼方公主将我的身份泄漏，恐怕虎遴汉会对他们不利。虽然以紫菱和老土的修为脱身自是不难，但那一万濮国大军却危险了。而且这样亦会导致濮国与南域交恶，实在不妥。如果她真要去南域联军大营，我们必须在她到达之前阻止她。”

“嗯。”耀阳应了一声，双眼紧盯着前方五丈开外的玉璇。

玉璇果然没有去“落月谷”，相反却是遁往西南方向，也是通向南域联军大营的方向。

倚弦大惊失色，道：“难道她真的是去南域联军大营？”

耀阳周身一震，盯着玉璇道："看来我们要去阻止她。"

"真的要？"倚弦转头问道，神色一脸凝重。

耀阳苦笑一声道："唉，我的想法都瞒不过去。不过你用不着表现出这副模样，阻止她并非一定要将她杀了不可，其他方法大把有的是。"

倚弦窃笑道："对嘛，以后有什么想法就早点说，以免到时候出差错！"

耀阳听出倚弦话中的揶揄含义，无奈地打个哈哈，聚齐五行玄能道："动手吧……"

"等等！"倚弦突然抓住耀阳的手，讶道，"看来她不是去南域联军方向的。"

果然，玉璇从旁遁过南域大军的营地，径直往南而去。

耀阳讶道："她不是去南域联军大营，那是去哪里？"

"不知道。"倚弦只能摇头。

兄弟俩不明就里，只能一路跟了过去。

玉璇身形如幻，迅速前进，没有任何迟疑，显然她有确定的目的地。不过这个时候她会去哪里呢？

耀阳与倚弦对视一眼，一脸疑问继续跟了上去。

玉璇的身法不慢，转眼间就行了不知多少路程，而她的目的地也逐渐明确起来。倚弦竟发现她去的赫然竟是南域方向。耀阳和倚弦大疑，她在这个关键时候去南域做什么？

玉璇身形飞驰，很快进入了南域境内，之后却突然停住，遁空落下身形。耀阳和倚弦大惊，还以为他们的行踪被她发现了。但倚弦观望四周，转而惊讶道："这里是牛头山，她怎么会来这里呢？"

耀阳问道："什么牛头山？"

倚弦再度巡视片刻，眉头微皱道："不错，这里就是牛头山，也是祝蚺被我所杀之处，难道是祝融氏因为祝蚺之死而出什么乱子？"

耀阳不以为然地撇撇嘴，道："这关我们什么事？祝蚺这家伙死得活该，用不着我们替他担心。至于祝融氏，那些家伙更是越乱越好，免得为三界多生事端。”

倚弦摇头道：“你岂能这样幸灾乐祸，祝蚺虽是恶人，但其他祝融氏的族人又怎么会都该死呢，若为了自身利益希望他们大乱，此实不是正人君子所为。”

耀阳拍了拍倚弦的肩膀，叹道：“你就这点死脑筋，不知在替他们担心什么？你不想想有炎氏遭受多少苦难，若是老土听到你这么说，又会如何想呢，你还不如多想想老土的心情。何况祝融氏必是你我死敌，将来难免会与他们交战，我自不愿他们实力太强，以免白白牺牲我们啊。你悲天悯人也得要看对象啊，总不成为了敌方而不顾自己人的安危吧？”

倚弦呸骂道：“你小子就会替我编织罪名，明知道我不会这么想的。”

耀阳一笑道：“我这不是故意冤枉你，只是想到的比较多，跟你担心的不同而已。”

倚弦淡笑道：“你倒是比以前成熟了不少。”

耀阳耸耸肩，故作沧桑地叹道：“看看我的经历就知道了！”

倚弦没好气道：“好了，别再吹，咱们还是小心点跟着，别让她发现了。”

耀阳点点头，继续尾随而上。

玉璇到了牛头山之后，行动甚是谨慎，鬼鬼祟祟的似乎有些忌惮，倚弦和耀阳刚开始还有些奇怪她为何这样，但很快就知道了，因为他们同样感觉到不同元能的波动，正感到诧异时，玉璇的身影突然闪入山林之中，两人同时警觉，也随着藏匿了起来。

两人刚闪身树后，就见山路上有一批人风驰而过，其中几个倚弦和耀阳都认识，他们是神玄两宗的弟子。紧接着不久，又有不同魔门妖宗的人分别经过，倒是唯独不见祝融氏的人。

“他们都是为了伏羲武库而来？”倚弦不由产生这样的疑问。

等四宗的人分别经过后，玉璇再次行动，开始向地宫方向前进。倚弦越发肯定她同样是为了“伏羲武库”而来。

过了一阵子，到了通往地宫的山洞外，玉璇隐身于林中，他们跟着自然也不会出去。此时的山洞外不少应该是独来独往的魔门妖宗的人在打转，有些在山洞外转悠半天，欲进又退，时而向洞内张望，两兄弟推测洞内必定有人把守，让这些本就相互猜忌的魔门妖宗等人不敢轻入。

不只是魔妖二道，就连神玄两宗的弟子也静静地守在远处，无时无刻不在注视着这边，静静看着山洞这里形势的发展，只是没像其他魔妖那般浮躁。

虽然看起来几方都没有起什么冲突，但很明显只是因为几方相互忌惮牵涉罢了，事实上可以说是剑拔弩张、危机四伏，一个弄不好就会将神玄魔妖四宗都卷入纷争之中。

耀阳不明就里，疑道：“这些家伙在这里干吗?”

倚弦面色凝重道：“我想是因为‘伏羲武库’的原因，这些人恐怕没一个不对‘伏羲武库’觊觎非常的。”

“伏羲武库?”耀阳一愣，想起姜子牙所说关于伏羲的传说，大为震撼，他虽知倚弦杀了祝蚺之事，但具体情况如何，倚弦一直没有时间说，耀阳自然不知道关于“伏羲武库”的事情。

倚弦简单地将“伏羲武库”的情况告诉耀阳，奇怪说道：“‘伏羲武库’中其实基本上都已经空了，他们为了一个空的宝库还劳师动众，又何必呢?”

耀阳眼中精光一闪，道：“我敢肯定这‘伏羲武库’决不简单，像伏羲这样的人物，怎么会只留下这么一个空壳呢，里面定是有些让他们感兴趣的东西。”

倚弦点头道：“我想也是……”心中正想到什么，眼前却突然见到熟悉的身影一晃，不由一怔。

耀阳一眼扫过不远处的一众玄宗弟子，打趣道：“耶，小倚，有没有看到我们可人的幽云公主啊?”

倚弦没好气的并不回答，却皱眉看着前面，耀阳大奇，顺着倚弦的视线看过去，却见到是魔门防风氏的月娇与姮姮两姐妹。

倚弦看着月娇实在是感觉复杂难明，似乎有那么一丝情意，又有所牵挂，却还是怕见到她，这种感觉实在是酸甜夹杂，纠缠不清。

耀阳本是多情种子，如何看不出倚弦那微妙的变化，“嘿嘿”笑道：“怎么，碰到熟人了，哈，月魔女，我认识啰！”

倚弦瞪了他一眼，正要说话，却猛然心中警觉顿生。耀阳同时惊觉不对，回首望去——

“两位好兴致啊，真高兴能在此时此地见到两位三界后起之秀！”玉璇突如其来的声音让两人一怔，他们立即明白，刚才由于突来的震惊让两人思感杂念溢出，由此泄漏了行踪，而被玉璇察觉到了。

耀阳和倚弦对望一眼，有些无奈地撤去“隐遁术”，从树后走出。

玉璇含笑看着两人，仿佛丝毫没有介意正是因为这两人而导致鬼方兵败。而耀阳更是双眼迥然，紧紧盯着她。

玉璇完全无视耀阳炯炯逼视的目光，娇笑道：“两位跟踪玉璇这么久，不知有何贵干啊？”

此时，耀阳却没有往日那么健谈，有所迟疑的没有出声。

倚弦看了耀阳一眼，趋前淡笑道：“但不知玉璇公主何以认为我们在跟踪公主？”

玉璇用纤纤玉手掩嘴笑道：“易先生真会开玩笑，如果两位这么长时间跟在玉璇后面不叫跟踪的话，那还有什么可以称之为跟踪的？”

倚弦对此不表意见，道：“公主真是能言善道，易某自认说不过公主，也不与公主争辩。不过公主既然已经叫我们现身，不会只是单纯地指责我们吧？”

玉璇欣然道：“跟聪明人说话果然轻松，不必再费神绕圈子。”

倚弦请手一礼，道：“还请公主直说正题。”

玉璇俏目一瞥耀阳，道：“其实也没什么，两位想必也知‘伏羲武库’之事，现在神魔玄妖四宗无不是磨刀霍霍，想要将之占为己有，不容其他人再插手。玉璇实想入内看看，奈何法道修为实在不够，进去固然可以，但恐怕不能如愿进得武库。所以想请你们帮忙，不知两位意下如何？”

倚弦还未说话，耀阳不忿前些日子为玉璇所骗，断然出声否决道：“玉璇……公主，我们既然互为敌对，我们为何要帮助公主？我觉得我们反而应该尽量破坏公主的行动才是正常的。”

玉璇脸上抹过一点看不出的红晕，作出伤心欲泣的模样，道：“耀将军还真狠心，你难道忘了前日我们一夜风流，玉璇将宝贵的处子之身献予将军，这还不足以让将军帮忙吗？”

耀阳没想到玉璇会这样没有任何遮掩地说出来，顿时无语以对，当场尴尬得不知所措。倚弦看了暗叹，知道耀阳对玉璇必定有感情，否则以他的能言善辩，怎么可能会被问得没话说呢？

不过做兄弟的被说得这么理亏无语，倚弦自不会袖手旁观，道：“公主此言差矣，男女之事本就是你情我愿，耀阳并没强迫公主，若是公主不愿意，又怎么发生此事？既然公主自愿主动献身，那就断无道理以此为要挟吧？”

玉璇一时为之语塞，沉默半晌，缓缓问道：“两位真的不愿帮玉璇吗？”

倚弦淡然道：“不是我们不愿帮，不过我们还不知究竟怎么回事，如何帮公主呢？我们要合作自然没有什么问题，但若是公主叫我们去将西岐攻下，那我们难道也要照办？”他也想从玉璇口中套出事情的来龙去脉，不想断然拒绝。耀阳郁闷地瞥了倚弦一眼，知道他的意图，有些无可奈何。

玉璇脸色转霁，眼中荧光流动，朦胧地看向耀阳，微笑道：“易先生说话真风趣，比木头一样的耀将军强多了。”

耀阳从未被人说过口才不行，不由一阵气结，看着玉璇笑中含情的神色，又一阵心软，拿她没办法，只能无奈地瞪她一眼。

玉璇“呵呵”一笑，道：“玉璇怎么会让两位做这样的事情呢？”

倚弦沉声问道：“那公主究竟意欲何为？”

玉璇公主道：“玉璇刚才已经说了呀，想让两位帮玉璇进入‘伏羲武库’。”

这次连倚弦也苦笑不得，气恼道：“我们知道，但公主要进武库做什么？”

玉璇俏目睁大，恍然大悟道：“原来你问这个，何不早说？搞了半天，你们还不知道‘轩辕剑’的事情！”

“轩辕剑？”耀阳闻言眼前一亮。

倚弦无奈道：“公主现在不妨直接说？”

玉璇见已经将他们的好奇心调起，也不再扯开话题，浅笑道：“两位可知‘轩辕重现，天下一统’的传说。”

“轩辕重现，天下一统？”两人齐齐惊道。

玉璇悠然道：“不错，一把能改变天地的轩辕剑足以让三界的人为之疯狂，包括神魔玄妖四宗的所有人。”

两兄弟深吸了口气，三界四宗的大事近来是越来越多，也越来越大了。倚弦亦想到那日落月谷中“奇湖主人”说的话，心中更是震惊，沉住气问道：“你也想得到那把剑吗？”

玉璇笑着摇头道：“玉璇没这种本事，自是不必趟这样的混水，只是想借此为自己开条路而已。”

“此话怎讲？”两兄弟俱是一愣。

玉璇神色一黯，道：“你们可知此次鬼方强攻西岐是何人的主意？”

耀阳道：“不就是你父王吗？”

玉璇一叹道：“非也，我父王年事已大，素与西岐交厚，如何肯冒着大损国力的危险跟西岐闹翻，更别说如此倾国之力以攻西岐。这对我国有何好处？”

耀阳愕然道：“难道你说的毫垄之事是真的？”

“他？”玉璇冷笑道，“他的确有这个心，却没这个能力和胆量，凭他哪能威胁我父王出兵？”

耀阳更惊讶道：“如果连毫垄都不是，那还会是谁呢？别跟我说是你。”

玉璇苦笑道：“玉璇不过是个小女子，能和本国国民平安快乐地度过这一生就足矣，对此争权夺利之事并无任何兴趣，反正最终得益的决不可能是个女子。”

倚弦肃然问道：“公主不必再兜圈子，不若直接一点如何?”

玉璇无奈说道：“是我师傅。”

“什么，‘奇湖主人’陆压?”耀阳和倚弦同时惊道。

玉璇点头道：“不错!”

耀阳疑道：“他不过只是你的师傅而已，并没有权力影响鬼方的军政啊?据我所知四宗中人都没有直接左右各国行动的，他们只能在背后支持，或是出谋划策，试问陆压岂敢轻易冒此大不韪。”

玉璇淡淡道：“他根本不需要亲自出手，而是直接控制我便可，通过我这个公主的身份去左右一切，所以并不用担心会因此坏了三界的规矩。”

兄弟俩一怔，齐声惊问：“控制你?”

玉璇黯然道：“十数年之前，我还是孩子的时候，父王替我请了一名师傅教导，他就是陆压。刚开始他在我身上就下了一道护咒，据说能保护我脱离危险，直到我大了之后才晓得这哪里是什么护咒，分明就是用来控制我灵魄的禁制。”

耀阳心中一痛：“禁制?”

玉璇有些黯然伤神道：“有了这道禁制，虽然本体还是我自己，但很多事情却不由得我自己做主，他根本不怕我悖逆他的意思。之前，我一直视他如父，却怎么也没料到他从开始就只想利用我的身份。毕竟是他从小教导我成长的，我到现在并不恨他，但是我鬼方一国却决不能因此而自取灭亡。”

耀阳半信半疑地问道：“那又如何?”

玉璇道：“此时，伏羲武库开启、轩辕剑重现已吸引了他的注意力，正是可以趁此良机去到武库中取一样宝物法器，才能借法器破去禁制，摆脱他的挟制，想不到这么难得能够机缘巧合碰上你们，所以想请两位帮忙。”

两兄弟狐疑地对视一眼，对这些话的真实性他们始终抱着将信将疑的态度。

"算了，这些姑且不说吧！"玉璇突然话题一转，问道，"你们可知道轩辕剑的来历吗？"

耀阳记得曾听姜子牙说过，便道："轩辕剑是当年的玄宗第一人——轩辕黄帝亲手所制，据说是一柄三界闻名的神兵利器！"

玉璇点头道："轩辕黄帝本是玄宗创始人广成子之徒，而当时可谓三界第一人的广成子一生也就只收了他这么一个亲传弟子。轩辕当年甚是年青，修道时间较短，虽然拥有能与刑天、伏羲和广成子相媲美的盖世天赋，但毕竟还不是修为达数千年而且拥有归元魔璧的蚩尤敌手，曾经数度败于蚩尤。最后，轩辕黄帝集天地三界之灵材，日夜不眠，花费九百九十九天的时间亲手炼出三界中唯一能跟'龙刃诛神'相比的神器，终将蚩尤击败，最后一统华夏。此剑就是轩辕剑了！"

"轩辕剑？一统华夏？"耀阳眼中一亮。

玉璇大有深意地看了耀阳一眼，继续道："据说自轩辕黄帝如伏羲、广成子般证道而消失于三界之后，轩辕剑也没于尘世，从此不见踪迹，但谁也没料到居然会在'伏羲武库'出现，此剑一出，天下断无太平之可能，神魔玄妖四宗恐怕没有一个肯轻易放手。"

倚弦疑道："这怎么可能，为了一把剑，神魔玄妖怎么会轻易开启战端，当时即使'龙刃诛神'出世，也无此等盛事？"

玉璇淡淡道："易先生有所不知，'龙刃诛神'与'轩辕剑'同为三界最强神器，但两者甚有区别。'龙刃诛神'功在诛神，意指拥有此剑的人，将会得到诛神之力，不过，毕竟这是个人实力问题，并没有说能因此有多大的分量。即使强如刑天，没有魔门五族的支持，也根本不可能搅出神魔大战这样的大事，而且龙刃诛神重缘，若不能遇到有缘之人，即使拿到了也无法为之启锋。但轩辕剑就不同了，据说'得轩辕剑者得天下'，无论是谁只要得到轩辕剑，在人界之中的威望可以立即攀升到无人所能企及的地步，因为别人根本不知持剑者是否已得到轩辕剑的承认，龙刃诛神若不能启锋，不过是普通神器而已，但轩辕剑不同，它只在乱世之中出现，一旦轩辕剑出，即是罕世神器，辅助剑主争霸天下。所以即使是有人得到轩辕剑，也必定有人要抢，因为在三界中人的心目中，这已不只是一把神兵利器，而是征战天下最大的筹码之一。”

耀阳大为动心，问道：“那难道未得轩辕剑承认也行?”

玉璇深深地看了他一眼，看得他不大自在，才道：“作为神器而言，轩辕剑不认主，威力不过只算普通神器而已。但是谁拿到之后都会自称是轩辕剑所认之人，到时声誉大振，对于争夺人界的掌控权却有莫大作用。所以间接地说来，三界四宗所争的不过是对人界的主导权而已。”

耀阳喃喃道：“果然是好东西。”

第九十四章　帝剑传说

倚弦知道他心动了，无奈地摇头一叹。

玉璇甜甜一笑，道：“玉璇没有这么大的野心，就算拿到轩辕剑也必然守不住，还会因此导致祸端，不过以耀将军的才能，如果得此三界神器，必是如虎添翼，若要建功立业更是易如反掌。”

耀阳眼中一亮，道：“不错，我还真没什么称手兵器，如果真有轩辕剑就再好不过了。”他早看倚弦那威风无比的龙刃诛神手痒了，这时听闻有能与龙刃诛神相比的神器哪能不心动，更何况这轩辕剑又有如此大用。

其实，倚弦心中也有此意，但他始终记得——他和祝蚺在武库中溜达了一圈，连个什么像样的神器也没见到，所以怎么也不信轩辕剑会在“伏羲武库”之中，问道：“你们怎么会肯定‘轩辕剑’便在这武库之中？”

玉璇淡笑道：“轩辕再世，剑气先出，近来‘伏羲武库’位置时常有从未有过的灵气盈散，法道修为高深的人自能感应到轩辕剑即将出世。”

倚弦更感疑惑，如果真是如此，为何他和祝蚺都毫无所得，也没有任何预兆。不过正是因此，他才更想去探个究竟。至于耀阳则更不用说，对那轩辕剑早已是垂涎三尺。

玉璇看到两人都有些心动，马上趁热打铁道：“其实你们帮我，并不需要怎么危险，只要你们隐去一身修为，然后幻化得稍微与现在这么玉树临风有些不同，便可以装作我的手下，由我带你们去见我师尊，到时你们就可以见机行事了。”

耀阳装作为难道：“这个难度有点高呀，你师尊是何等高手，我们一不小心就会被他察觉，到时恐怕连逃都困难。”

玉璇嗔道：“又不是叫你们去对付我师尊，不用这么为难吧？”

倚弦和耀阳对视几眼，无不暗思，这山洞之内恐怕都是一些了不得的超级怪物，仅一个陆压就足以让他们吃蹩。如果单凭他们的能耐，想要进洞是不可能之事，恐怕最后的结果也是像现在满山遍野这批人一样不得其门而入。

迟疑一下，心切拿到神兵的耀阳率先同意，倚弦也跟着点头。

玉璇欣然一笑，道：“那你们就跟着我来吧。”

耀阳和倚弦对视一眼，随即隐去全身法能，各自微微幻化了一些面容，跟在玉璇后面。玉璇回首嫣然一笑，施施然向山洞走去。

刚入洞府，果然出现了两个妖魔两宗的法道高手，拦住他们的去路，玉璇冷哼道：“怎么，连我都不认识吗？记得前些年，你们‘血殷双煞’还去我师尊的奇湖小筑做过客！”

那血殷双煞细细一看，认清楚玉璇的长相，立即惶恐地退下，道：“原来是玉璇小姐，我们兄弟怎会不认识，不过只是受主人之托，自然必须细心做事，以免有失，还请小姐勿要见罪，请进！”

玉璇大摇大摆带着耀阳与倚弦进了洞去，两人堂而皇之地垂头跟在后面，却不敢露出丝毫破绽。过了一段路，倚弦看着洞里洞外的妖魔都似相处很是融洽，啧啧称奇道：“妖魔两宗什么时候这么团结了。”

玉璇回首一笑，道：“其实从‘奇湖巨变’开始，妖魔两宗已经开始逐渐改变，求同存异，大家都想着集中实力以对抗神玄两宗。”

耀阳脸色一变，又马上嗤道：“妖魔两宗真能同心协力？那才叫见鬼呢。”

倚弦却忧心忡忡道：“妖魔两宗实力非同小可，如若他们真的联手，虽然仍是钩心斗角，暗争不断，但能够一起合力，便绝对不可小觑，而且这只是一个开始，如果出现一个实力超绝的人物驾驭统合他们的话，确实足以与神玄两宗争一个高下，天地三界恐怕将再次生变！”

耀阳何尝不知，叹道：“但愿这法道四宗的矛盾莫要搅了人界安宁才好！”

倚弦同样感慨倍至，心中一片茫然，揣测不出日后将会出现什么样的状况。

玉璇蓦地回头，杏目瞪了兄弟俩一眼，嗔道：“还说……小心点，否则到时候谁都救不了你们。”

兄弟俩当然知道里面有难惹的高手，不敢再出声，耀阳则立即做出噤若寒蝉之状，玉璇又好气又好笑，白了他一眼，翩然前行。

走了长长一段路，遇到好些个守着的妖魔两宗法道高手，不过他们知道玉璇是“奇湖主人”之徒后就不敢阻拦，放任他们进入。

进了地宫后，里面也到处是妖魔两宗、各族高手戒备。

随着玉璇前进，他们不久就到了有炎氏挖掘的地底甬道外，外面已经有一大群人了，都是妖魔两宗各族的顶尖人物。兄弟俩轻轻用余光扫了一遍，不由倒吸了一口冷气，见到了诸如“奇湖之主”陆压、通天教主、妖帝卓长风师徒、闻仲、刑天灭、淳于森、弈姬与化身妲己身形的九尾狐以及魔门其他四族年轻一辈的高手等人，却唯独不见祝融氏一族的身影，倚弦和耀阳也知道是怎么回事，只是奇怪，难道祝融氏还没选出新宗主不成？

倚弦一眼就看到在防风氏宗主弈姬身后的婥婥姮姮两姐妹，耀阳虽然不认识通天教主，却看到他身后默然立着一名跟他一般打扮的蒙面女子，思感灵识的感应莫名怪异，却又有些模糊不清。当然两兄弟也不可能会看不到他们两人都深深为之痛恨的申公豹在闻仲身后，不过这个时候他们也不可能表示什么。

兄弟俩知道在这些家伙面前，如果露出一点马脚，后果都不堪设想，不敢大意，低着头亦步亦趋跟着玉璇前进。他们毕竟是下奴出身，对于做下人的各个细节都甚是清楚，倒也没有露出什么破绽来。

众人正在说着邪神幽玄和祝融氏莫名缺席之事，玉璇缓缓到了陆压前面行礼道：“玉璇见过师尊！”

陆压点了点头，玉璇自觉到了他的身后站着，倚弦和耀阳跟在她身后，根本没人注意到他们的存在，倚弦微一侧身，看到了陆压身后的另一名女徒邓玉婵，玉璇与她互相打了个招呼，便不再作声。

陆压干咳了一声，吸引来众人的目光，道："好了，不管幽玄和祝融氏为何不来，现在我们都不能再等他们，开始讨论正事吧。"

淳于淼打个哈哈道："不知陆前辈有何打算？"

陆压并不理会他的问话，道："我们大家来此，无非都是为了讨论'伏羲武库'内宝物的归属，老夫不想倚老卖老，还是各位一起来说吧。"他这么说，无疑是想将辈分压在众人头上。

刑天灭眼神烁然，傲然道："我们刑天氏别的都可以不要，只要一把轩辕剑即可，其他的武库诸宝，大家都可拿去分了！"

九尾狐娇笑道："刑天兄，此言恐怕是走差了。可不是谁最先说话，谁就可以决定分什么的，其实大家都应该知道，武库中最能吸引大家的无非就是能跟龙刃诛神相提并论的'轩辕圣剑'，这把剑对我们跟神玄两宗争人界主导权有莫大用处。你们若要了轩辕剑，那我们还来干吗？"

淳于淼身后的淳于琰却哼道："说得好听，其实我们也可以只要一把轩辕剑的。"淳于淼回头瞪了他一眼，他撇撇嘴便不说话了。

其他人都没发什么言，但显然谁都不会同意。

刑天灭也不敢因此犯了众怒，道："所以，我认为大家都想要轩辕剑，但是圣剑只有一把，究竟给谁？"

弈姬冷静地说道："听闻轩辕剑能改变天下大势，给谁恐怕都不是很合适。"

刑天灭立即冷笑道："那难道我们因此就不要了？"

弈姬道："没说不要，但是这件事情一定要商量仔细了，否则大家天远地远的跑来这边，为了什么？"

闻仲沉声问道："不知陆兄和通天教主，有何高见？"他显然不肯矮人一辈，而且他直接问在场修为最深、稍有关系的两人，显然经过深思熟虑。

通天教主没有说话，陆压却哈哈一笑，道："老夫自认修为还可以，如果保管轩辕剑自是没有问题，不过各位如果有其他办法，也不妨说出来。”

九尾狐嘻笑道：“陆前辈看起来很有把握，不过关于轩辕剑的归属问题，恐怕不是这么容易便能解决的吧？”

陆压一脸不屑，反问道：“那不知你有什么办法？神玄两宗现在便在外面虎视眈眈，我们若是迟迟不能决定，恐会坐失良机，如若轩辕剑让神玄两宗得到，天下之势将不由我等决定。”

弈姬叹道：“这样下去，怎么可能得出什么结论，岂不是白白浪费时间吗？”

妖帝卓长风此时沉声道：“我辈在此争执，可知神玄两宗的人正在不断赶来，过不了多久，说不定连元始那老家伙也会出现，到时大家可就真是竹篮子打水一场空了。”

淳于森略加思忖，道：“至于神玄二宗，我们倒是暂时可以不予考虑，他们一向自持三界之主的姿态，非到万不得已都不会出面，尤其现在人界早已乱成一片，他们已经有些手忙脚乱，哪还顾得上一把轩辕剑！”

此言一出，立时招来不同的意见与争执。

“哈哈……不错，你们这一群蠢材！”

正当妖魔二道的众人始终无法达成妥协的时候，突然一阵怪笑声传来，接着就听到地宫外惨叫声声。

众人骇然间，一个幻面的黑衣老者如风而至，行动快如闪电，狂猛无匹的剽悍气势震惊了当场所有人。通天教主和刑天灭同时变色，不约而同全力运起魔能，两人惊人的魔能从四面八方向来者击去。

黑衣老者冷笑一声，不躲不闪，双手一扬，幻出一个巨型魔能结界，竟轻松接下两人合力的法能攻击，并在瞬间的功夫，将通天教主和刑天灭的合击魔能消融得无影无踪。

这一手完全镇住了在场所有的人，试问通天教主和刑天灭是何等高手，他们联手合击，这里可以说没有任何一个人能接得下，谁也无法料到黑衣老者竟是如此轻松就将两人的联手攻击化解，这等修为远比这里任何一人都高出数倍。而此人用的也是禀性纯粹的魔能，但是在三界之中，又有哪个魔门高手能有此等盖世修为呢？

黑衣老者才一动手，倚弦就立即想起此人正是当初在有炎氏祖祠出现的幻面黑衣老者，那个可怕到能将‘龙神’应龙生擒的家伙，不由骇然心跳。惊疑暗忖道：“他来这里干什么？”

耀阳更是震惊莫名，他看惯了平常这些妖魔二宗的高手，哪里还曾想到天地间除了神宗的几大高手之外，居然还有此等旷世高人！

众人不敢轻举妄动，惊疑不定地盯着来者。

黑衣老者负手立于众人之间，看着众人，阴冷地说道：“你们这群无可救药的蠢材，神玄二宗就要欺上门来了，你们还在争这个祸端，为了各自私利而不顾圣宗大业，难怪千数年来都被神玄两宗压得翻不了身。”

妖帝卓长风神色一动，恭敬地问道：“不知前辈是何方高人，还请不吝见教？”

黑衣老者望着卓长风良久，神色略见迟疑，大袖一挥，口气略显柔和道：“你别管我是谁？守住自己本分便好！”说到这里，黑衣老者又回头扫视众人，厉声道：“不论是魔还是妖，现在我圣宗的危机就在眼前，你们还在此处争个不停，实在是自己找死，真是愚蠢透顶。”

九尾狐媚笑道：“前辈此言何解？我们不正是为了能对抗神玄两宗所以才准备先一步找到轩辕剑，然后以轩辕剑来对抗神玄两宗。若得到轩辕剑的话，不管它是否肯认主，我们都能以此来影响人界大势。”

黑衣老者赫然大骂道：“所以才说你们是愚不可及的蠢材，那是神玄两宗瞎说的鬼话，你们也信？轩辕剑当年本是为了对抗我圣宗而铸，天性就是我圣宗大敌，你们想要此剑纯属自找死路。身为神玄两宗代表的轩辕老儿所铸的轩辕剑，后来成为神宗的镇山之宝，岂会容得我圣宗存在。说起来，轩辕剑甚至比第一次神魔大战后广成子所铸的龙刃诛神更讲究认主归宗，非是神玄两宗之人不可用之。无论它暂时会落入谁的手中，最终都将成为诛杀我圣妖两宗弟子的凶器，现在轩辕剑即将出世，唯一的办法就是将它毁去。”

众人神色各异，显然有人相信，有人完全不信，有人半信半疑。

黑衣老者嘿嘿道："这点还不用你们担心，不管你们信不信，'伏羲武库'岂是你们说进就能进去的？现在东西还不见踪影，你们在这里再争也没用，先想想怎么进武库再说吧。"

陆压哈哈一笑道："看来阁下定然有办法进入伏羲武库，不妨说出来大家探究一下如何？"

黑衣老者冷冷地盯了陆压一眼，阴然道："你小子果然是有点小聪明，老夫的确知道怎么进入'伏羲武库'！"

闻仲神色一动，道："前辈有什么办法尽管说来。"

黑衣老者悠然道："虽然老夫对伏羲老头的八卦符术了解不多，但伏羲八卦取自阴阳，以阴阳之变而化千万。这八卦符气则遇强则强，故而若想凭力量强进是不可能的，不过只要阴阳协调，闯阵就相对容易的多。"

众人狐疑地相互望了望。

黑衣老者直截了当地说道："你们随便挑几个年轻一辈的进去破阵就行了。"

众人慑服在黑衣老者的淫威之下，同时也想看个究竟，只能听从他的安排，各自选出婥婥姐妹、玉璇、刑天抗、淳于琰和姬旦等人前往闯阵。唯独通天教主并未选择将自己的弟子送入。九尾狐因为只身前来，而且她素来并无子徒，此时自是恨得牙痒痒的，偏又不敢说出不满，只能眼睁睁地看着。

玉璇自是带了耀阳和倚弦两人一起，或许因为知道武库其中艰险异常，一众妖魔二道的大人物对此都摆出无所谓的态度，然后只看一众年轻一辈的人进到甬道前。黑衣老者一眼扫过这几人，尤其余光在耀阳和倚弦身上扫过，露出微不可察的笑容，却是异常的狰狞和得意神色。

黑衣老者道："八卦符气乃由混沌而生，化阴阳转五行而分八卦，你们协调阴阳，以阴阳区别八卦，使之重归混沌。至于具体情况，老夫也是不甚清楚，不过，我想只要大家齐心协力，定能破去此八卦符气，嘿嘿，预祝各位好运……”

此时，黑衣老者口中的揶揄之意，谁都可以清楚地听出来，魔门妖宗的人肯齐心的还真多不到哪里去。

“多谢前辈指点！”淳于琰和姬旦表现甚有礼貌，玉璇恰如其分地微笑一下，不想多话，以免露出破绽。

众人各怀心机，进入甬道之中，初始的压力并没被他们放在心上。但越是进去，压力便越大，倚弦轻车熟路自是没觉得什么，而耀阳与倚弦相互交流，也对八卦妙法略有所知。但其他人却显然有些受不住了，都运转本体元能来抵抗八卦符气的压力。

压力虽大，但是几人俱是年青一辈中的杰出者，自是还能用元能顶住。只是越进去便越觉得八卦压力越大，变化越诡异。当众人行至通道最底部的时候，压力骤然变得强悍异常，连耀阳都感觉到强大的压力。

倚弦亦觉得奇怪，暗忖道：“上次与祝蚺来的时候应该不是这样的？难道是因为此八卦符气被自己破了，所以才产生变化了？”

不过，万变不离其宗，即使有所变化，依照对八卦妙法已有领悟的倚弦也能轻易应付。耀阳也没什么问题，不过他始终紧张着玉璇，一旦感觉到玉璇所受压力过大，立即错上一步，主动将压力分散，虽然他对八卦妙法的了解还不如倚弦，但是凭他的机智和身居五行玄能的天赋异禀，应付这个当然还没什么问题。

八卦符气蕴含足以分化阴阳五行的元能，阴阳五行转换间，压、拉、牵、扯等等随时都有不同的变化，给人一种难以适应的感觉。耀阳每次都要顾及玉璇，在玉璇承受不住之前，他便立即看似随意地加快一步或减慢一步，顿时将一部分压力分了在自己身上。

对耀阳的帮助，玉璇刚开始还并没有察觉到，但是很快她便清楚自己之所以能相较其他人这么轻松，完全是因为耀阳替她分担压力的缘故。

玉璇轻轻瞥了耀阳一眼，并没有说话。耀阳心中苦笑不已，两人没有再多说一句话，甚至连眼神也没触碰过，但是那种奇特又贴切的情愫却弥漫在两人之间，酸甜苦辣尽在其中，不言自明。

倚弦却没顾得耀阳，他知道以耀阳的修为自不会有什么事，他比较关心的却是婥婥与姮姮两姐妹，虽然这通道的八卦符气不至于致命，但是当初连祝蚺也几乎受不了，难保婥婥两姐妹不会受伤。说到底他一直对她们姐妹俩有亏欠之感，自是不希望她们出事。

好在淳于淼和刑天抗这时都表现出不错的男子风度，纷纷将身挡在婥婥两姐妹身前，以元能开路。婥婥与姮姮两姐妹毕竟也是弈姬的得意弟子，一身修为也算是三界年轻一辈中有数的高手，这样一来自是没有先前那么紧迫了。

姬旦仍然沿袭其师妖帝独来独往的作风，默默抵受着符气压力，跟随在众人身后一路前行。

几人联手倒也顶住了甬道的压力，这点倚弦很清楚，或许正如黑衣老者所说，此时因为刚好阴阳协调，才能挡住如此压力，否则的话，就凭这几个人的修为根本不可能抵达通道底部。

这一次难得的合作无间，或者是通道压力很大让他们没有一丝空闲去起什么心思，总之最后他们很顺利便抵达伏羲武库的入口处，那里再没有石壁可以遮挡，但八卦符气还是充斥在这块地方，形成了一堵奇特的八卦气壁。

淳于淼和刑天抗两人对视一眼，又跟婥婥两姐妹示意一下，身旁其他众人也都会意，大家合力共出一掌向气壁击去。

倚弦与耀阳瞧准时机默运异能，同时侵入气壁之中，当数股不同阴阳五行禀性的元能触到气壁之时，立即被倚弦的冰火异能所接融，凭着本体的阴阳之气，倚弦成功地重分八卦符气……

气壁突然呈水波状散开，一阵旋动，气壁就这样平白消失了。通道压力突然消失大部分，刑天抗迫不及待地第一个进去，冲入了武库。

除了耀阳，众人自是没想到这么容易就破了八卦符气，皆脸有喜色，完全没有想到真正破除气壁的功臣竟是另有其人，耀阳见倚弦的神色还是有些凝重，猜到这个八卦符气可能还是小意思，真正的难关并不是在这里。

“怎么办?”姮姮回头看了看婥婥，婥婥叹道：“没事，我们走吧，八卦符气大幅度减弱，师尊等人自然会知道，恐怕马上就会跟随而来了。我们大家还是继续前进吧!”

“走。”玉璇有意无意地看了耀阳一眼，耀阳和倚弦随即跟上。

“我倒要看看里面有什么花样。”淳于淼自然不会落后。刑天抗与姬旦不甘人后也进入伏羲武库的外层大殿。

除了倚弦外，其余的人都为这地底大殿的宏伟张扬的气势所震撼，不过，他们现在实在没有心情去感叹太昊伏羲大神的伟大，现在最重要是将伏羲武库的八卦符阵破掉，并进入拿出轩辕剑，至于拿出来之后究竟怎么办，恐怕每个人的想法都有所不同，这只是之后要担心的问题。

守护大殿的异兽已被祝蚺被杀，再没有守库灵兽，一众人等通行无阻地进入武库之中，经过大厅，满屋子的破碎酒坛同样让他们惊愕不已，耀阳却大感赞赏，特别是看到墙上的字更是感觉痛快淋漓。

几人很快顺着后厅进入通道，望着忽明忽暗的前路，众人戒备着前进，丝毫不敢大意，开创八卦异术的伏羲之名威震三界，这武库构架的奥妙又岂是常人可以揣摩得到。

或许当日被倚弦所破的缘故，一路无事，众人终于到了倚弦上次遭祝蚺偷袭的后续通道之前。

众人停住脚步，谁都能感觉到里面强大的八卦符气震荡。这个八卦符阵绝对比刚才通道中的八卦符气要强，一不小心，恐怕大家都有葬身其内的可能性。倚弦虽然曾经从中脱身，但脱身之处已封，而且按照八卦符阵的莫测变化，就算那个地方还在，他也未必找得到地方了。

淳于琰笑道：“我们不妨一起进去如何?”

在女人面前，刑天抗自不会示弱，回头对众人说道：“对，大家一同闯过去吧!”另外几人自是没有什么其他意见，既来之则安之。

甫一进去，就有如几滴水滴入火热滚烫的油锅中，原本酝酿着的巨大能量一下子爆炸开来，如同本来平静无波的湖面突起惊天骇浪。众人顿感如同孤舟行于暴风雨的大海中，随时可能舟覆人亡。

远比武库外通道更加诡秘强悍的八卦符气，疯狂似的对他们进行挤压拉扯，时而想要将他们压扁，时而想要将他们撕裂，各种变化万千，不一而足，毫不停顿，让众人忙于应付，竟无法前进一步。

倚弦和耀阳默默感应许久。倚弦向耀阳一眼看去示意，两兄弟心意相同，进一步领悟到八卦妙法的耀阳毫无迟疑，立即配合倚弦运起全身玄能向外斜出，带着玉璇往“惊位”进了一步，顿时两边压力陡增，大部分涌向众人当中的三名女子，但压力一遇三女却立即被三女本体的阴柔本性消融，就在一瞬间，整个通道压力骤减。几人不失时机地向前窜去，不过几步，压力早已恢复。

倚弦步走“休、伤”两位，耀阳还行“景”位，将几人组合的阴阳之气顺阵旋转，凭此几人借八卦之力反而向前了一段路。刑天抗等人没有想到玉璇带来的二人居然懂得破解之法，顿时又是兴奋又是奇怪。

倚弦发觉此次八卦符阵不若之前强悍，转而又清楚是怎么回事，之前他与祝蚺二人的阳气远远压过阴元，导致阴阳极端不平衡，自然很难抗衡这八卦之力，而且那时破阵只有他一个人，现在有得渐已得悉八卦妙法的耀阳帮忙，自然轻松多了。当然这也是因为他们融合“轩辕图录”悟得八卦妙法才能破此符阵。

虽然八卦符阵奥秘无穷，八卦之力变幻莫端，但却无不基于八卦妙法的运用之上，以倚弦和耀阳现在的能力和对八卦妙法的了解还不足以单人破此法阵，但现在两人联手且在众人阴阳相对趋于平衡的情况下，还是能通过这个通道。

当然这八卦符阵的威力决不可小觑，几个人都险些出了乱子，幸好倚弦和耀阳不着痕迹地及时稳住，才不致酿成大祸。混沌为基，阴阳平衡，五行把握，八卦浑然而动。倚弦和耀阳顺逆阴阳，费尽心力，过了许久，才过了这个通道。

出现在众人眼中的是个空空如也的石屋，对面还有高二丈，宽三丈的偌大石门，石门上雕刻着一幅奇特的阴阳八卦之图，让人隐隐还能感觉到其中八卦符气的波动。

倚弦和耀阳刚才无论是元能还是精力都几乎耗尽，一时间还恢复不过来，不过另外几人也好不到哪里去，他们虽然不懂八卦妙法，但是被倚弦和耀阳用来分担了很大部分压力，也是筋疲力尽，大家都顾不得逞强，同时决定坐下来休息一会儿。

得到了足够的休息时间，倚弦和耀阳也乘机调动内息恢复元能。倚弦偷眼观望婥婥、姮姮二姐妹，见二人此时香汗淋漓，娇弱的脸庞气喘吁吁，心中不免涌起一阵无比怜惜的感觉，但看到刑天抗与淳于琰在旁边照应着，心中总算好受了一些，但奇怪的却又多了几分酸涩的心绪。

“好了，我们现在就将这石门打开，去将轩辕剑拿出来！”刑天抗作势豪迈，引得淳于琰一脸不屑，其他人都想到事情哪有说来这么容易，顾着休息对此也没很大在意。

出乎意料的是，这次刚等刑天抗靠近，石门就自动缓缓打开。

众人惊声站起身来，难以置信地望着眼前的一切——

出现在众人面前的竟是一个被完全扭曲的空间，无数的光壁按八卦阵图形成了庞大无比的巨型迷宫，迷宫上下叠层，一面面光壁或上或下，或前或后，或左或右，形成无数不同的路径，都是通往未知之数。强大的八卦元能在这么一个空间中呈静止状态，没有丝毫的外泄，无疑这是以八卦符阵为基础的八卦符界。

众人面面相觑，谁都清楚这个八卦符界恐怕比刚才的符阵更难缠数倍，这里谁也没有把握能将这个符阵破去，想到这里，众人再度将目光投向玉璇这边，毕竟有了方才闯关的经验，他们都清楚玉璇手下二人精通这八卦异术。

倚弦和耀阳无疑是最清楚的，两人对视一眼满眼都是骇然，他们已清晰地感觉到这八卦符界不只是看起来那么玄乎，而且其中蕴涵的看似静止的元能，事实上却是大有一触即发之势，他们若是贸然进去，那突如其来的元能攻击恐怕会在瞬间将他们击倒。

耀阳首先错开一步，在其他人看不见的角度一把握住玉璇的玉手，玉璇脸色一紧，含嗔瞥了他一眼，却并没有把手抽回。

耀阳以元能集中声音成一线传入玉璇耳中，道：“你提出建议就说我们三人与他们五人分开而行，要向不同方向同步进入这个符界，到时我们自然会想办法破掉这个阵法。”语罢，耀阳放开了她的小手。

玉璇斜眼睨他，对着众人随口将耀阳所说的方法讲了出来。

淳于琰首先质疑道：“此法真的有效吗？很显然这里只有你们对八卦符阵有所了解，如果你们施了什么诡计，那我们岂不是只能吃哑巴亏！”

玉璇丝毫不理会淳于琰的话，只是淡淡道：“不知除此之外，各位可有其他妙法？又或者只是我们先行进入，你们稍候再进去，如何？”

刑天抗等人想到黑衣老者说过的话，心中顿时没了主意，只能同意。

众人同时迈步踏入石门内，感应到临面而来的符能狂涌，顿时心生惧意。

倚弦凝声变音道：“大家相互牵起手来！”

众人并排而立，在倚弦的调配下，相互牵起手来，倚弦缓步行至月娇身旁，抑止住心中的驿动，轻轻牵起她的娇柔玉手，触手柔滑令他的呼吸都不由自主为之一窒，心中大感消受不起。

月娇显然有所感应，抬眼向他望来，倚弦心中大骇，忙收敛心绪全身运功，但见众人在倚弦和耀阳之间调动阴阳之气后，浑然觉出眼前符气消融。就在这一刹那，众人眼前环境顿变，无数的光壁骤然化为白光渐渐消散，整个八卦符界立时间开动起来。

豁然在众人面前的是数条不见底的通道，无数的分岔，让他们不知何去何从。

倚弦再度凝声道：“大家可以分作两队进入符界，大家气息相通，所以不必担心其中会有什么危险，因为相对于符界而言，我们都是外物，只要任何一边保持顺利的话，另一队自然会逢凶化吉！”

刑天抗沉声问道：“为什么一定要分作两队？”

倚弦答道：“因为只有这样才能令符界的法能均匀流动，从而让我们可以调整好本身的阴阳平衡，不致于被符气所浸，如果仍然一队进入符界，那么整个符界的力量都会凝成一股力，令我们不堪重负！”

姬旦眼中异芒闪现，问道：“那为什么你们俩明明对八卦符阵有所了解，却偏要走成一队，而不分别插进我们两队之间呢？这样岂不更加方便我们闯阵？”

刑天抗与淳于琰闻言都点头称是。

倚弦知道他们在担心会受自己兄弟摆布，于是凝声道：“就因为我们都知道一点，才必须在一起破阵，刚刚跟你们说过了，我们是相通的，只要我们这一队能够破阵的话，你们一路上自然不会遇到阻碍，如果我们兄弟分开的话，就根本没有办法保证在最短时间内破解符界！”

玉璇嗤之以鼻道：“你们如果不信，我们也没有办法，如果想要害各位，方才的机会多得是，何必一定等到现在呢？”

淳于琰正要反驳玉璇的话，婥婥却起身早一步说道：“就听姐姐的便是！”言罢，一双美眸大有深意地瞥了倚弦一眼，倚弦心中一惊，暗忖：“难道被她看出什么破绽了吗？”

婥婥既然这么说，姮姮自然没有意见了，刑天抗与淳于琰见她们姐妹俩都同意，便不再坚持己见，姬旦随之不再有任何异议。

倚弦道：“那就这么决定了，我们分别从相反的方向进入符界吧！你们只需谨记，以最缓慢的进度令符界的平衡打乱，无法集中法能抵御外物，而我们则专注破界，只要我们顺利的话，你们无需破界，则自然会感应到符界的变化！”

众人经过一番修整之后，分作两队分别从相反的岔口进入符界之中。

耀阳与倚弦、玉璇踏足符界之后，浑然感应到整个符界的庞大，似乎连踏足之处都能感应到极不稳定的法能震颤，玉璇皱眉问耀阳道：“我们该怎么办？”

倚弦和耀阳同时向前走了几步，几乎同时道：“左边生位，乾之气。向左走。”三人没有任何迟疑，大步转左前行，再到一个分岔口。

“右边景位，却是坤之气，这是怎么回事？”倚弦和耀阳都感到迷茫了，倚弦毕竟对八卦妙法了解稍多，沉思良久豁然领悟道：“盛极必衰，此路不通，反走惊位。左！”

再次遇到岔口，两人再度被眼前的方位符气所难住：“左边生位，坤之气。右边死位，乾之气。前方伤位，艮之气。这怎么走?”

倚弦沉吟道：“万物有生才有死，理应是左边。”

耀阳却持不同意见，道：“依我所看，置之死地而后生，右边。”

两人相视一下，都感为难。玉璇噗哧一笑，提议道：“按照你们所说，左右两边非生即死，为何偏要这样极端，何不走当中那条路?”

两人一怔，耀阳拍腿道：“对啊，乾为元阳，坤为真阴，俱是不合阴阳平衡之道。我们不妨就选第三条路!”

兄弟俩踏足艮位，三人继续前进。

行过一段路后，来到另一方岔口前，耀阳此次生出感应，首先道：“景位，震之气。继续向前!”

“不要!”倚弦想要阻止已经来不及了。

“轰!”电光亮起，一声霹雳巨响，耀阳满头焦发地退了回来，一脸郁闷。玉璇脸色甚是紧张，见耀阳没事却是这副模样，不由失笑。

倚弦大笑道：“震阳胜于阴，景位顺阳，景位助震阳，震为雷相，双阳混阴制雷。你太大意了，没被雷劈死算你运气好。”

耀阳吐出一口气，道：“下次倒霉的就是你了。”

果然，倚弦踏出没有两步，蓦地火光如霞而起，倚弦的衣袖被烧。

耀阳细细一算，悠然大笑道：“离为阳中含阴，休位偏阴，看似阴阳平衡，但休位阳气位向离阳，阳气相助，离为火日之相，为阴所困集而燃火，没被烧死算你运气好。”

倚弦没好气地瞪了瞪耀阳。

经过不知多少次类似险情后，三人终于行至一扇巨大的石门前，但见那石门上好大一个“兑”的卦相。

玉璇高兴道：“终于过了一关!”

倚弦和耀阳却神色凝重，耀阳沉声道：“如果我想得不错的话，刚才这么多的迷宫完全只是为了将不懂八卦之法的人阻挡在外面，所以虽险也不至于有生命危险。但眼前恐怕将是这八卦符界威力的真正所在，我们万万不可大意。”

倚弦点头表示赞同。

石门缓缓自动打开，里面一片空廓，什么也没有。在三人步入之后，环境立即变了，出现在他们眼前的一片无边无际的沼泽地，除了沼泽之外还是沼泽，根本没有其他任何东西。

玉璇怔怔地看着这一切，迟疑道："这怎么过去?"

"小心!"耀阳不及回答这个问题，纵身将她抱住冲天而起，同时一条巨蟒从沼泽中狂窜而出，带着一身泥水淋漓，一口咬在玉璇刚才所站之处。倚弦已经出手，风刃在冰寒中形成冰锋，正击中巨蟒的七寸要害之处。

腥血飞溅，巨蟒嘶嚎一声，庞大的身躯轰然倒下，但倚弦没停，因为沼泽中又冒出了数十条巨蟒挥头狂舞着，尖锐的利牙向三人吞噬而去。倚弦挥手数道气刃飞旋而出，向着巨蟒狂飞而去，顿时周围几条巨蟒立即被气刃击毙。

玉璇被耀阳抱在那怀中，嘤咛一身，直感耀阳的男人气息将她围住，让她全身无力，羞意下玉脸粉红，美艳不可方物。耀阳忍不住在她脸上亲了一口，玉璇红霞满天，一手拧住耀阳的耳朵，嗔道："你敢轻薄我?"

"那又如何?你在一旁看着便是，其他的交给我们兄弟吧!"耀阳赶忙放下玉璇，豪气干云地大笑一声，一手挥舞出炎龙如涛，挥洒而出，无数炎龙四射而出，触者巨蟒立被烧成焦炭。

第九十五章　双龙闯阵

兄弟俩动作如风，冰刃炎龙跃旋飞腾，瞬间百十条巨蟒尽数被击杀，可是紧接着冲起来更多的巨蟒。这次其中有一条独角巨蟒之庞大还在众蟒之上，大有鹤立鸡群之感，而它眼中的血红泛光的双眼，让人不由地产生心寒的感觉。

倚弦心惊不已，道："如果这是幻象，也未免太夸张了些！"

耀阳吹着口哨道："这些东西比起你那'朱雀异兽'来，怕是连根毛都及不上的！"两兄弟大笑对视一眼同时出手，炎龙冰刃尽数飞出，全部招呼到那独角巨蟒的身上。但是焰消冰融，竟丝毫没对那独角巨蟒有什么作用。那独角巨蟒受痛狂怒，整个身躯一颤，搅得整个沼泽颤抖不已，霹雳般吟吼一声，顿时周围所有的巨蟒一起向三人冲来。那独角巨蟒看来是这些巨蟒的头，连吼声也近乎龙吟。

倚弦挥手寒星变顺势而出，但当中还加了风刃，立即有一片巨蟒倒下。耀阳也不落后，"龙炎狂舞"出手，数十条炎龙呼啸而出，又击倒一批巨蟒。

但那些巨蟒仿佛杀之不绝，杀死一批再来更多一批。

耀阳大喝道："不杀独角巨蟒，破不了此阵，小的全都交给我。"

"好！"倚弦长啸出声，使出"灵悟剑诀"祭出"龙刃诛神"，临空一剑斩下，剑光如电，没有任何阻碍，便一剑就将独角巨蟒斩成两截。

独角巨蟒悲嚎一声，竟然没死，巨尾一下雷霆扫起，力达万钧，以倚弦之能也不敢说能挡住，连忙闪身避开。就这时独角巨蟒的两截身子凑在一起，竟重新联结一起，连个疤痕也没有。但是独角巨蟒受此重创，却是勃然大怒，吼声震天，张开血盆大口向倚弦咬去。

“乖乖，说你不是幻象，你偏又做出这等匪夷所思之事！”倚弦堪堪避过，扭身又是一剑劈中独角巨蟒的巨头，将它再度劈成两半，独角巨蟒惨呼出声，但尾巴却是丝毫不慢地拍向倚弦。这一拍有如奔雷，倚弦躲避不及，唯有尽起全力一脚踢在独角巨蟒的尾巴之上。

独角巨蟒力大无穷，倚弦竟被扫到半空，巨大的力道差点让倚弦吐出一口血来。等倚弦恢复气血回头一看，那独角巨蟒的头竟然又已经合为一体，甚至一点伤口都没有。

耀阳在旁不停斩杀巨蟒，喊道：“小倚，搞定没有？”

倚弦苦恼道：“哪有这么容易，水流不息，欲断还续。兑泽成风就水，这独角巨蟒禀性为风水之物，截流不断，我根本破不了。”

“风水循流不息？”耀阳一掌劈出，将当头袭来的一条巨蟒劈成两半，沉吟道，“既然截不断，不若让风不生水不流，看看如何？”

“对啊！”倚弦顿时省起，大笑一声，喝道，“看我新招‘冰封千里’！”龙刃闪动，天地骤然变寒，空中无端出现一片冰晶闪耀，龙刃诸神全力斩出，一道冰寒剑气劈天盖地蓬然爆出，其势如万马奔腾，瞬间击中独角巨蟒。

冰雾弥漫在独角巨蟒周围，将它团团困住，独角巨蟒哀嚎连连，身躯狂颤起来，似要从冰雾中冲出。倚弦哪容得它得逞，没有话说连劈三剑，剑剑击中独角巨蟒。顿时，冰雪飞爆，雪花满天，冰光如晶，这独角巨蟒成了不会再动的冰雕。

就在这时，眼前突然景色又变，他们竟是在一个简陋却古朴的石室中，面前一石，上面画着“艮”的卦相。

耀阳道：“看来我们破了一个‘兑’之法阵。”

倚弦却苦笑道：“但我们恐怕还要破七个阵法，兑阵能破还是你一时所悟，其他的阵法能否顺利破掉就要听天由命了。”

玉璇为之咋舌道：“还要再破七个阵法？”

“走吧！”三人再次打开石门，眼前似乎还是同样的模样。但三人都知道，这一脚踏进去，眼前一切都将改变。

相互看了一眼，三人互道了一句小心，便踏步行了进去。

周围环境骤变，他们发现自身已经处在一片荒凉的山脉中，到处荒石沙地，不见一丝生物存在的迹象。

倚弦细思片刻道：“艮，指东北之位，我们向东北而行。”耀阳和玉璇没有意见，三人向东北缓缓行去，这时因为没有想出破解“艮阵”的办法，用风遁也是纯属浪费元能。

走了半晌，三人突然发现山地一阵颤抖。

“地震？火山？”玉璇大惑。

“不对。”倚弦细感一会儿，道，“是山脉在动，这一片山脉都是活的。”

玉璇睁大俏目骇道：“这么大一片山脉都是活的，怎么可能？”

耀阳苦笑道：“我也希望不是，但事实上就是这样。”话声刚落，天上突然一暗，一块五丈见方的巨石当头落了下来，三人骇然后退。

“轰！”巨石砸在山地上，整个都陷入坚硬的岩地之中，而那巨石竟丝毫未损，看来那巨石坚硬的程度远在岩石之上，如果被当头砸中，三人虽然不至于重伤，但也是麻烦得很。

“哪来的石块？”耀阳嘟囔一声，转眼天幕一片漆黑，竟是无数石块砸将下来。他怪叫一声道：“有这么夸张吗？”三人不敢怠慢，飞窜而起穿插于落岩之中。落岩迅猛异常，遍天而落，三人只能凭着中间的空隙闪避。

冲出落岩群，四周望去，三人都呆了，这蔓延无边看起来可能达数千里的山脉竟然都在颤动。这数千里的山脉都是活的？

玉璇失色道：“我们该怎么办？”

耀阳大感郁闷，看看四周，叹道：“恐怕整个艮阵就是无边无际的山脉，我们就算再怎么走，也破不了这个阵法。”

倚弦道："太昊伏羲何等人物，他所布下的阵法，岂会这么容易就能破掉的？定要从八卦妙法着手，方能破此法阵。"

耀阳点头道："的确如此，但是这莽莽山野何处才是可能破阵之点，总不成我们每个地方都转一圈，这样的话就算我们能破阵，想必第十次神魔大战也打完了。"

"你小子就会瞎说，八卦妙法难道白学不成，少废话了，臭小子好好想想该怎么样破掉此阵。"倚弦就是一脚踢去。

耀阳连忙躲开，嘿道："只是发发牢骚而已，何必动手动脚呢。谁让伏羲那家伙这么变态，搞了这么一个阵法。"

"如果不是有这个阵法，这个伏羲武库你还想有份吗？"倚弦懒得理他，细思八卦妙法。

玉璇看到兄弟俩此时仍有闲心打闹，没好气道："你们到底有没有办法？"

"还呆着，又来了。"耀阳顺手拍了倚弦一下。这次不是落岩，而是原来落下的无数岩石骤然爆射而起，有如火山爆发般炸向他们。

"你们争了半天，到底给想个什么办法啊。"玉璇在耀阳的保护下躲开岩石爆击，但仍是有些急迫，更是大嗔。

耀阳随手拍在一块飞岩上，借力飞跃以节省元能耗费，闻言道："哪有时间考虑那么多，这些烂石头刚好让我们必须全力应付，看来摆明了是不想让我们有空闲去想办法。"

倚弦挥手祭出龙刃诛神，剑气飞舞将近身飞岩无不击碎，一边沉吟道："阴初息为艮，艮以山为相，位指东北。阴盛而阳衰，山裂而成岩。究竟如何破阵呢？"

耀阳顺口接道："气虽阴盛，却显阳相，二阴不敌一阳，原因何在？"

"原来如此，我知道了。"倚弦眼中一亮，豁然笑道，"艮者，阴实而深藏，阳为表外，山气如是。山气属阴，却远实藏于山腹。山腹所藏之阴气强盛远胜于山表，只是为山表的阳气所覆盖，故而呈现阳之山表。阴气盛而致落岩，阳气爆而成飞石。”

耀阳大笑道：“不错，若能使阴气外泄，掺和山表之阳，阴阳调和一时，艮阵必破。”

倚弦沉思道：“此言说得是对，但是如何才能引发阴气外泄呢?”

“这小意思，看我的!”耀阳猛地风遁加速上升，至半空俯视下方，良久他蓦然一笑，喝道，“果然由于山脉乃艮阵法而成，山势就如卦相，于我们左边百丈之外乃阴阳衔接之处，亦是阳气压制阴气之要点，将之击破，阴气爆出，艮阵自破。”

“如此甚好。”倚弦长笑出声，身形骤移，龙刃诸神发出一阵龙吟，耀眼光芒中一条七彩光龙呼啸而出，直接窜入山表，立时土飞石溅，那块山表仿佛翻江倒海般爆炸起来，硬是炸出一个深深的地洞来，但是阴气蕴育在那里却还没有外泄。

耀阳大喝道：“我助你一臂之力。”飞身而下，一把拉住正疲于应付飞石落岩的玉璇，元能送入玉璇体内，立即激发了玉璇体内阴气。

“轰!”受玉璇阴气的吸引，地洞内的阴气终于忍不住爆发了，无数土石飞冲上天，像是飞雨向天而去，情景壮观之极，刹那间阴气如泉涌般散发而出，立即混杂了山表的阳气。

在玉璇感叹中，他们又回到了空旷的石室之中，没什么改变，就是面前的石门上的卦相成了离卦。

“又破一个阵法，还有六个。”耀阳叹了一口气。看了看眼前石门，道，“这两个阵法都只要找对方法就行，希望下面的也是。”

倚弦立即驳道：“不可能，你别做梦了。就看兑阵与艮阵，两者破阵方式各不相同，以后六个阵法也绝对不一样。你还是花点心思想想离阵如何破解吧。”

“离阵!”

三人踏入离阵，却是一片无际的沙漠，顶上烈日绝对比正常的阳光强上数十倍，那地上的沙子也是红色的，那是被火一样的阳光烧红的，即使如耀阳和倚弦之能也不敢不提起元能抵御这强烈的热力。

当然这点热力自然不可能是离阵的威力，他们才刚看清周围的，地上蓦地窜出无数火舌，那红中带着炽白色的烈焰告诉他们这火焰温度之高。

三人匆忙升空，耀阳埋怨道："这阵法安排每次都不能着地，伏羲老兄难道没有听过脚踏实地这句话吗?"

倚弦道："哪来的那么多废话，快想想如何破阵。"

耀阳伸手在火舌上一拂道："离阵乃日火之相，自然以水攻为佳。不过这个离火果然厉害，与我的天火炎诀相比各有妙处。"一副享受的模样。

"离为阳中含阴，与你纯阳的天火炎诀自是不同。"

耀阳感受着离火的微妙，似是丝毫不怕离火的热量，当然他还不至于嚣张到整只手当猪蹄去烤，毕竟伏羲设的八卦符界岂是等闲。

好像这个离阵并没什么危险，但毫无预兆，蓦地火舌突然猛涨几丈，火焰变成纯炽白色。、若非三人及时反应恐怕已被烧得狼狈不堪，

倚弦低喝一声，龙刃诛神再次出手，一招"冰封千里"出手，冰雪满天，惊天寒气瞬间将那火焰压下，本来灼热得发红的沙地，因此猛地爆裂起来，飞沙四起，此起彼伏，有如飞花迷眼。

玉璇喜道："不错啊，好凉快。"她的话声未落，倚弦和耀阳同时喝道；"小心。"耀阳再次抱住她向上急蹿。

同时沙地狂扬，更猛烈的强火摧着飞沙向天直冲，火势竟比刚才更猛。

耀阳苦笑道："我终于知道离火之威，阳中含阴，阴吸水寒却可将水寒之气转化为更强的阳火，你这一招无疑是助长了离火的威力。"暗下却怦然心动，离火不如天火炎诀阳刚，但是比起天火炎诀，离火更不容易被破。如果自己能以天火炎诀为基础，融合离火的优点，那不是将有更强的威力。

倚弦气道："你就会马后炮。"

玉璇急道："水不能克火，那该怎么办?"

"让我想想。"耀阳陷入深思，对于火，他自比倚弦更加了解，虽然离

火不同于天火，但毕竟有火的本质。

“没时间了，快!”玉璇着急，这火舌是越来越猛，而头上烈日也似乎越来越毒，可能是因为他们越来越高的缘故。如果不能破阵，这样下去，他们迟早成为焦炭。

“火者易扩散，能以星火而成燎原之势，离火虽异，却也是以阳火为基，混以元阴之气，两则互不交戈，却又紧密联系。阴极而变，元阴可以直接转化阴气而变为烈阳。但是阳气应该不可以……有了!”耀阳猛地抬头睁眼。

“什么办法?”玉璇大喜问道。兄弟同心，倚弦当即若有所悟，笑道：“离火与天火虽同是火质，但又有极大不同。离火有阴可化水寒，但是天火天性就对阴气水寒完全抵抗，而离火不如天火纯刚，亦不可能完全吸收天火。所以若是你先一个天火，而我之后再一记‘冰封千里’，天火混杂离火，就形成了杂质割据，元阴再厉害也不可能吸收你的水寒之气。”

耀阳道：“那就不要再废话了，来吧。哈，让你也看看我的新招‘星火燎原’!”双手扬起五行玄能，天火狂野激扬，热上加热，天地间宛若成了无间地狱。“去吧。”耀阳毫无留力，尽情将“星火燎原”击出，一道骇天火浪立即落下，覆盖在整片离火之上，立即烈火暴涨，大有焚天之势。

看到倚弦和玉璇热得有些受不了，耀阳不好意思地道：“嘿，这招还不成熟，样子是夸张了点，以后改进。”

倚弦没有说话，这时已经一剑劈出，剑气卷起冰雪连天，直击在火焰之上。火焰顿暗，倚弦再加上一剑，寒气刺骨，当即火焰全灭。

眼前一黑，三人又回到了石室，当然前面的石门卦相亦变，现在成了坎卦。

坎阵为水雨之相，位指北方。与艮阵相反的，这是阴中含阳。这一片能将烈焰动成冰柱的冰天雪地中，斜雨在落下时已变成冰刀，当然这丝毫为难不了三人，但这么多也很是麻烦。

倚弦和耀阳也试着用相反的方法去破解此阵，但是伏羲没有这么笨，两人白费力气，没有什么用处。

三人正想着法子，却骤然发现冰雨中，有一物逐渐形成，却是一个由水雨形成的人形怪物。那水人晶莹剔透，在冰雨中无声无息，若非细看根本察觉不到。

他们自然不会认为这里突然出现一个水人是有什么善意。果然，水人伸手一指，凭空出现一道冰剑，划破冰雨长空，快逾疾电直扑玉璇。

耀阳急急错上一步挥手一击，天火炎劲猛然轰出，“砰!”冰剑迸碎倒飞，但他竟也被震退一步，双手隐有发麻。耀阳呼道：“好家伙，这么厉害。”

玉璇神色大是关心，道：“你没事吧?”

耀阳甩甩手，道：“哈，没事。”

倚弦立即斩出一剑，剑光在冰水中折射莹光闪烁，剑气狂猛冲出，破得冰水四激，誓要将水人击破。然而那水人晶莹剔透的双手一舞，立即形成一冰水屏障，软硬结合，强韧无比。冰水崩射，竟硬是将剑气挡住。

耀阳跟上一击“乾天龙炎诀”，直袭而去。那水人丝毫不惧，连连弹指而出，数道冰剑飞射激出，从各个方位围击炎龙，上下左右竟没有炎龙可逃之处。炎龙一出，本就被这冰天雪地的寒气减少几分威力，此时被冰剑击中，顿时冰散焰消。“乾天炎龙诀”竟这么容易被破，倚弦和耀阳更不敢小看这个水人。

水人可不是吃素的，立即回击，无数冰剑立即从四面八方向三人袭去。三人纵身飞跃抵挡，一时剑气纵横，炎龙飞舞，将冰剑尽数击碎。当他们空闲下来的时候，差点没被活活气死，那水人竟蹬在那里没有再次攻击，虽然除了人形外其他的都是水样透明，看不出表情，但是看它的姿势，活生生的就是在看三人的好戏。

耀阳大恼，右手挥去，凭空出现一巨型刀气，猛地向水人砸去。但不见水人有什么动作，它头上的冰雨立即连成厚厚的一片，竟硬是将那惊人刀气给挡住。

倚弦也不慢，挥起一剑，又是“冰封千里”，在这冰天雪地的寒气相助下，这一招威力更是强悍，转眼间方圆数百丈之内都化成一片冰雕，连那水人也成了一个人形雕像呆在原地，丝毫动弹不得。

玉璇喜道：“成功了。”

耀阳怔道：“原来这么简单，早知道那是我就不再多插一手，还不至于到现在浪费了这么多元能时间。”

“不对！”倚弦没有被突然的成功表象迷惑，疑道，“如果真破了此阵，我们现在应该回到石室，怎么还是这幅情景。”

耀阳也立即察觉，点头道：“不错，阳中含阴的离阵不能用天火来破，这阴中含阳的坎阵又岂是这么容易就让一个冰封破解的？”

“你看！”玉璇突然指向另一边，却见那个水人正自由地翻跟斗，样子很欢。

耀阳立即明白，气道：“这家伙在耍我们呢，那个是假的。”顺手击出一击刀劲，将那个人形冰雕击得粉碎。

倚弦苦笑道：“坎含阳气，虽然冷峭，但内含阳气却足以将我的寒气消融。而你的火劲又被它的寒气所破。”

耀阳亦苦恼道：“但是单纯气劲硬攻，对这水人根本无效。”

三人才说了几句话，那水人就已经不耐烦了，双手一挥，满天冰雨忽地加急，向三人劈头砸去，丝毫没有给他们一丝可以躲闪的空隙。

三人连忙挥招抵御，舞得虎虎生风，将冰雨尽数震飞。

耀阳道：“这样不是办法，非得将那水人击败不可。”

“土能克水，可惜不是你我所擅长的。”倚弦一时也想不到办法。

谁知这时玉璇却道：“我有一个法宝可有土之效果。”

“真的？”耀阳和倚弦同时大喜问道。

玉璇白了他们一眼，道：“废话，我用得着骗你们吗？”拿出一物，赫然是一个穿山甲模样的金制雕像。

这时水人又击出数十道冰剑飞射而来，耀阳挥手天火炎劲疯狂倾出，倚弦亦是剑气如虹，将冰剑全部震碎。同时倚弦道：“公主可有办法让冰雪之下的土层耸起?”

“好，没问题!”玉璇撒手将金制穿山甲雕像抛于空中，双手成兰花指状相抵，口中念念有词。只见那金制穿山甲雕像猛地发出耀眼光芒，一声嘶吼化成一道金光窜入冰雪大地之中，这坚硬的冰雪之地竟是开了一个裂口。

“起!”玉璇吒喝一声，右手食指跟小指向裂口一指。蓦地三人都感到一阵地动，严严实实的冰雪之地出现龟裂，接着无数土墙石柱纷纷冲破厚厚的冰雪层，高高耸起，形成一圈，却刚好将那水人困住。

倚弦喝道：“合起!”

玉璇点头，中指一弹，喝道：“合!”土墙石柱之定立即开始合拢。里面的水人大急，顺着冰雨纵起，但耀阳已经跃到上方，一个天火压顶，硬是将将那水人压下。等水人还要急窜想逃的时候，那土墙石柱就已经把它围住。

看着水人的动作，虽然看不到它的神色，但是耀阳仍能感觉到它惶恐焦急的情绪，想到以前为下奴时的惨状，不由怜悯之心大起，一时心软，竟反而一拳轰在围着的其中一根石柱上。那石柱一滞，留下一线空隙，水人乘机窜了出来。

玉璇大愣，嗔怪道：“你干嘛，好不容易将它困住。”耀阳无奈地摇摇头。

倚弦却是没有责怪，只是叹了一声，换做是他也可能这样做。

那水人逃出后看看耀阳，突然鞠了一躬，向三人挥挥手。

于是他们回到了石室之中，玉璇诧异道：“这样就破阵了?”

“好像是很奇怪……为什么这个水人不是幻象呢!”倚弦也有些奇怪，道，“为什么我们能破阵，难道是因为放了那水人不成。水性柔和，那水人或许本来就没有伤害我们之意，每次都迫得我们很难堪，但又偏偏可以让我们应付一阵。”

耀阳道：“有可能，如果我想的不错，那水人应该是主宰坎阵者，故而要不击败它，要不就让它自动关闭阵法。”

“也许吧……”倚弦想到其中复杂，只能抛开脑中混乱的思绪，毕竟三界大神伏羲的八卦符界非是常人所能猜得透其中奥妙的。

接下来是巽阵。

巽相风林，展现在耀阳三人眼前的是一片看起来很空阔的森林，林木之间相隔甚远。偶有微风即吹得树叶沙沙作响，感觉起来清新爽心。

巽本为风木之相，风秀于林。

三人自不会大意，这看似平和清静的林子，谁知会有什么危险。

“阴甚息为巽，阳重于阴，但仍建立在阴的基础之上。”倚弦说着，神识不断延伸感应，想要知道个究竟。

“快看，树动了！”玉璇突然惊叫，倚弦和耀阳两人看去，一棵参天大树突然动了起来。说它动并不是说它在做走动之类的动作，而是它的枝叶猛地暴长，紧接着周围其他大树的枝叶也飞快茂盛开来，仿佛是将一季的生长全部在这短时间内表现出来。

在三人惊讶间，周围树的枝叶已经将他们团团围起，互相交织着像是编织了一个结实的囚笼，将三人困在里面。

他们自然不会坐以待毙，耀阳天火炎劲尽出，玉璇也发挥身为陆压弟子应有的实力，倚弦早就尝到这八卦符界阵法的厉害，不敢留手，祭出龙刃诛神强悍斩出。转眼他们就已破开枝叶包围，这时他们发现整片林子已经变了，再不是空阔的林子，而是蔓延无边的茂密林海，只在一转眼，草木就将所有的空隙填补了。

“上去看看！”耀阳喝道，三人同时风遁纵起，谁知刚窜出树顶，空中尖锐的呼啸声起，他们立即感觉到风遁失效，身子一重，不由自主地坠向大地，一股强大的压力向他们当头压下，同时无数风刃向他们急窜而来。

“巽阵风相，这里风已被主宰，看来我们无法使用有关风的一切法术。”倚弦摊摊手，道，“两位有什么办法吗?”

耀阳道：“先不管，怎么才能破掉此阵?”

倚弦道：“巽本相风，若能查出风眼所在，就有办法破阵。”

“废话!”耀阳看看周围，道，“林木逢风而生，风眼被破，风自不继，而再无活风催长，林木亦萎，自然可以破阵。但问题是现在我们根本出不了林子，怎么破风眼呢?”

“你们俩有这个闲情聊天，还不如把精力放在破阵之上呢。”玉璇眼见树木继续攀长，不由心中焦急。

耀阳精光一闪道：“有个好办法！星火燎原!”随着他的双手挥出，夸张的烈火瞬间点燃了周围的枝叶，很快有了树木这么好的燃体，焰火迅速向四周蔓延开去，顿时火海逐渐在林子扩大。耀阳趁热打铁，连发“星火燎原”火上加油，立即催得火势更加狂涨，速度加倍向周围蔓延开去。

耀阳得意洋洋地指着火势如潮，道：“怎么样? 很快我们就可以出去了。”

“我看未必，你看!”倚弦立即泼了他一盆冷水。

耀阳随着倚弦的手指方向看去，前面林子起风，风助火势，烧得更猛，他哈哈大笑道：“还有风来助我……”说到一半他就不说了，因为虽然风助长了火势，但风过已经烧尽熄火之处，立即有大片树木急速攀长，不久又是一片郁郁葱葱的林子，反而由于火势导致热风涌动，远处突来劲风。

“我怎么知道会是这样的呢?”耀阳嘟囔着，手下却是不慢，斜手拍出，将迎面而来的锋利而狂猛的劲风尽量卸走。本来这点小风算不了什么，但这狂风中隐藏的风刃却让他不能不小心应付。

倚弦和玉璇自然不会闲看，纷纷出手对抗暗藏风刃的狂风。当然拥有龙刃诛神的倚弦出手更是厉害，对付这些风刃自不是问题。这让耀阳非常羡慕，更是拿定主意非得要拿到轩辕剑不可。

好不容易应付完狂风突袭，他们身旁的林木又将他们团团围住，耀阳不由骂道：“该死的家伙，吃什么长大的，需要这么快的生长速度吗?”

倚弦随口道："当然是吃风长大的，你没听过见风就长吗?"

"就你聪明?"耀阳嗤之以鼻。

两人虽然互相损着，但动手快速无比，转眼又将周围碍眼的枝叶尽数清除，不过这些树木有些不正常。一般而言，以他们的身手，随手一击就能击倒一片树木，但是这里将周围的枝叶清除半天才搞定。

玉璇郁闷地问道："怎么才能破掉风眼啊？我们总不成一直在这里砍树吧?"

耀阳无奈道："我们根本上不去，也出不去，这样就算也天大能耐也没办法，只能想其他方法，但现在我也不知道究竟从何入手?"

倚弦沉思道："阴甚息为巽。即是巽乃以阴为基，而阳于其上，势犹过之。巽卦为阳盛阴弱之相，但仍以阴为基础，势不可动也。"

耀阳眼中一亮，蓦然道："对了，如果我所料不差的话，这风眼必是阴之所在，至少这阴是催生树木之气，无阳木不能坚，无阴木不能生。如果能破点这阴基，虽不知能否破掉风眼，却可以让这该死的林子全部废掉。如果树木无法再长，大不了我再发十个'星火燎原'，一次性烧它个够本。"

倚弦一时愕然，旋又喜道："没想到你能想到这点，不错，我怎么没想到如此呢？这是个好办法，不过眼前还有一个严重的问题，那就是如何破掉这阴基?"

耀阳皱眉道："这也是我想过的一个难点，不过没这么容易解决。"

倚弦沉思许久，突然抬头道："想到了。"

耀阳亦哈哈笑道："我也想到了，你说用什么办法?"

"阴即为催生之气，林木再生之时必现阴气，寻其根源，必知阴基之所在。"

"不错，我也是这样想，嘿嘿……看我的。"耀阳挥手一片烈火烧起，转眼又将一大片林木烧毁。很快，风过之处，林木立即疯狂攀长。

倚弦早已默感许久，蓦地感到一股阴盛之气跃然而动，其之气息极活，赫然喝道：“东南方位，十里外，此地必为阴基之所在。”

“那还不快去？”耀阳忙拉住玉璇向东南放奔驰而去。倚弦低骂一句“重色轻友”，加快追上。

有耀阳的火劲，开路还不是很难，不久三人就到达了目的地。就在不远处一棵真正的参天古树高耸直入云霄，看起来它的高度没有千丈也有八百丈。

三人相互看了看，都见到另外两人的震撼神色。

耀阳有些苦涩地道：“我们怎么办？难道真的一把火将这棵树烧了？我怕没几天几夜根本烧不完它，这还不包括它是否能自己催生的问题。”

倚弦叹道：“除了这个办法，你还能想到别的吗？”

这时玉璇插嘴道：“我看未必，我们只要让这参天古树不能再催生就行，何必一定将它完全烧掉？”

“对啊，若是能将它催生的阴气困住，它就无法再让其他树木这么快重生，我们的目的也就达到了。玉璇，你真聪明。”耀阳大为高兴，忍不住就亲了玉璇俏脸一下。玉璇玉脸粉红，大是嗔怪，揪打耀阳。

倚弦看在眼里，想到耀阳这家伙昨日还对此女心存戒备，却现在又跟什么都不曾发生一般，不免叹息一声，才懒得理他们打情骂俏，摇摇头径自向前而行。耀阳一把捏住玉璇的小手，拉着她跟上前去。

到了这参天古树之前，三人才知道这棵古树有多大。高度就不用说了，谁也没兴趣去爬到远在云层之上的树顶去看得究竟。但那粗大的身子，却是一目了然。单看古树露在地上的根须就大概有十人合抱的粗细，而这根须也就古树百分之一的粗细。

三人看着这夸张之极的参天古树，感觉就像是站在一座城堡面前，一时骇然无语，此时风动！突然而起的飓风从那参天古树而出，迅速向三人卷去，强大的气压竟让土扬沙飞，迫得断枝枯叶激射如箭，看这声势，被这飓风卷中不死也会重伤。

三人蓦地惊醒，惊骇莫名，急速后退。但那飓风还是追了上来，速度还在他们之上。“我来！”倚弦一声吒喝，龙刃诛神爆出冲天光芒，一声龙吟惊天，一剑斩出巨大无比的龙形剑气迎着飓风疯狂冲上。“砰！”龙形剑气与飓风相撞，惊如山岳崩塌，顿时有如天崩地裂，大地为之震颤，气流狂窜，风云变色，仿若世界末日。

倚弦竟被反震之力震飞十来丈，飓风击碎龙形剑气，继续狂飚而来。耀阳骇然赶上，挥出滔天刀气加上一击，正面击中飓风。“轰！”气劲如罡散开，刀气飓风同时消散。

这飓风何等威力，竟在耀阳和用处龙刃诛神得的倚弦联手下并不落于下风。

“原来这不仅是阴基，还是风眼，这次我们真找到路子，但也捅了马蜂窝了！”耀阳惊道，双手挥出无数条炎龙悍然扑出。而那参天古树也丝毫没有闲着，飓风之后就是无数风刃斩出，那些风刃绝对不是刚才遇到所能比的，几乎可说无坚不摧，一片风刃就能击破耀阳的两条炎龙。

倚弦回身赶来，剑气狂摧纵横，才将风刃尽数抵消。

这时玉璇已帮不上忙了，她只能退后几步勉强自保。

风刃未完，狂风又现。这次却是由上而下压下，耀阳双目怒睁，暴喝一声，集起全身元能向上狂冲，并大喝道：“这有我顶着，你去将那阴基风眼给毁了。”

倚弦长啸出声，双手握剑，全身元能集起，浑身劲气怒发，竟使得长发如泼墨般激扬。“砰！”一声巨响震耳，气劲如箭四射，耀阳口角裂血，硬是将那狂风震散，但他亦是受伤不浅。

这时倚弦已经一剑斩下，剑光如怒电闪下，有如天雷般直直劈中这参天古树。虽然参天古树高大得吓人，但身为三界第一神器的龙刃诛神岂是等闲，倚弦全力一剑劈下，却将树身斩出一道巨大无比的口子。顿时天风急动，风声如嚎，仿佛就是这参天古树的痛嚎狂怒之声。

倚弦没时间去理这些，龙刃诛神连连狂斩，如虹剑气光芒交织。剑剑斩出参天古树身上巨大口子，树液飞溅而出。但是让倚弦沮丧的是，才刚斩出几个口子，那参天古树就已经自我催生，很快那些口子立即恢复。

耀阳一见不对，喝道：“加上我的一击，天火来烧蠢木，看它是否还能催生?”挥出无数炎龙击在参天古树之上，立即烧成一片，耀阳再加上一击“星火燎原”，火势加快蔓延，风声吼得更暴更狂，树身亦有颤动，暴风展出，叠起无数气浪，迫得倚弦和耀阳不得不联手抵挡。

而此时树身蓦地自爆几处，绿色的液体如泉涌般喷出，立即将烈火浇灭大部分，剩下的星火全部被烈风吹灭。

倚弦和耀阳面面相觑，这都不行还怎么玩?

此时玉璇却道：“别放弃，我来帮你们，看我这个，以土生金!”金制穿山甲雕像跃然而出，在玉璇的咒语中化成一片金光钻入地中。

倚弦和耀阳自不会看她一个人出手，大喝出声，向着迎面扑来的暴风正面击出。轰然暴响中，玉璇蓦地吒喝道：“赦!”顿时参天古树根底的土层浮出一片金色，将参天古树的根部包围。

倚弦和耀阳恍然大悟，对视一眼，同时出手。耀阳独自一人咬牙顶住暴风肆虐，嘴角鲜血汩汩冒出，这暴风的威力非同小可。倚弦再次全力斩出，剑气直破树身。树身狂颤，风声哀嚎。耀阳顿感暴风压力大减，知道此次方法果然有效，咬牙加上一击，堪堪将暴风击破。他立即脱身，一掌拍在倚弦身上，全身五行玄能化成天火炎劲涌入倚弦体内。

倚弦忍住天火烧体之痛，狂催体内元能，运至极至，长发衣衫如箭激射，睚眦皆裂，狂吼一身，劈出拥有龙刃诛神以来最强的一击。

惊霄龙吟如雷中，剑光照彻天地，闪耀得耀阳和玉璇连眼睛也睁不开。“轰!”带着最刚烈的天火炎劲的最强悍一击结结实实地击中参天古树。

参天古树狂颤，大地怒震，整棵古树都燃烧了起来。此时周围的林子以古树为中心，迅速萎靡，像是在水中投入一颗石子，树木不断枯萎呈波浪状扩散，转眼间，周围已枯死一大片。

“噼噼啪……”参天古树在烈火中挣扎。

玉璇对着焚烧中的参天古树冷笑道：“土生金，金克木。以金包围你的根须，没有水吸，看你怎么催生。”

“不好!”突然三人脸色一变，因为古树居然开始膨胀。

“轰!”在三人措手不及中，参天古树猛地爆炸开。

但三人丝毫无损，因为他们再次回到那同样的石室中，不同的石门前。

这个巽阵破得够呛，倚弦和耀阳都受了不轻的伤，不过当巽阵被破后，伤势好了大半，但是元能还是耗费得紧。

倚弦和耀阳需要休息，玉璇当然没有异议。

震，雷相，方位正东。

三人一进阵中，就发现他们竟在迷雾缭绕的孤峰之顶，四周除了云雾什么都看不到。峰顶不过十丈方圆，却是一片焦土，但地上还有八卦的痕迹，明显是个奇怪的八卦阵法。他们能用风遁，没有任何牵绊，但是若想要离开这峰顶的十丈方圆地盘，却是根本不可能，因为整个峰顶立即会有无穷的雷击，完全是避无可避的，如果他们愿意成为焦炭，当然可以离去。

而头顶云层密集，隐有雷动之声，不用说这震阵的威力必是通过天雷来发出。三人早已做好准备。

果然，电光亮起，霹雳声中，一道狂雷劈下，三人急闪，堪堪避开。雷电劈在地上，竟迅速被这峰顶吸收，三人现在知道了这个困住他们的阵法能量的来源。

很快他们就知道这个只是小意思，这一击雷击只是一个预兆，预示着更多的雷电降临。三人还不及松开起来，天地大亮，雷声如涛。雷电像是水柱般，一个个毫无停歇地砸下，如果没听到雷声，远远看去只见一条白练，恐怕还以为这是一条来自天河的瀑布。

“该死，这该怎么破阵?”耀阳咒骂连连。

倚弦很严肃地道：“不知道。”

耀阳出手就是一个爆栗给倚弦，道："你这不是废话吗？不过依我所想，如果能离开这个孤峰或许就能破阵。"

"你说怎么离开？"

"不知道。"

"去死！"倚弦想回耀阳一个爆栗，却被早有准备的耀阳躲开。两人打闹中，差点被雷劈中，惊出一身冷汗。玉璇也斥道："你们现在还玩？小心把命给玩没了。"两人立即收敛起来。

似乎上天也知道这点手段，根本奈何不了他们，接着是两记雷电直下，这下三人就危险多了，连续不断的双雷怒击，让三人手忙脚乱。前面五个阵仗没有一个能与这个震阵的天雷相比的，雷威素来为天下法道修持之士所敬畏，他们哪敢与天雷硬抗？

"怎么办？"耀阳偷空问倚弦。

倚弦苦笑道："阳甚消为震，以阳为基，阴阳交合，阴气过甚而成雷。如果按照这样说只要破掉阳基，双阴难以制雷，我们就可以破阵而出了。但是我怀疑没有这么简单，每一阵都有不同的破法。类似的方法我们在上个巽阵已经用了，这个恐怕没有效用。而且雷源在云，云布雷无处不在，若硬是要找到阳基，我怕我们三人全部变成焦炭也没用。"

耀阳点头道："的确，这个震阵绝对不是这样破的，雷的特性就明示这个特点，我们用不着为此送死。"

玉璇微蹙纤眉，问道："那应该怎么办呢？"

第九十六章　双龙齐腾

躲过落雷，耀阳环首看看周围别无他物，心中一动，道："既然这样不行，我们唯一可破的就只有脚下这个孤峰了。"

玉璇惊道："你想干什么，如果这孤峰被我们所破还破不了阵，我们就连落脚的地方也没了。"

"但是我们就这样坐以待毙不成？反正没别的办法，不如一搏。"

"这……"玉璇为之语塞，她也想不出什么办法破阵。

倚弦却提出最实在的问题："那我们该如何击破这孤峰？"

耀阳迟疑一下，躲开落雷，集起元能一拳就向地上砸去，就在他快要砸中之时，倚弦喝道："不好！"跃起一把抓住耀阳把他提了起来。当然耀阳的拳劲还是砸在地上，顿时峰顶地表大震，却是雷光闪闪竟从地面飞窜，若不是倚弦及时拉开，现在耀阳恐怕要享受一下焦肉的味道了。

地面窜起的雷电与天雷交织在一起，立即炸成一片，雷光哗然。三人立即有些麻烦，这交织的雷电扩大了落雷的范围，使三人更少了转圜的余地。

交织的雷电就在脚下，三人不敢落下，风遁空中闪避落雷。等交织的雷电逐渐消去，三人才喘了口气，落到地上。

耀阳郁闷道："我们是做了什么不可饶恕的事情，要这样受天谴？"

"去，谁遭天谴？这么多废话，怎么不仔细想想如何破阵。"倚弦瞪了耀阳一眼，气他没好话说。

正说着，突然落雷加密砸下，原来双雷一下子变成三雷齐落了。如此强劲的攻击，立即让三人大有应接不暇之感。

不久，又多加了一个落雷，四道雷电同时劈下，强烈的白光在瞬间将天地照彻，而不断有四道雷电疯狂砸下，以致天地无时无刻不是白光耀眼。三人躲闪得狼狈无比，几次都险险躲开。

耀阳何曾如此窝囊过，气恼之下不顾一切地一拳击出，一条巨大无比的炎龙狂窜而上。“噼噼啪……”霹雳巨响，炎龙撞上雷电，整个天地爆亮，雷电爆炸，震得天地为之震颤。

三人差点被震得吐血，身形顿乱，其中一个落雷几乎砸中他们，耀阳大急之下，全力一挥而出，“牵机玄引法诀”硬是将落雷卸开。“砰！”雷光激闪，落雷被卸开，但耀阳整个衣袖尽数化为焦尘，手臂赤黑发红，一股烧肉的味道蔓延开来。

耀阳咧嘴露齿，脸部的抽搐显得他疼痛异常，自从法道有成以后，这么痛苦的感觉很久没有了。将落雷卸走，不过承受了不到三成的威力，就如此状况。如果被正面击中，他们三人恐怕没一个能活下来的。

玉璇紧张万分地问道：“你怎么样，手还能动吗？”

耀阳咧嘴笑道：“没事，就是有点痛而已。”焦黑的右手生硬地动动手指，表示没事，不过他笑得比哭还难看。扯下左边衣袖将手臂绑了起来，他心里明白，如果不是以浩瀚无匹的归元异能为基，以生生不息的五行玄能重铸肉身，此时这条手臂已经废了。

倚弦如何不知耀阳的情况，伸手握住耀阳的右手，柔和的冰火异能输送过去，混合耀阳的五行玄能，将他右臂内的经络调整了一下，使得焦死的肌肉经脉再生。由于落雷威胁，没多少时间让他们慢慢地来，短时间内焦死肌肉经脉的剥落再生，其中痛楚实在不是人所能忍受的，这让耀阳痛得整张脸都几乎扭曲变形了，但他硬是没吭一声。

“他爷爷的，这真不是人受的。”堪堪躲开落雷，耀阳长吁一口气，右臂还是痛如刀割，但是相对于刚才肌肉再生的痛苦，这根本不算什么。冰火异能和五行玄能的运作，使他的手臂内伤痊愈了大部分，不过一时这个手臂还使不了力。

倚弦见耀阳右臂没什么问题了，便立即道：“刚才我想到一个办法可以破得此阵，当然前提是耀阳说的毁掉孤峰就行。”

耀阳大为兴奋，问道：“什么办法?”

“按照刚才的情况，我们如果能在落雷的时候让这个孤峰也产生雷击，而且刚好双雷交错之时，若再加上一击，或许可以让爆雷毁掉孤峰。”

“那还等什么，再下去一不小心我们就会没命了。”耀阳在四个落雷之间勉强穿行，偶有落雷擦着他身子落地，现在他身上的衣服没有一处完整，倚弦也一样，衣衫就像刚从火堆中救出来一般，只有玉璇的衣服倒比较干净，毕竟两个大男人不会让一个女人冒险，几次都是护着她。

“我来引雷击，你给它一击。记住，我会尽量让落雷靠近地面再出击。”

落雷再次砸下，就在四个落雷快要落地的一瞬间，倚弦不失时机地一挥，强悍的风刃击中地面，顿时地面尘灰在电光中激炸，雷电悍然飞窜而起，刚出地面就与落雷撞个正着，而此时耀阳全力击出的炎龙疯狂窜下，冲在地面雷电和空中落雷之间。

“啪!”白色的光芒闪了三人的眼睛，让他们一时睁眼若瞎，但是那几乎震聋了三人耳朵的震天霹雳声，仍能让三人感觉到那强大的威力，而同时强烈的震力以无以复加的强势像狂涛般冲击三人，其之强悍甚至可能在“邪神”幽玄的全力一击之上。

耀阳和倚弦全力保护着玉璇，他们不可能与这样的力道硬拼，唯有借力后退。而出乎他们意料的是，那震力硬是将他们送出了峰顶的范围，但他们竟然也没遭到疯狂的雷击。

眼睛稍有恢复的他们刚好看到，电光彻天，云霄五雷轰下，眼前整座孤峰在雷电中瞬间化成飞灰尘沫，不剩一点渣滓，如果是他们被击中的话，后果是怎么样实在不需要废话。

“破了吗?”看到落雷这样的威力，玉璇不由担心道，如果这样也没破，五雷齐落，他们想要闪避的困难成倍增加，若被五雷击中，别说他们，恐怕就算是强如“邪神”幽玄这样的罕世高手，也保不了命。

幸好，这个震阵虽然威力比前几个阵加起来还要强上几分，但破阵不至于这么复杂，接着他们又出现在石室中。当然这也是建立在他们及时找到破阵方法的基础上，要不再过一会儿，五雷齐落，他们哪里还有机会破阵?

三人终于可以进入坤阵。

谁知甫一进入阵中，他们就发觉大为不妥，在这里他们不管是用风遁还是以本身元能修为都无法让他们飞行。他们只能凭着元能改造过的强横身子跳跃，当然耀阳和倚弦纯元能铸成的身体让他们的能力远远超过肉体凡身的玉璇。

眼前郁郁葱葱草地蔓延无际，杂草野花自然生长，偶有温顺的小动物窜来窜去，其中一只可爱的白兔跳到他们面前，好奇地看着三人，没有一点害怕的神色。

玉璇伸出小手逗逗白兔，白兔退了一步，迟疑地看看玉璇，似乎在思考。

耀阳一把拉起玉璇，警告道：“小心点，你怎么知道这兔子没危险，别忘了这可是太昊伏羲亲手布下的八卦符界。”

玉璇不舍地看着白兔。

有了前面几次阵仗的经验，他们片刻不敢放松警惕，但是任他们等得再久，也没有任何危险出现，倒是有几只小动物接近他们，奇怪地看看三人，接着自个儿走开了。

这下倚弦和耀阳都没辙了，他们怎么破阵呢？总不可能是将所有至少现在看来还无害的动物全部诛灭。

耀阳干脆一屁股坐下来，顺手揪了跟草玩弄着，苦恼道：“我们该怎么办?”

倚弦静静地感受着这一片宁静，淡笑道："不知道，不必心急，慢慢想办法吧。"

"没有头绪，怎么想办法?"耀阳仰身躺下，看着碧色天空，道，"没有任何的危险，我们是不是可以这样长时间待下去。唉，这样也好，刚才差点就玩完了，现在手臂还是有点痛。"其实他的手臂此时何止是有点痛，那裂痛的感觉仍是非常强烈，不过耀阳能轻易忍住这样的痛楚罢了。

看到耀阳那还不大灵活的右臂，玉璇不由一阵心痛，心中泛起莫名的滋味，一时酸甜苦辣俱全。

倚弦闭上双眼伸开双手尽量张开，半晌才像是很享受地道："坤乃地，纯阴之卦，滋生万物，性柔顺温和。亦有元亨利贞之德，顺天而应。"

耀阳笑道："我不是来听你转文的，到底给个意见啊，你是不是想一辈子都待在这里?"

倚弦没理他，眺望远方道："这绵延万里的大地，能给你什么提示吗?"

耀阳随便看了一眼道："这就是他爷爷的无聊，除此之外别无他物，你不会认为我会觉得这里景色很美吧?"

倚弦感慨道："的确不错啊，如此平和的一切，远远美过尘世间的纷杂争斗，如果可以我真想永不出去。"

耀阳道，"你这是逃避现实，既然尘世间如此悲苦丑陋，何不努力让它变得好一点呢？而且像你这样在这里难道永远都不吃不喝，还是抓只白兔山羊之类的来吃？你真以为自己有元始天尊和女娲这样的修为?"

倚弦笑骂道："你这小子就喜欢故意误解我的话。"

耀阳吁出一口气，道："我不像你，我不喜欢一直单调不变的事物，我想尽可能地达到生命中的顶点，即使只有一天。我会努力适应一切变化，然后掌握那些变化。我不会把自己的命运交给别人。或许现在这样的环境在以后我能接受，但绝对是在我自己选择的基础之上，而不会像现在这么被动地被困在这里。"

倚弦自是知道耀阳的性格，淡淡一笑，道："你就这副牛脾气。"

耀阳回敬了一句，道：“得了，有些时候你还不是一样倔?”

两兄弟说着就聊了起来，玉璇在一旁看着这两个人你一言我一句，偶尔感叹命运，偶尔互损几句，即使想法不同，也丝毫不损两兄弟那真挚纯真的感情，这实在是令人羡慕。这份兄弟之情或许是上天赐予他们最好的财富。

三人就这样一直待在原地，丝毫没有打扰周围的一切，逐渐的似乎与这广袤的大地融为一体，成了这一片大地中的一份，不分彼此。一匹骏马擦着他们的身边奔驰而过，三人只是回以微笑，两兄弟继续自己的话题，他们很久没有这样安宁舒坦的感觉了。

突然间三人发现回到了石室，就这样破了坤阵，甚至连究竟是怎么破的也不知道。或许无为而为才是破解坤阵的最好办法?

或许因为坤阵的轻易破除，更让三人谨慎异常地踏入最后的乾阵。

乾者，天也，至刚纯阳，元亨利贞，主宰万物，位于八卦最高位。勿需多言，想破乾阵的难度也绝对是最大的。

进入乾阵后，他们竟发现这里完全跟坤阵的环境是一模一样，但是多了一个放牛的牧童。

当三人好奇地看着一人一牛的时候，牧童拉着牛慢慢地过来了，开口向他们一笑，道：“嘿，很久没见到三界中人来到这里。”

耀阳好奇地问道：“你是谁?”

牧童想了许久，道：“我？时间太长了，我都忘记了我自己是谁。不过这都不要紧，我的责任是来告诉你们乾阵的破法。”

“什么?”三人同时一愣。

牧童浅笑道：“你们不必惊讶，如果没有我告诉你们破阵的方法，恐怕你们根本想不出破阵之法。其实即使告诉你们方法，而且这个方法很简单，但你们也未必能破得了这个阵。”

三人齐声问道：“什么办法?”

牧童一指头上的朗朗青天，道：“你们从这里直直向上，最后会有一面空中悬挂的铜镜，穿过铜镜，就算破阵。”

耀阳纳闷道：“这么简单？这可是八卦之首，主宰万物的乾天。”

牧童哈哈大笑，道：“简单？的确简单，不过简单并不代表容易，就像上一个坤阵，你们很容易就破了，但实际上却是复杂的很，到你们真正理解八卦秘术的时候就能知道了。好了，破解之法已告诉给你们，我也该走了，后会无期！”

“等等！”耀阳看牧童抱着牛的后腿而不是乘坐牛背，不由奇怪道，“你怎么不坐在牛背上去呢？”

“坐上去？我不想活了，谁敢坐乾天之牛？你这家伙少胡说八道。”牧童瞪了耀阳一眼，那牛径自拖着牧童飞起，化成一道青光消失在天际。

“有吗？我哪里胡说八道了？”耀阳无奈地摸摸鼻子，又看看天上，疑道，“我们该上去到多少高度，才能找到那铜镜？”

“这怎么知道，没有那么多时间废话，上吧。”

三人同时“风遁”而起，身子快速向上窜去。风遁速度极快，不断上升。但除了蓝天白云，他们什么都没看到。

不知不觉中，他们所处的环境开始变化。

倚弦最早感觉到异样，强大的压力像是山一般向他们压来，耀阳和玉璇随之也感觉到了。正惊讶之时，压力骤然消失，前方虚空之中出现一条青石阶。青石阶立于虚空，没有任何所依之物，一阶阶的青石全部飘浮在虚空之中。

青石阶向上无限蔓延，看不到顶点，不知它有多长。

踏步青石阶，玉璇道：“不会这么容易就能破阵吧？还有石阶难道就只是让我们走上去不成？”

倚弦沉声道：“绝对没这么容易，你们刚才也感觉到那压力了吧？这里一定有我们所想象不到的危险。”

耀阳亦道：“那压力似有示威之意，又仿佛有绝世高手向下俯视的睥睨，让我感觉就是不舒服。”

三人警戒着前进，几步后骤然前方金光闪起，凭空出现一群神威异常兵将向他们冲来。

“天兵天将？我们得罪天庭什么了？”耀阳惊了一下，还是开玩笑道。

看这一群人来势汹汹，三人就知不能善了，既然是破阵，这些家伙自然不可能是可以用道理来说服的。

“我顶上，耀阳你断后。”倚弦仗龙刃诛神之利率先开路，想定这些全是乾阵虚拟出来的人物，而且那些人绝对不会手下留情。他硬下心，毫不留情地挥剑而出。剑光如洗，剑气飙出，这些天兵天将虽强还挡不住他们。

耀阳本来就不会对战场上的敌手怜悯，此时对这些阵法虚拟出来的敌人更是毫无顾及，一击“龙炎狂舞”轰出，数十条炎龙呼啸而出，一众天兵天将根本抵挡不住，被炎龙触到者立即化为金光消逝不见。

一路闯去，天兵天将越来越少，一段路后终于不再有兵将幻出阻拦。再走几步，前方出现一块石碑，上书：“抵天之路”！

小心地走过石碑，三人立感不同，一种奇怪的压抑气氛堵得他们心慌。刚走几步，三人立即发现后面有声响，警惕着回头看去，立时骇然转身就跑，因为就在他们身后，不知从哪里窜出一群凶兽。这群凶兽的实力绝对比刚才的天兵天将强了几倍，如果就十几只自不会对他们有什么危险，但是一群这样的凶兽就非同小可。

三人向前急窜，丝毫不敢停步，后面却是一群凶兽狂追，而且凶兽竟是越来越多。偶有几只幻出在他们面前，当然被他们全力干掉了。

耀阳边跑边骂道：“伏羲这家伙这么变态，天上怎么会有这样的凶兽出现？总不成我们走错地方，到了地狱吧？”

倚弦没好气说道：“难道你认为是出现一群跟黑衣老者一般的高手好吗？”

“嘿，随口说说而已……你这乌鸦嘴。”耀阳气得直瞪倚弦。前面竟然真的出现一群玄能遍布全身的人，这些人一出现，三人后面的凶兽便被吓走了。

三人只能停下步来，眼前那些人全身玄能布体，身手恐怕还在那些真正的玄宗普通高手之上。如果只是几个他们还吃得消，但现在少说也有四五十个。

耀阳扯起自认和蔼可亲的笑容，向那些人挥手道："哈，大家好，我想我们大家不必浪费力气，和平解决，让我们过去怎么样?"

不过他好像忘了，这些人都是阵法幻化出来的，他们是决不会讲道理的。当满天玄能袭来，各种火焰、冰剑、风刃等攻击迫到眼前之时，耀阳才闭嘴应敌，不遗余力地挥出"龙炎狂舞"。

倚弦挥舞龙刃诛神，剑气飞冲而出，凌厉无比的剑气伴随着耀阳发出的炎龙直窜向来敌。但这些玄能高手也绝非弱手，这样的攻击虽然给他们造成麻烦，却最终没有损害。数十人联手，顿时将倚弦和耀阳的攻击化解了。

"这下麻烦了。"这数十人再强也比不上雷威，但是震阵只要破阵就行了，根本不必与那雷电硬拼，但现在他们如果破阵，非要突破这数十人的联手不可。

"拼了!"倚弦和耀阳对视一眼，同时大喝一声，携手出击，强悍无比。刺眼剑光飞出，眼，炎龙怒腾，以无与匹敌的气势向敌人迎面冲去。"轰!"剑光暴闪，焰火四飞，其中一人抵挡不住立即化为金光消逝，不过其他的人受到的影响不深，很快玄能击出袭向三人。

数十人的攻击可以说是见缝就插，铺天盖地的元能强袭，三人仅能勉强抗住，此时数十人已经冲到他们身边。上下左右，迎面而来的敌人全面攻击无处不在，三人各尽所能，连连挡住，但是敌人太多，没几下三人已经累得想吐血，这样下去，必死无疑。

满天剑气元能纵横，三人被迫得苦不堪言，逐渐不支。修为最弱的玉璇已是嘴角溢血，快支撑不住了。

倚弦一见不对，大喝道："你们顶着，我开道!"大吼一声，凭着被敌人击中，挥起龙刃诛神狂猛斩出，龙形剑气以排山倒海之势冲出，这一击他用了全力，冰火异能融合归元异能赋予了龙刃诛神莫大的威力。而此刻敌人已不可能在联手抗击，当面阻挡的人无不中击消逝，三人的前方顿时空出一条路来。

倚弦自然不会放过这个机会，大喝道："我们走！"率先前冲，龙刃诛神舞成一条怒龙，冲开一切想要阻挡的人，飞窜前行。耀阳护着玉璇立即跟上，"龙炎狂舞"疯狂乱窜，扰得敌人无法齐力一击。虽然身上中了几招，但最终还是拼死护着玉璇跟倚弦突出重围，向前如闪电般跑去。他们当然没必要跟这些家伙纠缠下去。

三人再一次向前仓皇而逃，后面的敌人还是像影子般地追着他们。耀阳喘口气苦笑道："好像我们进入乾阵以来，一直都在逃跑，想起来就觉得窝囊。"

"如果你觉得这样太窝火，想发挥一下你宁死不屈的精神，你尽可回头将他们搞定。"

"算了，用不着这么麻烦。"耀阳尴尬的一笑。

身后的敌人，紧追不舍，看起来三人倒像是拖了一条尾巴。跑着跑着，当三人再次回头之时，身后的尾巴终于不见了。但三人知道，这意味着可能前面的敌人将会更加强大，甚至于强大到不是他们所能应付的地步。

刚才强行冲出敌人的包围，倚弦和耀阳都受了伤，玉璇也是法能不支。三人只能一边前进一边恢复。

久久不见敌人出现，不过，三人丝毫不敢大意，现在他们都知道为什么牧童说，即使告诉他们破阵方法，他们也未必破得了。这样再被围截几次，他们就算不被杀死，也会被累死。而很明显，现在绝对还没有结束，前方青石阶蔓延无际，想要抵达铜镜所在地，恐怕还有不少路，若说在当中不会再有敌人出现，打死他们也不会相信。如果伏羲的八卦符界这么好破，前面几次他们也不至于险情连连。

没有任何危险却反而给了他们强大的压力。远往前走，就感觉无形的压力越大，压得三人喘不过气来。

倚弦勉力让自己的心平静下来，深吸几口气，突然想到一件很重要的事情，赫然道：“耀阳，牧童跟我们说了破阵方法后。我们似乎忘了应该用破解乾之法来破此阵。”

耀阳恍然道：“对啊，虽然破阵之法已在，但眼前的敌人却还是要面对，我们只顾着跟他们硬拼，却没想到乾阵的特点。”

倚弦沉思道：“乾者，至阳至刚。若正面硬抗，定是有败无胜。我们只能以阴柔来克阳刚，这或许是唯一的办法。”

耀阳道：“我们虽然是要向上找到铜镜，但并不是说不能退，或许有时会退才会是好事。”

玉璇亦展开笑容，道：“既然有了办法，那我们就走吧。”

刚走不久，前面远处金光闪烁，凭空已化出四个金甲神将出来，看他们金光缠身，双眼精光如电，气势如虎，就知道这些人更是不好对付。

耀阳看着那四个金甲神将，苦笑道：“如果我的眼力不差，眼前的四个家伙，实力能与‘邪神’幽玄相比。”

“幽玄？”玉璇骇然，抽了口冷气，道，“四个幽玄联手？”她自然知道幽玄的实力。

耀阳嘿嘿一笑道：“还真看得起我们，其实只要有两个幽玄出手，我们就必死无疑了。”

“硬拼我们必死无疑，但是我们可以想别的办法。”倚弦手持龙刃诛神，冷静道，“他们一动手我们就退。”

倚弦话声刚落，四个金甲神将已经动手了，金光暴闪，庞大的元能瞬间压到三人面前。

“退！”倚弦喝道，龙刃诛神疯狂斩出，有如实质的龙形剑气奔腾而出，怒吼着向迎面而来的元能斩去。

“轰！”两者相撞，气劲飞旋，龙形剑气竟不堪一击，破碎迸飞。不过倚弦本就没想过能挡住对方的攻击，只是微阻一下而已。趁此机会，倚弦重调冰火异能，借力急退。

耀阳错上一步，炎龙怒出，皆被那压迫而来的元能击得粉碎。

元能已迫在眉睫，耀阳一手搭在倚弦的肩上。倚弦再喝一声，龙刃诛神雷霆斩出，再挡眼前元能。“砰！”倚弦和耀阳身子后飞，强猛无匹的元能狂潮般侵入倚弦体内，再转到耀阳身上，两人立即被击飞。

向后十几丈，两人才落下身形。

脚踏青石阶，两兄弟不由一阵踉跄，相互扶持才能站稳，将要喷口而出的腥血硬是压下。若非那元能被两人连挡数次威力大减，兼之耀阳用“牵机玄引法诀”卸去大部分力道，两人早已魂归黄泉了。

玉璇先是有些紧张，见他们还站得起来，才吁了口气。

四个金甲神将已经追上来，却在离三人五丈左右的地方停下。

“看来他们的活动范围就仅于此，否则我们就完蛋了。小子，这招让你赌对了。”耀阳喘口气笑道。

倚弦深吸一口气，道：“你刚才看清金甲神将的行动了吗？”

“勉强，不过，我也能知道他们是按照八卦方位而行。嘿，只要这样我们就能顺八卦之位避开这些变态家伙的攻击。”

“先乾后坤，转瞬而变……”倚弦细思良久，蓦地笑道，“知道了。耀阳，坤、兑、巽、离，逢二而变。”

“不错，走！”事不宜迟，倚弦顶先，耀阳护着玉璇前行。

按八卦步法狂速前进，刚好顺位而行，金甲神将毕竟是八卦符界幻化出来的人物，所有行动全部以八卦妙法而行。倚弦和耀阳经过前面几阵，对八卦妙法的理解大幅度增进，反而能因此躲过金甲神将的攻击。

凭着跟金甲神将步法的错位，三人每次堪堪避开他们的攻击，不过因为有不懂八卦妙法的玉璇牵累，他们的行动难免会有所迟缓，有几次金甲神将的元能攻击擦到了他们的边，幸好只有几成威力，他们合力还能勉强挡住，但仍是狼狈不堪。

终于三人冲出四个金甲神将的阻挡，眼前突然一暗，正面凭空幻出一个铜镜。三人不及惊讶就冲了进去。

“乾阵果然是厉害，幸好能将八卦妙法运用到极至，否则必死无疑。”耀阳趁空闲还发表了看法。

“轰！”三人刚脚踏实地，便响起巨声，气流狂冲，眼前八色光芒暴射，耀眼光芒让所有人一时为之眼盲。

大地狂颤，头上无数尘石落下。倚弦和耀阳都感觉到八卦符气迅速退去，转而就完全消失。八卦符界终于破了，伏羲武库再也没有八卦符气的保护。

八色光彩终于散去，一切回复平静，三人看清周围一切，顿时为之深深震撼了。比大厅还要宽广高大的石筑空间内，遍地金光闪闪，无数的器具零散地放在地上，不少还留有神力，异芒缠绕不去。这些现在三界四宗梦寐以求的神器都被当成玩物一般堆在一起。

“这些都是神器……”他们身后传来微颤的声音。

回头望去，却是丝毫无损的刑天抗、淳于琰、姬旦以及婥婥、姮姮两姐妹，此时此刻面对这些曾经名震三界的神兵宝器，即使如他们这些见过大世面的妖魔两宗年青一辈最杰出高手也震惊得无以名状。

如果说起数量，现在三界四宗所有神器加起来也比不上眼前像是垃圾一样散落地上的这些东西。

倚弦三人对视一眼，玉璇甜声问了问他们如何走到此处，才知这些人连迷宫通道都没走出，十多次都不由自主退回原来地方，正当他们想到被玉璇玩弄于股掌之间时，谁料八卦符界就这样破了。

说完，众人都专注于去寻找还留有神力的神魔利器，倚弦和耀阳却饶有兴致地乘机打量整个武库。

整个武库究竟有多大，他们完全看不出来，只看到参天石壁仿若通天而上，庞大的空间给人的感觉不是空荡，而是无比磅礴的撼天气势。

四周壁上都是各种奇特壁画，有盘古开天、夸父追日，亦有洪荒凶兽、远古巨兽，八卦卦相穿插在其中，若隐若现，显得神秘莫测。看上去无不是恰如其位，不仅没有破坏壁图原始的魅力，各图更加完美无间地融合在一起。八卦各个卦相连在一起，在两兄弟眼中成了无比美妙的精美画面、

“变化，这就是八卦妙法的真意，如果能将八卦之法，用到此等境界，三界之中没几人能够相比。”耀阳深叹。

倚弦点头道：“不错，八卦妙法果是深奥莫测。”

两兄弟探究八卦妙法，一时之间倒将这满地神器给忘了。至于刑天抗等人无不在搜寻着满地神器，当然更在寻找着与龙刃诛神并列三界第一神器的轩辕剑。

殿上图壁虽多，但并不需要他们全部一丝不落地记下，耀阳与倚弦深知只要将八卦各种变化领略在心即可。

两兄弟闯过八卦符界，早已对八种卦气之间的变化了然于心，不久便将图壁上所蕴藏的八卦妙法深深地印刻在心。心神从图壁中收回后，两人同时隐隐觉察到武库中存在一股隐蕴的莫名气势——

这是一股君临天下睥睨一切的强大气势，仿佛能将世间万物都压下的气势。虽然这股气势似乎受到什么压制，但仍如困渊之龙，似乎迟早将挣脱囚笼驰骋风云一般跃然而出。

“轩辕剑?”两兄弟同时想到。试问这股气势除了轩辕剑外，三界之中还有什么神兵能拥有?

轩辕剑正是耀阳此次跟玉璇同来的主要目标。兄弟俩不动声色，同时运起归元异能的思感，去感受那气势发自何处。归元异能果然是三界之中最为殊异的元能，过不多久，两人就隐隐感觉到，在这武库的正中心，一股莫名能量颤动凭空浮在一点，但是照准位置一眼看去，那里却丝毫没有任何东西。

两兄弟惊讶地互看一眼。

突然，倚弦感到“龙刃诛神”护持的玄灵剑心一动，竟意有所指。

“机关在那里——”倚弦感悟玄灵剑心所指，环首目光一扫，蓦地指向夸父追日的那庞大红日之上的乾卦，道，“乾卦中阳!”

耀阳眼中一亮，蓦然临空一指击中那一面乾卦中阳。指气一入乾卦，顿时图壁上的所有卦相突然发出各色光芒，光彩照人，绚丽异常，最终八色光芒聚焦在武库正中心。

无声无息地光芒聚焦点化成一光源，逐渐扩散，最后成为一个奇特的空间。仿佛一个仙境浮在空中一般，那空间内八卦光芒柔和浮动，八种色彩的云雾蒸腾飘扬，围绕在四样神器周围。

殿中众人齐齐回首望去，惊骇的目光中尽现贪婪的神色——

就在眼前四样法器一剑一印一鞭一戟当中，最让人瞩目的便是在这虚空仙境中最为耀目的一柄剑。

青龙剑柄，白虎吞口。剑身长约四尺，宽三指半，呈纯黄之色，剑纹曲折蜿蜒无比优美，剑刃无锋却发出锐利无比的寒芒。

王剑无锋，其威撼天。

此剑悬立于虚空傲立不倒，绚丽剑光爆发无比神威，化成九条黄色光龙环绕着此剑升腾狂舞，似是护剑尊使。所有光芒都掩不住此剑的光彩，仙境中的所有云彩仿佛都环绕此剑而动。

此剑似是君主一般，金光闪耀、傲然而立，俯视三界众生。武库内顿时莫名地增了一股威慑力，那威严之势无与匹敌。云雾翻腾中，周围三大神光缭绕的神器立地向此剑倾斜，像是臣子般俯拜在其下。

众人无不为之震撼，这便是名震三界的——

轩辕圣剑!

“轩辕剑!”众人齐齐震呼，眼中贪婪的目光闪烁。

却不料，此时“哈哈……”一阵狂笑声蓦然响起，众人大感震惊，齐齐往笑声来源处望去，一道人影蓦地闪变，一名玄衣老者霍然现身，快如闪电一般，抢先众人一步扑入幻境之中。

几人只是愣了一下，马上反应过来，试想他们这么千辛万苦才能破阵，岂肯让其他人就此得了便宜，包括婥婥、姮姮姐妹和玉璇在内的男男女女六人纷纷祭出随身兵器，一拥而上，联手合击来人。

耀阳和倚弦却暂时没有动手，只是在一旁静观其变，首先这场攻击不关他们的事情，倒不如坐山观虎斗，先看清楚了这名玄衣老者的来路再说。

玄衣老者虽然自恃修为惊人，但也不敢硬接这六名妖魔两宗屈指可数的青年高手联手一击，只能被迫回身应敌。只看六人刀剑齐发，呼啸声如雷贯耳，风刃、冰剑、炎刀齐齐向玄衣老者怒奔而去。

“你们还嫩了点！回去让那些老头子出来见人吧！”玄衣老者冷笑一声，挥手斩出一道惊人刀气，横亘在六人之前，竟一击击散众人貌合神离的联手攻击，然后散成几股劲气向他们迫去。

众人知道厉害，飞身躲闪。

玄衣老者似是早就有所预料，双掌挥动，再次挥出数道刀气，向六人连连击去，六人毕竟不同族宗，从前互相猜疑的时候居多，此时如何能齐心协力共同御敌，所以攻势一散，便各自不加抵挡只能后退。